满河星 / 著

江苏凤凰文艺出版社
JIANGSU PHOENIX LITERATURE AND
ART PUBLISHING

图书在版编目（C I P）数据

应白 / 满河星著. -- 南京 : 江苏凤凰文艺出版社，2022.3

ISBN 978-7-5594-6316-6

Ⅰ. ①应… Ⅱ. ①满… Ⅲ. ①长篇小说—中国—当代 Ⅳ. ① I247.5

中国版本图书馆 CIP 数据核字（2022）第 038458 号

应白

满河星　著

责任编辑　周颖若
特约编辑　肖志暇
责任印制　刘　巍
出版发行　江苏凤凰文艺出版社
　　　　　南京市中央路 165 号，邮编：210009
网　　址　http://www.jswenyi.com
印　　刷　杭州日报报业集团盛元印务有限公司
开　　本　880 毫米 ×1230 毫米 1/32
印　　张　10
字　　数　268 千字
版　　次　2022 年 3 月第 1 版
印　　次　2022 年 3 月第 1 次印刷
书　　号　ISBN 978-7-5594-6316-6
定　　价　45.00 元

—"生日快乐，还有，对不起。

—"生日快乐，最近好吗？"

—"生日快乐，我悄悄去了你的学校。"

……

—"生日快乐，我好想你。"

未发出的短信，创建时间是这些年以来每年他生日那天的凌晨00:01分。

他们认识后应茫林的第一个生日，
应白送给他的礼物，
是答应他以后他的每一年生日，
她都会是第一个送上祝福的人。

她从没食言。

满河星

目录

所有的秘密都藏在风里，
只有他们两个人知道。

第一章

YINGBAI

恶意

夜已经很深了，雾色稠得化不开分毫，偶尔有远光灯刺过浓雾，孤零零的车辆如甲壳虫般穿梭在灰色的长街上，这座钢筋水泥的丛林终于静了下来，在凌晨三点半。

远处的高楼上亮了盏灯，玄关传来轻微的声响，有人背对着泻出的暖光，对门外站着的小姑娘说道："快走吧，司机等着呢。"

她的嗓子里有遮不住的疲倦感，清冷得跟沁了雪似的，尖细的鞋跟踩在大理石面上，整个人无处不透着冷淡。

但门外还留着学生头的小姑娘却毫不介意，她跟了应白大半年了，知道这人心比脸热，遂脆生生地回道："姐，你又麻烦司机了吧？公司给你配的车，结果每次都为我服务，我都不好意思了。"

她嘴上说着不好意思，脸上却没有半点羞怯的模样。

应白被她逗得露出点笑，眉目一下子便活了起来。她伸手拧了拧小姑娘的青涩脸蛋儿："得了便宜还卖乖。"

小姑娘被她拧了一下，也不生气，很快高高兴兴地走了。应白望着她蹦蹦跳跳的身影进了电梯后，合上门，终于脱下从早上六点开始穿的高跟鞋，脚腕有些浮肿了，不过她是女演员，早习惯了。

她赤脚走进浴室，卸了妆，连保养都没力气做了，就这么素着一张脸扑到床上，将自己埋在柔软的丝被里，脑子木成一片，就这么跌入混沌的梦中。

大概是浴室里未散的水汽潜进了卧室，她的梦里也下起了雨。

她在这场雨里又走回了那条巷子，身上还穿着那身白衬衫和蓝裙子。巷子的白墙被雨打湿成了灰色，一呼一吸间都满是湿漉漉的雾气，伸手抹了一把额头上的碎发，她跑了起来，溅起的水花打湿了裙边。

她匆匆跑进楼道里，有些粗暴地跺着脚，将藏在身上的水滴往外甩，半湿的头发随着动作黏在了耳后，黑沉沉的发丝一路落到唇边，她干脆用舌尖将头发挑了出去，几缕碎发就这么附在唇角。

应白没有管，她歪着头俯视着自己的鞋，鞋底上沾了些污泥，将本来干净的白鞋边弄得有些难看。

她抬起脚，往水泥台阶的边缘蹭，那些乌色的泥一点点地积在阶面上，又有更多被挤压得往边缘堆，最后嵌进鞋底的花纹中。

真恶心。

应白面无表情地想。

这时，楼下传来一阵脚步声，应白侧了下身，顺着扶手构成的错落空间往下看。

只见深棕色的木扶手上拂过一只手，那只手白净、修长，骨节不太明显，腕骨处微微凸出一点，是男生的手。

应白倒不急了，她半撑在扶手上，往外探出一分，悠闲地看着那个身影一阶阶迈上来。

好玩的来了。

唇角漾出一点笑，她仿佛在欣赏笼里跑动的仓鼠，连那点甜蜜的笑容都成了带着恶意的诱饵。

她的视线顺着那双手上移，白衬衫浸湿后，微微有些透明，布料粘在来人的手臂上，显出些微肌肉线条，再往上，能看到他侧颈上的头发被打湿了，水滴顺着发梢的弧度啪地滑落，在脖颈的皮肤上划出一道水痕，又滑进锁骨中。

应白没有作声，就这么站在最后一层的楼梯中间，看着他一点点落入陷阱。

男生不急不慢地往上走，不经意抬眼，看见拐过弯后的另一层楼梯上站着应白。

她一脚跨在楼梯高处，另一脚踩在几阶之下，深蓝的裙角吊在弯起的那只膝盖上，露出了一点纤细的小腿。

裙子很长，可他恰恰站在“之”字的下一层楼梯，而她站在高处，这样一抬眼，恰好能看见她脚踝上一点细骨。

偏偏她还在一下下地蹭着泥，细白的腿不断晃着，不时被荡漾的裙摆盖住，复又露出一些，湿漉漉的裙角带着重量，打在小腿上，晕染出一小片隐约的水光。

应白背对着身后楼窗的光源，而这光则直直刺进站在下层、正对着窗的男生眼中，他本就淡些的瞳孔被染成了褐色，可面上还是那么冷淡的样子，连根眉毛都没动。他脚下只停了一瞬，便面不改色地继续往上走。

应白还站在阶梯上继续蹭着鞋，男生却冷漠地侧身而过，看都不看一眼，将她落在身后。

只有他手背上的骨节，在错身的一瞬间，擦过她的手腕，留下些微的触感，还带着淋过雨的凉意，和细雪一样。

应白在他身后抬头，似笑非笑地打量着前面的背影。他身形单薄，肩胛骨在轻薄的衬衫里撑出一点弧度。

她伸出手，用指尖在虚空里这么一划，琢磨着这弧度，然后笑了。

还没等她收回手，脚下坚实的阶梯突然破碎，她顷刻间便感觉到了失重的惊慌感，惊叫一声往下落去，那个半明半晦的楼梯间，就这么迅速消失在视野里，跌入无限黑暗中。

一只手抓住了她，下落的趋势止住。那只手很热，死命地握住她的手腕，快要让她痛叫出声，可她陷在黑暗里，连尖叫也觉得没有意义。

然后不知怎么回事，那掌心里的温度如同藤蔓，烙印进她的骨血里。应白在黑暗中落了地，可那只手没有放开，反而更加用力地掐住她的手腕。

突然，应白又被抵在墙上，她的手被反锢在身后，什么都看不到，只能感受到灼热的呼吸打在她耳后，她下意识要挣脱，却被人压制住她的一切动作。

她此时穿的已不再是那身衣服，而是今天一直穿在身上的黑色礼服裙。那人的膝盖顺势抵在她的腘窝后，微一用力，便让应白失了力气，动弹不得。

应白咬着唇没有说话，那人却得寸进尺，问道："躲什么啊？"

然后那人默默地笑了。

她许多年都没听过他的声音了。

应白在黑暗里被惊醒，身体被被子捂得发热，头上身上满是汗。

她从三十二层的落地窗往外看，还是一片黑，床头的钟告诉她她仅仅睡了一个半小时。

应白支住额，试图抵挡头痛。她知道今天撞见了那人，心理状态不稳也是正常，可除了梦见今日重逢时的景象，她还梦到了不知多少年前的光景。

更令她烦躁的是，尽管不想承认，她还是动摇了，这感觉如同一把细锥，从缝隙里刺进她伪装了那么多年的盔甲，叫她的心脏一片酸痛——就在九年后再见应苍林的第一夜。

应白咒骂着，倒进被子里，用手盖住眼睛，将一片混乱的心思全部埋在黑暗中。

应白后来没睡多久，便到了该起的时候。

早上六点半，助理小唐便开始丁零丁零地按门铃，那架势活像拆家的哈士奇。

门开了之后，应白果然木着一张脸，巨大的墨镜罩住了半张面孔，小唐立刻递上杯黑咖啡，应白接过来抿了一口，脸更臭了。

小唐性子又活泼，天崩地裂都别想让她不吵，哪怕一秒都不行。

她看着应白这副上班如上坟的冰山脸，嬉笑着打岔："姐，这咖啡难喝吧？特意挑的一点奶都不加的黑咖啡。没办法，虽然难喝度百分百，可消肿度百分之二百啊！保证您今儿又是脸最小、皮最紧，艳压方圆二百里没商量的牡丹花。"

应白差点被她气笑，两人处了半年，如今小唐和她也算亲近，她直接给了小唐一栗子："别吹了，按你这风格的吹法，我不久的归宿就该是去春节晚会艳压李老师了，给我积点德吧。"

被这么一打岔，缠了应白半宿的旧梦倒也散了大半，应白的脸色好看了些。

可好景不长，等车开进片场，应白又明显沉默了下来，小唐怎么插科打诨也没用，于是瞄了她一眼，小心翼翼地提醒道："姐，要不咱还是把墨镜戴上？这个月的冷艳通稿有些超标了，如今刚入组，片场还蹲着不少狗仔队，要不咱忍忍？等下个月咱再来当那乱世巨星！"

这意思是让她别耍大牌，但小唐就是能把话说得委婉又逗乐。

应白懒得和她贫嘴，直接戴上墨镜下车，唇角带上一点恰到好处的微笑，美艳、高贵又不失温柔的大明星，她演了这么多年，早得心应手了。

她刚进组不久，如今还没正式开拍，还是剧本围读阶段，接下来还得上训练，威亚、枪械、打斗都得练，时间还长着呢。

幸亏这是大导演的作品，否则就这群腕儿，哪能腾出那么长空档？

应白下车前就换上了高跟鞋，躲在墨镜后面，端着一杯没喝尽的黑咖啡，一路走到了会议室。

一推门，应白看到导演、制片、编辑、副导演、选角导演加上主要演员居然已经满满坐了一屋，她的头皮瞬间麻到天灵盖儿，但脸色却半点没变，大方地笑着落了座，嘴里说着：“是我来迟了吧？各位前辈，实在对不住，下次绝不会了。”

其实她心里知道，自己已经比原定时间早到了，可昨天她来剧组初次碰面结束后，就因为有其他行程提前离开了，肯定是这里出了问题。

可那又如何？这档口上难道还能容她站在这儿细细辩解自己没迟到吗？那才是真不上道。

干他们这行，有时候多开一天机就能烧小一百万，腕儿越大，时间越按秒来计算，所以有时候下风下雨下刀子也得上，谁耽误了就是谁捅娄子，天大的理由也不好使。

若是平时也就算了，可这满座的前辈，应白虽然出道多年，可资历在这群人面前也就是口下酒菜，所以只能先吃了这哑巴亏。

她拉开椅子，快速坐了进去，身姿微倾，丝丝缕缕的发缠了半身，落在肩上，从视觉上切割着如玉的肌肤，发丝弹了下来，恰巧，那尖梢拂过旁边人的手背。

旁边人倒是好定力，这般活色生香的美人，一分都没落进他眼里，他没避，也未迎，反倒是挑了半边眉毛，似笑非笑地瞄了她一眼。

应白倒真不是故意的，只是她本就来得迟了，这张桌就剩这一个空位，若要大张旗鼓绕到另一面，更显得她事多。

于是她也未接那一眼，只是浅笑着和坐在另一旁的男主演点头示意，顺便将那惹了乱的青丝全拢到了另一侧肩旁。

男主演李舒是近几年势头正盛的小生，童星出身，走的是最正统的科班路子，气质正，骨相正，演技也正，笑起来像白日里的太阳，让人心头一暖。

靠着这股子爽朗的精气神，李舒实打实地积累了从小姑娘到老大爷的路人缘，如今打算转型，就憋着这股劲儿打算借大导演的东风直上青云。

因此，李舒心里也是希望剧组成员间能和和气气、结个善缘的，便替应白接了一句："没事，这次是大家都来得早，下次早开工的话，我给大家买豆汁，尝尝这好东西。"

他说到最后笑得挤眉弄眼，分明是要借着玩笑缓和缓和气氛。

男主演发话，大家也都给面子地笑一笑，应白更该承这个情，便垂眸笑了一下，回道："那就先谢谢师哥了。"

他们是三大院里同一所学校毕业的，虽差了几届，可圈里向来讲个纽带，叫声师哥也是应当。

只有一个人没笑，他还是那副万事不入眼的样子，他腕间的白贝袖扣擦着桌面，修长的手指摆弄着金尖笔，不咸不淡地用笔帽在桌上叩了两下，声音极微，大概也就他一个人能听到。

可除了他，应白也听到了。

她心头像被啄木鸟轻啄了一口，仿佛一声叹息。这么多年了，他还是这个习惯。

应白也说不清自己心里是什么滋味，却也坚持着没有回头，低下头翻起了剧本。

人到齐了，便能正式开始了。导演林理玄扶了扶老花镜，透过半月镜打量着场上的人，笑眯眯地问道："小李，小应，剧本呢，你们应该都看过了，但我的习惯你们也都知道的，剧本随着拍摄有改动是很正常的，你们拍摄中有什么意见和想法，也都可以大胆说出来。

"当然了，拍过的戏要推翻重拍，也是很正常的，到时候，可以哭鼻子，但哭完还是要继续坚守在岗位上的，做得到吧？"

大导演的戏，哪是这么好上的？为了这个机会，两人无不是经过千锤百炼，就算知道要求严苛，那也是甘之如饴。

但不等二人顺势表个忠心，导演便继续说道："给你们正式介绍一下，小应旁边这位年轻人是我们剧组这次请来的顾问。”

众人的目光齐刷刷地投向了应白身旁的男子。

作为一个剧组幕后顾问，他长得过分好看了些，也过分年轻了些。他的身上还带着些冷意，坐在这群十分会来事儿的娱乐圈人精中间，显得格外突兀。

导演却没管那么多，继续说道：“你们也知道，这戏借了不少真事儿打底，剧本底子厚不厚、牢不牢，就得看能不能抓住这些案子的精髓了。”

“何况有些案件还没脱密，所以我请了我的老友——政法大学的洪教授出山，但他这两年身体不太好，适应不了跟组强度，所以派了他的关门弟子来从中协调、调度。”

林导刚说完，又看着应白笑眯眯地说：“对了，小应，他和你还是同姓，你们这个姓可不常见，说不定几十年前还是本家呢。”

导演的话在片场从来大过天，所以这句根本算不上认真的调笑，也让会议室瞬间洋溢着欢快的气息，人人都笑得一副真心样，包括应白。

她一边笑一边想，可不是吗？

方桌上，人人笑得欢快，应白这个女主角更是笑靥如花，可唯独那人，还是那副淡泊的样子。

台面上，那只一直握着钢笔的手，不知什么时候来到桌下，借着身姿和桌椅的遮掩，蓄势待发。

应白正打算拢一拢从耳后掉落下来的散发，突然颤动了一下，那缕拢到一半的发又掉了下来。

有只手，悄悄伸到她的腰间，对准她最怕疼的地方，狠狠地掐了一把。

她那从昨日起就悬在心里，吐又吐不出、咽又咽不下的别扭心思，像个始终充着气却不知何时爆炸的气球，终于在此刻被扎破了，炸得她又酸又疼。

应苍林看着旁边这人掩在发间、红透了的耳朵，终于露出了今日的第一抹笑。

应白心里想，世人总爱说她是妖精转世，哪怕一张绯闻照片也没拍到过，却总爱往她身上安些荒唐的暧昧传闻。她虽不在意，却也觉得有些无语。

她是荒唐过，可她打出生落地起，就只对一个人荒唐过。

这人，现在就坐在她的旁边，笑得讨厌极了。

应白被撩拨了一下，就那么一下，便觉得耳朵跟烧起来似的。她在心里暗暗啐了自己一口，怎么就这么经不住逗？明知那人不怀好意，还如此方寸大乱。

她又暗暗在心里嘲讽了自己一把，自己都快成镇守尼姑庵的住持了，哪来的什么凡心？

她将所有反应归于单身许久的负面效应，继续全心投入剧本围读当中。

林导能在第五代导演里占据如今的地位，自然是有过硬的本事的。这剧本算不得薄，却被他三言两语将主线剖得干干净净，再稍稍点拨个两句，在座几位便明白，这支线与主线间，且有的变呢，不到最终剪辑，谁也料不到结局如何。

待到散了场，自然是众人各种套近乎的好时机，说是闲聊，可谈笑背后全是算计。

谁会嫌自己戏份多？谁又不想挑那戏眼的大梁？要知道这番位虽然定了，可谁出彩，谁的“人设”能得观众眼缘，里面学问可大着呢。

都上了林导的戏了，谁心里没点冲奖的念头呢？

散场后，几个主演扎了堆往导演身边站，聊天地点换到走廊外。这部片男性角色多，就算是李舒，也熟练地加入了“战局”。

应白眼见所有人都走上前去把导演围紧了，便十分担心自己成了这男人戏的镶边女主，若再不争上一争，她不如真绞了头发做姑子去吧，那才是真正淡泊名利的六根清净。

于是她深吸了口气，自然而然地加入了进去，李舒瞟了她一眼，便明白这是个逞强的。

可他也没想劝，人为财死、鸟为食亡，谁不想争个上进？这时劝她才是挡人前途呢，所以他给她递了个话头："这次终于能和师妹合作了，我可是听说师妹是著名的'保一条'①，这次师妹可得顺带保保我。"

两次下来，应白就知道如传闻一样，李舒确实算是个好相处的。

他们是男女主演，番位也是早定了的，结盟起来共同争取他们那条线出彩，十分符合双方的共同利益，应白便笑着接了他的话："那都是他们开我玩笑呢，师哥你就别来揭我的底了，何况在林导面前，我就是张白纸，这次是打算铆着劲儿偷师来了。"

李舒递来顶高帽子，她可不能真老老实实地戴上，顺手就给导演戴上了，反正整个剧组导演最大，头大戴高帽，妥了。

林导显然是常年接高帽接到脱敏的，遂笑呵呵接了，半是玩笑半是认真地说："想学当然能学，就是要吃苦，别看你们年纪小，我这里可是一概不容情的，别的不说，剧本都看过了吧？这次跨度大、场景多，做不了顺拍，对你们的情绪转换要求也高，能克服吗？"

李舒和应白交换了下眼神，都看见了彼此眼里的光，难度大，自然也就意味着出彩，他俩心里也就有谱了。

其他人自然也想来分一杯羹，几个配角顺势插了进来，话头一会儿扯到东，一会儿扯到西，面上一派祥和，底下全是讲究。

或许是经常熬夜，又不太方便洗澡，男人堆里好几个工作人员身上

---

①一般指拍摄中，这条拍摄通过，再多拍一条备用。这里作为外号的意思，引申为应白一般一条过，一条就能保。

都散发着一些不好闻的味道，偏偏他们又密集地站成一圈，应白站在他们中间，感觉到了不适。她不搭话时就尽量屏住呼吸，偶尔借着转换姿势换口气，这正聊得热火朝天的，她不能做那个扫兴的人。

可这么下去真没完没了了。

“林导。”

不知什么时间，那位应顾问过来了，出声打断了交谈。他穿得体面，长得俊朗，在这堆演员里都挺出挑。

林导见了他，倒是挺客气的。

那位应顾问继续说：“林导，关于您之前咨询的案子，我这里准备了一些材料，不过这些都是内部材料。”

言外之意是只方便他一个人看。

林理玄是出了名的编导不分家，在剧本的构思和修改方面都参与得很多，听了这话果然大感兴趣，立刻打算和他一起找个地方私聊。

釜底抽薪，最重要的“大佛”被拉走了，这局自然也就散了，各人的算盘虽然都落了空，可好在自个儿的算盘没打完，别人的也没打完，倒也公平。

应白也随着大流往外走，可脚步到底急促了些，旁边的李舒看到了，安慰她道：“剧组老爷们儿多，又爱熬大夜，身上散发的气味确实不太好闻，没办法，只能自己适应了。”

应白自然不会在他面前露怯，只微微笑了笑，道了声谢当作回应。

她的目光漫不经心往外移，看见了导演和应苍林并排走着的背影。

她有多久没见过应苍林的背影了？什么时候他都长这么高了？他的肩线舒展平直，被包裹在剪裁合体的西装里，腰上顺着收拢，勾勒出一副藏在衣裳下的好皮相。

“这个应顾问，倒有点意思，我们刚在那儿难受着，他轻轻巧巧地把人请走了。”李舒顺着她的目光看过去，然后开玩笑说，“不过倒是歪打正着救了你，你运气不错。”

他说完这话，没等到回应，侧头看了看应白，发现她有些怔愣。

见他望过来，应白才如梦初醒一样回过神来，如春来燕子点过水塘，漾起一丝淡到极点的笑。她回道：“是啊，我运气不错。”

李舒觉得有些奇怪，但终究不算与应白熟识，于是撂下这茬，若有所思地说道：“但说真的，林导是真挺看重他的，不是个棒槌，看这架势，他对剧本的影响不小。”

他这话说得委婉，但底下意思门儿清，这是块能撬的砖。

应白没有作声，径直走了。

接下来两天的围读，应苍林都出席了。他还坐在那个位子，跟块木头一样戳在那儿，不发言也不参与，就默默玩着金尖笔，一下一下敲在纸面上，明明没多大声响，却还是让应白从内心深处涌出一股焦躁，仿佛从毛孔里蒸腾出一层薄薄的汗，附在身上，抹不尽，甩不掉。

她只觉得生厌，笔帽叩击发出的声音令人生厌，坐在旁边隐隐传来的热量令人生厌，长桌底下被西装包裹着的腿若有似无地擦过时留下的触感令人生厌。

从背后不时投过来的、仿佛带着温度的视线，最令她讨厌。

应白跟迎客松似的全程朝着导演那边望，身子都不带歪半下的，这么一场围读下来，她差点把脖子给扭了。

可事实往往不尽如人意。

好容易盼到要散会了，应白完全是靠着女明星最后的矜持，才阻止自己跟上了发条的弹簧似的飞离现场。

反正林导最近总是拉着应苍林，两人跟谈心事一样关在小黑屋里，谁也见不着导演人影。

应白在心里腹诽，“唐僧肉”让“猪八戒”给占了，魑魅魍魉都没处下手。

她倒是吐槽吐得痛快，却也不想想，应苍林要是“猪八戒”，她不也把自己挤对成小鬼了吗？

可这回“唐僧肉”先发话了：“小应啊，你演的就是律师，故事也要从你的视角展开，你立住了，这本子才有了骨架。你的表演必须具有说服力，让观众真的相信你是个愣头青律师。

“这方面我建议你多和应律师请教，别看他年纪轻，手上经历的案子可不少，趁着他这几天跟组，你抓紧时间多和他交流交流。”

“唐僧肉”都这么说了，她个小鬼还能怎么着？她自然是笑得谦虚极了，答应下来，然后今儿第一回扭头望向了那被她腹诽了半天的“猪八戒”。

只见今天这“猪八戒”梳了背头，发丝整整齐齐地拢在脑后，一丝不乱。他明明该是个稳重成熟的律师，可偏偏眉毛斜飞入鬓，眉色极浓，生得一双俊目，眼尾微微挑了一线，如同字尾洇开的墨。

这倒是个极标志的“猪八戒”。

见她望了过来，他浓黑的眼眸盯着她，用视线锁住她，是极专注的样子，可唯独眼底没有多少光亮。

仿佛是触碰了空气里微小的静电，应白被那目光缠得心烦，脸上客气而礼貌的笑容不自觉地淡了去，就这么回望着那个人，翘起的唇角也冷了下来。

看见应白破了功，那人倒是笑了起来，这一笑，便如同春日里将将化开的冰河，还能看见细碎的浮冰在水上漂着，可眼中粼粼的波光，昭示着他此刻有多么愉悦。

能卸下她的防备，可真让人自得。

“我这边自然是方便的，不知道应小姐有什么想交流探讨的？”他温文尔雅地开口，说得客气极了。

那点客气倒激起了应白的好胜心，她这样自傲的人，怎么能容许自己是失礼的那一方？于是她也重换上谦虚有礼的模样，笑着回道：“那是自然，能向应老师请教是我的荣幸，任何时候您方便，我就方便，该向您学的东西还多着呢。”

这算是混剧组养成的习惯，这几年不知为何，上上下下的工作人员对那些不知道如何称呼的、算不清辈分又怕得罪了的人，统统都称一句“老师”。这称呼比菜市场门口堆的一捆捆批发的大白菜还寻常，你在一个剧组能找到的便宜“老师”比在市一中门口放学时见的都多。

不过应白是挑半边梁的女主角，这番姿态对于主演来说可谓是不低了，当然，她也不是做给他看的，而是做给导演看的。

“择日不如撞日，就今天吧。”应苍林微挑了半边唇，笑着下了结论。

就这样，围读结束后，应白只能选择“躺平”了。

她慢腾腾地收拾着东西。总共就一本剧本加一本笔记，她硬是收拾了十来分钟，眼瞧着本子就快被她摸出花儿来了，就指望着应苍林能忘了这话头儿。

毕竟成年人的世界里，说了下次约饭，那估计也就是哪边凉快哪待着去吧。

可大概是多年律海沉浮，反倒催生出应苍林以前也从未具备过的实心眼子，他就这么站在墙边看她折腾，神情宽容得跟看三岁孩子学使筷子也差不离了。

应白还在那磨蹭着试图拖延时间，会议室里人都走得差不多了，她还兀自低着头。她突然觉得手背一热，耳后有气息拂来，撩动了她的发，在脸颊上留下针尖大的麻痒。她本能地想往后退，却一下子抵在了一个宽阔的胸膛上。

应白大概也是昏了头了，在这样的慌乱间，一下回了头，却没有想到那人贴得这样近，小巧的鼻尖从那人的侧脸擦过，似触非触，徒留下温凉的触感引人遐思。

他们靠得这样近，连睫毛都成了蝴蝶的翅膀，稍稍扇动，便能够在心里掀起一阵风浪。

应白不是没有被人抱过，当了这么多年的女演员，亲密戏也拍过不少，可唯独这个人的体温，她记得这样清楚，清楚到让她隔了这么多年，还是坐立难安。

“慌什么？”应苍林轻轻问道，语气里带着漫不经心的戏弄，手指顺着她的手背往上，伸进指缝间与她纠缠，十指交错，不留一丝缝隙。

这句话，是当年她戏耍还年少的应苍林，看着他慌乱的眼神时，歪头笑着问他的那句话，如今被原样奉还。

应白咬了唇，刚要发火，应苍林的手却从指缝滑过，顺势拿走了她手里的剧本，一下退了个干干净净，立到一旁，拿起剧本随意翻了翻。

转眼他就正色说道：“这里面的东西我都看过，但我看过的东西你未必都看过。”

撂下这句意味深长的话后，他合上剧本，微侧了头，笑着问她：“这部戏，对你很重要吧？”

应苍林背对着窗，屋外的太阳很盛，扑进来的阳光把空气中的微尘都照得显眼，他的面容被光影切割得半明半暗，正如多年前那个午后，她也曾像这般站在逆光处，同他开一些暧昧而带着恶意的玩笑。

应白知道，她丢弃过的狼崽，没有如期消失，反而在成年后来寻仇了，这是她的报应，也是她的宿命。

应白伸手去够他卷在手里的剧本，却被他轻巧闪过。他把剧本扬在半空中，眼神往下睨，透着闲庭信步的从容。

“如何？”他将剧本递回给她，微微错身，然后轻轻说道，“不说话吗？我可不会等太久。”

他唇里吐的全是无情的话，眼神里也没有多少留恋，唯独姿态像相依偎的恋人。

应白还能怎么选？她哪里还有选择？如今的她，简直像是困在笼子里的仓鼠，越是挣扎，越是无用，连逃跑都成了供人取乐的笑话。

既然如此，她便不挣扎了。

隔了九年的岁月又如何？隔了这算不清楚的隔阂又如何？她应白难道就一定会输？

他如今长成了大人模样，在这儿装腔作势，从前不还是被她戏弄？如今不就是仗着她那点磨灭不了的愧疚和良知吗？这些东西她现在也不怎么富余，如今就更嫌累赘了。

鹿死谁手，还不一定呢。

她伸手去夺剧本，却没急着抽出，涂了红蔻丹的指尖探进应苍林的指缝，修剪得光润的甲缘不轻不重地滑过。

应苍林从头到尾的无懈可击终于裂了一瞬的缝隙，她离自己熨烫得一丝不苟的衬衫就这么几寸距离，隐香浮来，不管不顾地扑进他的鼻、他的眼、他的一呼一吸间。

局面瞬时掉了个儿，应白微微垂下眼神，在他瞧不见的地方微微翘起唇角，趁着他一个闪神，将被他扣住的剧本又夺了回来。

两人的心隔得远，身体却贴得近，应白踮起脚尖，下颌若有似无地倚在他的肩上："我让你等了吗？"

一语双关。

九年时间，被她一言抹尽，说得仿佛他活该。

应苍林低下头笑了起来，表情看不清楚，只能隐隐望见唇角拉出的一点弧度，再抬头时，他仍是那个文质彬彬的大律师。他收敛了神色，说道："不错，这么多年，你倒是一点没变。"

随即他退了一步，站直，又变成了那个冷淡的谦谦君子，与应白隔开些距离："我自然会帮你的。至于报酬，连带利息，之后再收。"

应白知道自己这是与虎谋皮，不知道是怎样的报复在日后等着她，但是走一步算一步吧。

更何况，她心底深处也不是看起来那么无畏的，那些隐秘的过往，如同陈米自己发了酵，酿出一股子带着辛酸的绵长滋味，她也想求个终结，这团窝在她心底这么多年的乱麻，剪了也好。

至此，二人终于开始了每日的补习，应苍林教她律师工作的日常是怎样，律师办理案子时的思维模式是怎样。

两人并着肩往外走，其他人早走得干干净净了。空荡荡的走廊上，关于补习地点，应苍林先开了口："去我家吧，足够清静。"说这话时，他还挑了眉毛笑着看她，眼角眉梢里暗暗含着奚落与挑衅。

应白这时候不该露怯的，于是便持着女明星矜持的微笑，一路无言，只是加快了脚步。

"不方便？"应苍林提了半调。

"还是不敢。"他换了肯定的语气。

"你是不是这几年从不看电视？"应白戴上墨镜，淡淡地问道。

"是不怎么看。"

"那怪不得，捎带告诉你一句，我挺红的，前一天去一个异性家中，第二天手机里第一条推送消息就会是我的那种红。"

应苍林没料到会听到这个答案，一下子笑了出来，接着伸手扣住她的腕，一下子将她拉入旁边的房间中，咔嗒一声落了锁，窗户全被厚厚的窗帘盖得严实，白日里也是一片昏暗。

她还戴着墨镜，在这里视线更是陷入黑沉中，她本能地挣扎起来，却被应苍林反扣了手腕背在身后动弹不得。

"那在这里也一样。"他的眼神从高处落下来，落在她身上，仿佛蒙了层雾。

"我若想，在哪里都能让你难堪，我若不想，你再多花样，我也不会多看一眼。"应苍林取下她的墨镜，在黑暗的掩饰下，直视着她的双眼，说道，"这你应该是最清楚的人，不是吗？"

应白的唇抿得成了直线，挣扎的动作停了下来，态度却越发消极。应苍林倒来了兴致，俯身贴近，却并没有吻她，只是停在她面前，错开半寸。

“既然你这么红，红到去异性家里第二天便会见报，那这些年，岂不是过得难熬得很？

“你的诚意是什么？报酬呢？”应苍林低声问道。

还没等再多说一句话，他突然神色一变，瞬间出手挡住了应白蠢蠢欲动准备上击的膝盖。

他太了解应白了，她稍微动一动，他便知她想要干什么。他不仅挡下了攻势，还顺势擒住了她的膝，叫她动弹不得。

“不要脸！”应白气得骂人。

“急了？”应苍林声音里的笑意藏都藏不住，他说话间灼热的气息让人起鸡皮疙瘩，也让人肾上腺素飙升。

应白挣扎起来，手揪住他的衬衫死命推拒着，可应苍林早就不是当年那个清瘦的男生了，如今在他笔挺的衬衫下面，蕴藏着厚重的力量。在应白的一番动作之下，他的衬衫被拉扯出隐隐的褶皱，透出内里的皮肤。

他轻松地压制住应白，可她尤不死心，继续挣扎起来，细得和柳条一样的腕子徒劳地在他的禁锢下扭动，但刚刚拉开些距离，他稍一用力，那些隔开的距离就又变为虚无。

她的挣扎落在应苍林手里都成了撒娇一样，他侧了下眼，看着累了的她终于消停了会儿。

从他这个角度望过去，应白垂着头，下颌和他的肩膀从视线上重叠在一起，仿佛是靠在他的肩上，发旋上的碎头发拂在他的侧脸，微微侧首，他的唇便会擦过她的额发，如同情人间的亲昵。

侧眼望去，她细白的指尖还在揪着他的衬衫，和那懵懵懂懂见物就握的婴儿并无二致，几番下来衣服都被拽皱了，仔细看，她的手指还在微微发抖。

他的鼻尖半埋在她翘起的发梢上，感受到她细得不堪一握的手腕上的骨头都凸出来了，硌在他的掌心，可想而知她如今有多瘦。

应苍林几不可闻地叹了口气。

可此刻的应白只觉得挣扎无力的挫败和羞辱快要将她逼疯了，她的身体里仿佛翻涌起蒸腾的开水，咕噜咕噜地冒着泡，然后什么也不剩了，只觉得他每用一分劲将她禁锢在原地，一个水泡就从底部蒸腾上来，啪地破灭，溅出灼人的水花，烫得她无处可逃。

她做了这么多年高高在上的女明星，却在此刻突然觉得累了。

这么多年，她跳过冰河，爬过高楼，躺过星空下的沙漠，半夜在剧组熬得黑眼圈挂到下巴，为了戏节食到跑完一天通告只吃半个鸡蛋和一点菜叶。

可她没觉得累过，身体上的力竭反而叫她感觉满足，让她能在空无一人的家里筋疲力尽地好好睡去，什么都不用想，享受过劳的大脑瞬间宕机的短暂心安。

她花了九年时间，建了一堵能隔绝自己和所有人的透明围墙，虽然她再也无法真正触碰其他人的温度，可其他人也再触动不了她。

孤独是最低限度的安全，麻木是再好不过的安慰。

她仿佛行走在脆弱的冰面上，小心翼翼地保持平衡，但这个人，还是这个人，轻而易举地踏碎了她用多年时光铸好的禁区，以放肆的姿态，随意地践踏。

应白甚至能听见冰面下裂开缝隙的细微声响，那些一直被冰层掩盖的暗流，此刻就要喷涌而出。

他的力气什么时候变这么大的？大到她已经挣扎得气喘吁吁，他还纹丝不动。

她不甘心，不甘心被当年自己戏耍的人就这样轻易反制。

可她心底里，有些她自己都无法承认的庆幸。

庆幸他如此强硬，让她能原谅自己此刻的无力，能容忍自己，或者说服自己是被迫让他握在掌心一瞬。

这一瞬，就算是短暂的，却也是现实的。

可就在下一秒他松了手，在应白快要放弃挣扎的前一刻。

手腕上只剩下一点余温，像是被沸腾的水溅过，当尖锐的疼痛退去后，只留下浮皮潦草的温热在迅速凉去。

这种痛叫应白回过神来，她低头看了一眼自己的腕子，不由得在心里暗自嗤笑一声，自己真是越活越回去了，真没出息。

这样轻易就动摇，让过去九年的自己都成了一个笑话。

接着，那只手伸过来想要擒住她的下巴，让她直视自己，可此刻已经清醒的应白早已将那些胡乱冒泡的沸腾都压了下去。

她偏头躲开，应苍林伸出的手徒劳地从她唇角擦了过去。

他顿了顿，眼神里闪过一点隐秘的热，带着痛，像是雨夜里的隐隐雷声。

最后应苍林收回了手，往后退开了一寸，还不忘将她扶正站好，然后不待她反应过来，便恢复了那副冷淡的样子，仿佛他们之前宛若交颈的模样都是幻觉。

但他们确实从未交颈，即便刚刚靠得最近的时候，也依然隔着距离，仿佛两条看似相交却永远平行的线。

“只会嘴硬，这点你倒也没有变。”

应白倚着门，即便在这样的黑暗里，她还是看到了应苍林的眼神，锐利、清醒而又强硬，哪里有被往事动摇半分的样子？他只不过是在看猎物而已。

不过她还是在心底笑了，此刻他伪装得再好，也是她亲手教出来的狼崽，他了解应白，应白难道便不了解他吗？

那声埋在她发里发出的轻叹，很微弱，呼出的气息也被她察觉到了。

既然不是心如磐石，那她便还有胜算。

两个人伪装着，试探着，一寸也不肯让，一寸也不肯进，大概不到最后一刻，谁都不知谁是猎人，谁是猎物。

她站直了，伸手拢了拢自己有些乱了的头发，俯下身去，捡起掉在地上的墨镜，鲜红的蔻丹在黑暗中依稀可见，再起身时，她还是那个天生矜贵的女演员。

“闹够了吗？闹够了便开始做正事吧。”她风轻云淡地开口，声线里因挣扎而微微不平的气息已经稳了下来，眼神也被墨镜遮了大半。

应苍林玩味地看着她，他早知道这个女人有多心狠、多坚韧，这样也好，这样才足够有趣，游戏才刚刚开始，现在就将她击溃，那还怎么玩下去呢？

“走吧，挑一个你觉得安全的地方，我来帮你补习。”他双手插兜，也是一副正人君子的模样，若是方才没有这样狠命地擒着她的手腕，这话肯定更有说服力。

“我先走，你在这留十分钟再离开，地址我路上发给你，到时候从停车场上来，别走外围出口。”她睨了他一眼，便移开了眼神。

应苍林自然是接到了这飞来的眼刀子，他不以为意，反倒主动出击，轻描淡写地说道：“你已经知道我的联系方式了。”

这话不带问号，而是一个直接的肯定句。

回应他的是稍显大的关门声，应苍林留在门内，终于笑出了声。

应白目不斜视，踩着七厘米的高跟鞋走得飞快，那气势差点没把地板戳出窟窿来。

等到了外面，车早就在门口等着了，助理小唐拎着她的包，见她往外走，就提前把车门给打开了。

应白蹬着高跟鞋就往上跨，十分熟练地坐了进去，姿势优美，动作麻利。如果国际奥委会愿意给女明星增加一项穿着高跟鞋走高跷或者赶海的运动项目，她大概是很有希望去争一争冠军的。

应白进了车，说完去哪儿之后，便坐在角落里一言不发，躲在墨镜后面望着窗外，浑身上下散发着“别说话，开车”的潜台词。

但小唐上了车后，在旁边磨磨蹭蹭耽搁半天，还自以为隐秘地不停瞅她，动静大到就算是戴墨镜的阿炳也该察觉了，更何况这只是戴墨镜的应白。

应白当了这么多年女演员，不至于这还能露怯。她在心里过了一遍，小唐才来了半年多，以前那些乱七八糟的事儿也没处知道去，围读时也一直在外面没进来。

然后她放下心来，清了清嗓子，解释道：“林导让组里顾问帮我立立戏，待会儿见面就为了聊这个，公司那边你先不用多说什么，别没事儿都给他们造出事儿来了。”她口吻冷静，分析入理，毫无私心。

小唐听了这番话，却越发坐立难安，跟那火烧了屁股似的。就在应白对自己糊弄人的演技头一次产生了怀疑的时候，小唐终于大着胆子递过去一张纸巾，艰难地说：“姐，要不擦擦嘴吧？”

应白愣了一瞬，然后条件反射地捂住了唇角，简直不打自招。

那浑蛋把她的口红弄花了。

他没直接碰她，所以让应白放松警惕忘了这茬，没想起他刚才又是靠近脸颊又是出手擦过唇角，结果就是自己顶着模糊而暧昧的唇线走了一路，她这一路摆的女明星派头，现今都成了笑话。应白耳朵根子都红透了，接过纸就使劲擦着，唇角都磨红了。

小唐即便再是个傻姑娘，见了这光景，也该知道今儿这剧组里大概是上演了一出《西厢记》。至于这张生是谁，想想他们好容易下了班，却不麻利地回家，还往外奔，为的是见谁，心里自然也就有数儿了。

她正搁那儿低着头装哑巴呢，只听见缓过劲儿来的应白重新恢复了镇定，淡淡地对她叮嘱道：“公司那边嘴巴严些。”

还不等小唐小狗式点头，应白就又补了一句：“下个月奖金翻倍，从我私账走。”

金钱的诱惑使小唐瞬间就从那蔫吧的狗尾巴花笑成了一朵向日葵，

脑子里那噔噔的算盘声，让她挤眉弄眼地凑到应白身边。

小唐开口撺掇应白道："姐，你不必那么紧张，你说你出道也有这么多年了，现在又红得很，手上有人气，有作品，电影、电视剧都有涉及，代言也不错，也算是站稳脚跟了。如今这个年纪正是谈恋爱的好时候呢，只要你不是和流量小生谈，不会有多少粉丝非议的。"

她小嘴还在叨叨，应白扶了扶墨镜，终结了话题："再说，奖金取消。"

小唐一下子便消了音。

应白短暂地得了点清静，掏出手机，摁了一串数字，将地址输了进去，手指停在发送键上，犹豫了一会儿，然后又在心底嗤笑了下自己，在这矫情个什么劲？于是她就这么发出去了。

她挑的是个私房菜馆，招牌菜是豆米火锅，她是老熟客了，要的是包厢。等应苍林推开门的时候，火锅的烟气正袅袅上旋，恰巧把那人的面容遮得若隐若现。

"你挑的地方倒挺有意思。"应苍林早料到她不会挑那种一口寿司三千块的生冷日料，或是看不出本来模样的分子料理，却也没猜到她会选个这般有烟火气的地儿。

这大概是一天中，应白最不像女明星的时候，她的墨镜摆在桌上，唇妆早在车上就全擦掉了，脸上带了一天的妆在烟气的蒸腾下也微微花了。她半素着脸，反倒多了几分清丽。

她没搭理应苍林，自顾自地用长筷子往豆米火锅里加鸡毛菜、蒜苗和菌菇，把桌上的蔬菜一口气全下了。

应苍林坐下来，将腕上的表摘了下来随手放在桌上，解了袖扣将袖子挽到肘部，然后伸手夺过她手中的筷子，端起桌上的肉圆、猪肚和油渣，也一口气全下了。

应白空着手，看着那满锅的荤腥，脸色瞬间差了三分。应苍林却半点不怵，直接挑破道："你爱吃肉我又不是不知道，吃就是了。"

这能一样吗？

她以前那是青春期，半夜吃头整猪都不带长一两肉，如今她要上镜，肿一分都要命，喝凉水她都嫌塞牙显腮帮子。

“怎么发现的这地方？”应苍林根本没管她，自顾自地往锅里加着菜，顺道问着。

应白自个儿生了会儿闷气，才把脾气给摁回去，淡淡地回答道：“去年去G州拍戏，新年时组里本地向导带着去吃的，回来之后特意找的。”

隔着白雾，应苍林沉默了会儿才又捡起话头：“新年不放假？”

“剧组百来号人等你开工，搭的、租的景，停一天就烧个几十万，放得起吗？”应白稳准狠地夹了根鸡毛菜，脸上是淡漠的神色。

她多少年没回过家了？新年对她而言只代表着又涨了的数字而已。

“出来工作又不是来享清福的，你们律师钱多事儿多，应该最明白这道理啊。”她一下转了话题，斜睨着应苍林。

“怎么？不仅知道我的联系方式，连薪水都摸清了？”应苍林当了那么多年律师，早不是以前那个寡言少语的人了，当即就找回了场子。

应白给气得够呛，压了会儿脾气才没翻白眼，用筷子指了指桌上的表：“这表都戴上了，典型的暴发户做派。”她到底没忍住，还是刺了几句。

应苍林半点没在意，兀自往锅子里加菜，袖子卷上去，手臂侧面的肌肉线条随着动作显现。等又加了两盘菜，他才老神在在地说：“赚的也是辛苦钱罢了，好歹也做了那么多年律师。”

这应白是清楚的，他是跳级考的大学，如今算起来应该也当了好几年律师了。

“听说你是洪教授的关门弟子，他在象牙塔，你怎么没留校？”应白与他闲聊起来。

“我敬佩老师，可我志不在此，也没那个做学问的天赋，还是在铜臭堆里打滚更适合我。”应苍林说起这有几分自嘲。

这和应白印象中那个总有几分自傲和清高的男生相去甚远。

“既然我们这戏请的是洪教授，那他应该是研究刑法的？”应白状似无意地问道。

应苍林正吃着东西，闻言眼底浮了点笑意，等再抬头，有些答非所问地回答道：“老师是研究刑法方向的，但我接经济案比较多，只是平日里多少会帮着老师整理案子和资料。”

应白在心底悄悄松了一口气，还好，风险没这么大。她只顾低着头吃菜，没看到应苍林正隔着烟气细细打量着她。

这一局，又不知谁胜谁负，谁先露了软肋，谁被寻到踪迹。

稍微吃了点东西，应苍林自作主张，让服务员上了酒。

上的是红酒，自酒摆上了桌，应白就似笑非笑地看着他，唇角挂了一点讥讽的弧度，刚刚好，多一分则是明贬，少一分未免难察，将将够他这个与她从小一起长大的“弟弟”准确地领会到她此刻腹诽的程度。

“怎么，不会喝酒吗？”他光明正大地装傻。

“倒不是，只是红酒配火锅有点奇怪，你品位倒是另类。”应白见招拆招。

“过奖了，这不是想着不清楚你酒量，特意挑的红酒，怕你万一喝醉了，这酒也不会叫人头痛。”

好一个光风霁月、高风亮节。

他是怕不醉吧？

应白脸上笑得真诚，心内暗暗吐槽着，也不多说，拿了那俩高脚玻璃杯子就满上了。

两人就着菜喝酒，一会儿一杯酒就空了，应白又给满上，颇有较劲的意思。

应苍林随着她去，杯子空的速度比她只快不慢，照这么喝下去，大有能喝到明儿早起的架势。

两人心里都多少存了试探对方的心思，结果一瓶酒下去，两个人脸色都不带变一点的。

“酒量不错啊。”应苍林又开了一瓶酒倒上，冲她举杯，然后一口饮尽。

“你也不差啊。”应白晃着酒杯，深红的影子透着杯中反射的顶光，打在她的手背上，影影绰绰，她盯着那印迹瞧了一会儿，才开口问道，“怎么练出来的？”

“吃饭的场合多了，自然就练出来了。”他语气平淡得紧，丝毫没有波动，还顺手夹了块藕片吃。

他说得轻描淡写，可底下藏了多少摸爬滚打过来的磋磨，应白不至于听不出来。

他家里不过小康有余，算不上有背景，并不能给他太多助力，这么几年时间，应苍林能坐到现在的位子，这其中要吃多少苦，她不至于天真到想象不出来。

“你刚做律师的时候，是什么样的啊？现在又是什么样的啊？”应白没看他，看着酒，出声问道，随后又有些狼狈地补了一句，“林导让我和你多请教请教。”

她有些欲盖弥彰。

大概是酒放松了她的判断力，叫她声音里那些柔软的东西有些泄露了踪迹。

应苍林没戳穿她，只微微回忆了下，才开口说道：“实习的时候打电话、印文书、整理卷宗、做证据目录、跑腿盖章，最忙的时候别说吃饭了，连睡觉也顾不上，不过除了腿上功夫忙点，其余还好。”他口气中还有几分怀念。

“现在，变成出差、见当事人、应酬吃饭，除了费心些，也没什么。"他将现在说得简略极了，随即望向应白，"不说我，说说你，怎么过的？过得好吗？"

应白笑得妩媚，回答道："就说你不看电视吧，我可红得很，作品多、代言多，钱多事儿少还风光，过得比你舒服多了。"她抬手，将刚满上的酒和着眼底的晦涩一口饮尽。

应苍林就这么看着她，眼眸里是望不见底的黑沉，仿佛凌晨里半空忽起的夜风，想要裹她一身，可她却躲在高楼里，把那诉不尽的风全部关在窗外。

应白没察觉他的眼神，自顾自地喝着，正打算再倒上一杯，酒瓶却从手中被夺了过去。应苍林替她倒了半杯酒就停住了，语气如常地问道："那怎么不回家？富贵不还乡，如衣锦夜行。"

"怕你们沾我光呀。"应白挑了半边眉毛，"何况我自己走的，还回去做什么？"

"你的心倒硬。"应苍林笑了起来，将手按在酒杯底上，轻轻摇晃着，半真半假地应和着。

应白听了这话，恍惚了一会儿，然后笑得眼睛都弯了，月牙儿似的。

她笑得这般甜，这般美，却让人看了无端端心头一酸，就像那月亮映在水上的影子，那么圆满，却一碰就碎。

此后两人的话明显少了起来，反而酒喝得越来越快了。

都说心事重时不能喝酒，应白没多久就有了些醉色。

其实她去过的应酬不多，酒量没那么好，想灌醉应苍林套话，也不过是受以前他那清高而不擅酒的形象影响太深而做出的错误判断。

没等把他灌醉，应白自己先有些捋不直舌头了。

应苍林去结了账回来，只看见她手臂支在桌上，抵着下颌，巴掌脸都被她活生生挤出了双下巴来，脸上也飞着红，耳根都烧起来了，半点没有当红女明星的样了，倒有些憨。

他叹了口气，走过去打算扶她起身。他刚走近，应白却如梦初醒，着急忙慌地抽出支着下巴的手，一把将他推开。

可惜她力气不够，没将他推动，自己反倒失了平衡，往一边歪去。

应苍林连忙接住她，让她半靠在自己身上。

应白的脸烧得慌，倚着应苍林的腰腹，忍不住贴住凉凉的衬衫，和小猫小狗似的，蹭了下，然后又蹭了下。

应苍林没料到这出，苦笑着想把她扶正，看看醉得厉害不厉害，可刚伸手就被她一下子抓住了。她手心握满他的食指，轻轻地晃了下。

他放缓了声音，低声问道："怎么了？"他的语调不自觉柔和下来，如同在太阳底下晒了一天的沙粒，微哑而温暖。

可喝醉的人是听不进去的，应白嘀咕了句什么，又开始胡乱蹭着。

应苍林有些头疼地按住这醉猫，弯下腰来想听清她说些什么，可凑近了，她却不说话了。

"怎么了？告诉我好不好？"他耐心地诱哄着。

应白僵着不说话，好久才忍不住打了个小小的酒嗝。

可就这么一个嗝，也把她吓着了。她一下子用双手捂住自己的嘴，一双黑葡萄般湿漉漉的眼睛咕噜咕噜转着看他。

应苍林简直想笑起来，好容易忍住，俯下身来，握住她还捂着嘴的手，用了点劲儿想移开，她却不让。应苍林怕弄疼她，到底松了劲儿，可也没放手，就这么握着她，哄道："别怕，不笑话你。"

应白盯着他看了一会儿，缓慢地眨着眼，眼睫毛轻轻地扇动着。她终于垂下眼来，似乎在辨别他说的话是否可靠，然后慢慢松了手，用比猫叫大不了多少的声音嘟囔道："不许看。"

"不许看什么？"应苍林眼底的笑意越来越浓了。

"我吃多了，肚子是鼓的，不许看。"她说到最后，声音里带了几分娇嗔，配上这醉后两颊飞红、眸中带水的模样，真是说不尽的生动。

应苍林那双天生的桃花眼旁浮起一道笑纹，似弯非弯，看起来多情极了，一下子戳破了他多年来冷淡的伪装。他哄道："我不看，我保证不看你的小肚子。"

若她还清醒，便能轻易察觉他话里那藏不住的温柔。

可惜她醉了。

之后的事，应白的记忆都模模糊糊的，如同隔了层水雾，看得清个影影绰绰的大概，却记不清那许多细节，偶尔闪过一些画面，也如同透过凝聚而成的水滴划开的缺口，窥见一星半点。

应白只觉得一只有力的手臂一直揽着自己，她靠在那人的肩膀上，那肩膀宽阔坚实，一点没有硌疼她。她被一路扶进车里，安稳地睡去。

那熟悉的体温，让应白失去了最后一丝防备，陷入沉沉的旧梦里。

第二章

YINGBAI

逐光

应白年少的时候，父亲再婚了。

说起来，她的父亲还算是有情有义的，毕竟应白的母亲成了植物人已经很多年了。

应白早从众人偶尔来探望时仿佛看待死物一样的眼神里，和过年过节时闲谈起她妈妈时的口吻中，知道了这些世态炎凉：若是那丈夫瘫了、傻了，做妻子的伺候多少年都是应该的，但若换成妻子，丈夫能照顾个一两年都算祖上烧了高香。

更何况，应白家里面虽然是做生意的，还有些钱，可要照顾一个植物人，仍然不算轻松。

如今，她的母亲死了，所有人终于能一口气耗尽最后的怜悯，然后松一口气，迎接早就该来临的新生活。

所以，应白非常平静地接受了父亲的再婚。

大家第一次见面，是在城外的农家乐里，她的父亲应天耀特意挑了这么一个地儿，就是怕彼此待着尴尬。农家乐里各类设施齐备，活动多样，彼此要躲开不仅有地儿，也有理由。

再婚对象还不错，姓陶，年纪比她的父亲小上几岁，带了个男生。

陶阿姨长得白净秀气，是典型的南方女人，性格和水一样温柔平和，讲话时还带着一点糯糯的江南腔调。

应白都已经快记不清楚她母亲说话是什么样了，但她看着陶阿姨的目光偶尔与父亲的撞在一起，那一刻陶阿姨便会浅浅地笑起来，笑得脸上浮现出一个梨涡，应白就明白了，她的父亲大概是十分喜欢这样的女人。

那男生比她年纪小一点，皮肤白得很，只是有些单薄，高鼻薄唇，下颌线条如水墨淡淡滑过，流畅瘦削。

唯独那双眼睛生得太好，亮极了，仿佛雨雾里都要刺进来的太阳。

众人落座后静了一会儿，应天耀便打起了圆场："应白，这是你陶阿姨，她的儿子比你小，以后你要多照顾他，两个人要好好相处。"

应白看向笑得温婉的陶阿姨，轻轻点了下头，然后看向了男生，却撞上了一道目光。她望过去，只看见他眼眸中藏着的无动于衷。

对这一派欢欣温情的无动于衷。

应白的睫毛动了动，在眼底下落了一道浅浅的痕迹。她垂了眼，掩饰自己突然蔓延上来的笑意。

他们是同类人啊，这下可有趣了。

这顿饭吃得还算顺利，两个大人忙着给他们夹菜，适时表达一下关爱，偶尔还交换下眼神，然后不约而同地笑起来，彼此还有些不好意思的样子。两人在孩子面前都这样难以遮掩，真是老房子着火。

应白规规矩矩地吃完了这顿饭，该吃菜吃菜，该喝汤喝汤，一点也没有露出任何不快的神情。

另外一位也是一样，吃得专心极了，仿佛根本看不见大人间的眉眼官司，吃得也快，一会儿便下了两碗饭，然后就放了筷子。

应天耀大概也是考虑到怕他尴尬，便一脸慈爱地让他出去转转玩玩，美其名曰男孩子要多动动。那孩子也听话，还知道说句"叔叔你们慢吃”的客套话才出门。

应白又夹了几筷子菜，便觉得吃得有些撑了，上半身坐得规矩，下半身却在桌布的遮掩下，一条腿离了地，不停地晃着，百无聊赖地用鞋底擦着有些粗糙的水泥地。

大概是声响被坐在旁边的应天耀听见了，应天耀转头轻声吩咐她：“要是吃饱了坐这儿无聊，可以出去玩。”

看来应天耀挺满意今天她的表现，应白笑着点了头，起身出了门，留这一对老鸳鸯独自相处。

如今是春天，城郊还算暖和，这地儿是农庄主自己建的，旁边围了片小池塘，有条道通往那儿。水泥浇的仿古亭子虽不精致，色儿倒鲜艳，梁上的泥窝飞来了燕子，一窝的雏鸟张着嘴叽叽喳喳地等待哺喂。

应白站在旁边，望着那泥窝发呆，燕子飞回来了，将喙里的食物哺进那一个个张开的黄色尖嘴里。

应白看了半天，说不清是觉得可爱还是恶心，只觉得养育子女真是一件烦人的事情。如果她是那燕子，一定把这些孩子统统撇下，一个人，不，一只鸟去北方冻死在冰天雪地里才痛快，她面无表情地想着。

一个喷嚏把她从这些有的没的的想法里拽了出来，她从亭子里往外望去，只看见刚才早早离席的男生站在水边上，手捂着口鼻，一副极力忍耐的样子。他眼里似乎闪了点光，颧骨上都泛起了一阵红，哪里还有在饭桌上时那淡定的样子？

她没急着过去表达安慰，反而支着下巴靠在栏杆上欣赏了一会儿他狼狈的模样，眼看他缓了过来，没乐子可瞧了，才走了过去。

走近了她才发现，原来是半空中飘着一点柳絮。水池旁就种了棵柳，枝叶轻飘飘点在水面上。入了春，柳树抽芽了，漫天漫地飞着这白茫茫、细碎碎的玩意儿，一不留神就入了口鼻，呛得人难受，看来他便是中了招。

她直接越过了那男生，站定在他身前。他比应白还高了一点，正在抽条儿，所以身量有些薄。应白歪了头，正大光明地打量着他，眸子里闪动着不怀好意的光，半点没有掩藏。

男生自然注意到了她。他的气还没完全顺过来，看到这目光，他一下子差点又咳了起来，却用手把口鼻掩得更加紧了，极力按捺住不在她面前咳嗽，直逼得眼里的亮光更加盛了，冷冰冰的，跟刀子一样。

应白突然笑了，笑得灿烂极了。他看到那笑，愣了一下，无端端想起之前和妈妈去上坟时看到的迎春花，整个灰蒙蒙的墓园里，只有那簇迎春花开得热烈澎湃，让人躲都躲不开。

应白走到树旁，放松地靠在柳树上，柳条依稀拂在她身上，如同柔软的牢笼。她一只脚踩在半扎进水里的柳树根上，一只脚拨动着水面，撩着点点的水光，然后故意用甜美的声音问道："你叫什么呀？"

男生没有理她，试图重新平复自己的呼吸，过了好一会儿，才终于放下手来。

没等到回音，应白皱了眉，提高了一点声调，问道："哎，小聋子，问你呢，你叫什么？"

他终于转过来看了她一眼，只用目光轻轻掠过，没有掀起一点波澜，眼神是和他年纪所不相符的冷淡，仿佛在看他脚边的一块石头。

这目光应白见过很多次，所有人谈起她妈妈时，也是这副表情，就好像他们谈的不是一个活人一样。

不过，她妈妈也确实不是活人了，应白的太阳穴跳了一下，有些讽刺地想着。

大概是她的眼神变得有些灼人，男生转了过来，眼神里没有畏惧，但隐隐可见淡淡的不耐烦。他终于开了口："刚才已经说过了。"

"我知道说过了，可我没有听，也没有记住，所以你再告诉我一遍。"她颐指气使，理所当然。

男生面无表情地望着她，终于松了口，说道："陶苍林。"

应白的唇角一下翘了起来，如同吃了蜜一样。她从树根上跳了下来，脚步轻快地跳到他身边，故意凑得极近。

这下两个人的鼻尖几乎只隔着几厘米，连睫毛都能看清，瞳孔里倒映着彼此的面容。

应白看见他黑沉的瞳孔一下子聚焦，似乎没有反应过来，他猛地退了开来，呼吸也乱了几分，瞪着她没有说话。

她忍不住笑了出来，这也太容易慌乱了些。她笑得眼睛都弯了，说道："我叫应白，你要记住了。"

这样三番五次下来，男生的脸色有些沉，喜怒终形于色。

应白却依然挂着笑，轻巧得和蝴蝶似的靠近他，又突然踮起脚来，在他耳边轻轻说道："以后，要听话。"

他终于恼羞成怒，一下子要推开她，应白却先一步退了开来，就这么边倒退边笑着说："你耳朵红了，你知道吗？"

应白说完便跑开了，绑的马尾辫一下下跳着，随着她轻快的步伐不断落在她的背上。她穿了袭花裙子，那黑黝黝的马尾便像黑翅蝴蝶一样飞舞在花丛里。

男生望着她的背影，面上是掩不住的气愤之色，手却不由自主地摸了下耳根，有些发烫。他放了手，暗暗咒骂了一声。

应白在一片黑暗里醒来，头昏沉沉的，仿佛在热水里泡了太久，骨头都泡得有些软了，使不上劲儿。她有些费力地张开眼，才发现自己躺在陌生的房间里。

指尖触到的是凉而滑的丝，应白慢慢地坐了起来，墨绿色的丝被从肩头滑了下来，周围是一片寂静。

她应该感到害怕的，酒后失忆，醒来不知何处，对一个女明星来说，真是最糟糕不过的境地了，可不知为什么，她脑子就跟糨糊似的，仿佛精密仪器的齿轮错了一个槽，便再也合不上了。

突然，暗室里漏了一阵光进来，暖融融的，混着湿润的水汽，原来是靠里的浴室门被拉开了，一个人从里面走了出来。那人背对着光源看不清面容，只从剪影看出身长肩宽，是个成年男子。

应白却忽地放松下来，脑子里那根刚刚绷起来的神经又松弛了。她身体的本能比她的理智先一步认出了这是谁，无论她多么想将这人当作对立面，可记忆不会骗人，她之前人生的很长一段时光都是与这个人一起度过的。

曾经，他们互相分享过很多的隐秘岁月。

应白神色有些复杂地看着那人慢慢走近，才看清他穿了一件白色T恤和一条灰色长裤，垂落的裤腿将将拂在脚背上，棉T恤松松地拢在身上，领口微微有些松了，露出平直的锁骨，修长的颈上能看见发根微微滴落的水，水珠顺着颈部往下滑，在白色的衣服上洇开一点透明的水痕。

他的头发也是湿的，不再齐整，被他随意用手梳拢在脑后，一派放松的模样。他从白天一丝不苟的精英律师，稍稍变成了她从前熟悉的样子。

应白忘了移开视线，就这么愣愣地看着他走了过来。

应苍林是逆光站着的，表情不明，他眼神往下睨，只看见应白整个人沐浴在从浴室照进来的暖光里。她的头发睡得有些乱，松松地堆在脸侧，酒劲儿加睡意烘得她的脸蛋和桃子一样泛着粉，有些娇憨的样子，几缕蜿蜒的发丝垂落在肩头。

他有些不自在地移开了目光，应白才有些迟钝地回过神来，她的开衫不见了，只剩下里面穿的吊带上衣，如今凉薄的丝被将将覆在身上，两根细线搭在肩上，显得有些暧昧。

她这才终于反应过来，伸手将丝被捞起来盖住自己，然而大半的手臂和肩膀还是留在外面，反而有些欲盖弥彰。

两个人都陷入了微妙的沉默，这沉默仿佛带着温度，如酒意一样在半暗半明的房间里默默酝酿开来，让人忍不住脸红耳热。

应白在心里暗暗啐了自己一口，又不是没穿衣服，搞得这么矫情干什么？于是她先开了口，却发现自己的声音哑得厉害："我的开衫呢？"她语气里带着一点指责。

闻言，应苍林的眼神中倒染了一点笑意，他有些幸灾乐祸地说："如今再来计较，不觉得晚了些吗？你之前怎么不这样？"

应白脸冷了下来，就这么看着他不说话。

她脾气有多傲，应苍林是最清楚的，以前就是那最呛口的辣椒，经常不让自己好过，也不让别人好过，可他也瞧见了丝被掩盖下她攥紧床单的手和微微发抖的肩头。

应苍林突然不想计较了，在心底叹了口气，将手里的毛巾一下子丢了过去。应白猝不及防地被罩了满头满脸，差点没被飞来的大浴巾给闷死，好一会儿才有些手忙脚乱地将毛巾取下来，过程中因为松了手，丝被也从身上滑落。

黑暗里盯着她的眼神越发专注了，应白心慌意乱地去捞被子，耳根本来就没退下去的热度又往上升了些。

应苍林老实站着，等她终于围好被子裹好浴巾，连脖子都瞧不见了，将自己包得跟坐月子似的，才终于开口解释道："想给你喂点牛奶解酒，你手一推牛奶全洒了，我的西装和你的外套连带着沙发垫都湿了，现在全在洗衣机里。"

应白明显松了口气，恢复了些冷静，尽量平静地开口说道："不好意思，麻烦你了，我待会儿就走。"

"你衣服湿了，怎么走？"应苍林嗤笑了一下，开口问。

应白沉默了一会儿，然后说："我可以让助理来接我。"

"可以啊，深夜让你助理带着换洗衣服过来，看你坐在床上和一个异性共处一室？当然，我是不介意的。"他最知道怎么戳她的死穴。

应白脑子里立刻就能想象出来她那过分活泼的助理小唐看到这画

面时张成O形的嘴，遂颇为头疼地闭了眼，过了一会儿，才有些小声地说："那……我暂时借你的衣服穿走，方便吗？"

"我没什么不方便的，只是你确定要穿着男人的外套，大半夜的一个人出门打车回家？"

随即又像想起什么，他补了一句："虽然我不看电视，但你不是很红吗？"应苍林噙着淡淡的微笑，不慌不忙地用她之前的原话回击。

应白沉默了，然后拿起身旁的枕头，有些气急败坏地扔了过去，却被应苍离接了个正着。他终于忍不住笑了出来，好一会儿才正色道："这么晚就别折腾了，你就在这儿休息一晚，明天早上我让人送衣服过来，再送你走。"

看应白没有立刻答应，却也没有立刻拒绝，他加了码："有什么好矫情的？真打算现在就这么出去？万一被拍了，也会给我的私人生活造成困扰的。何况，你以为我打算做什么？"

他话说得明白，应白知道自己这样有些矫情了。说实在的，他们之间早就彻底结束了，不，是根本没开始过，有什么好避嫌的？

而且有一点他说得在理，如果这种情况下被拍了，八张嘴都说不清，关键是可能还会影响之后的拍摄，那就得不偿失了。

应白一旦决定了，也就不再忸怩，转头看向他，轻轻说道："那就麻烦你了。"

应苍林的唇角动了动，还没酿成一个微笑，就又平复了下来。他放过了这茬，说道："你既然醒了，就去洗漱下吧。"然后他转身出了房间。

客厅里的落地灯被打开了，冰凉的玻璃矮桌散射着光线。应苍林站在桌旁仰头喝水，然后将玻璃杯放回桌面，余下的水痕洇到玻璃上，围成一个残缺的圆。

应苍林望着沙发上湿了的坐垫，有些头疼，将它拎了起来放到落地窗前，打算就先这样晾在这里，却听见房间里隐约传来一点声音，似乎在叫他。

他顾不上将这些坐垫放好，随手扔在地上，转身回了房间。

房间里还是一片暗的，只有浴室的门打开了一线，透出姜暖色的光晕，一团团水气蒸腾在空中，里面的景象被照得若隐若现。

在那唯一的光源后，站着他这么多年未见的人，那人纤细的影子悄悄从那一线中露出踪迹。

应苍林一时有些恍惚，分不清是否又是午夜的一个梦，他的瞳孔在黑暗中放大，此刻多么寂静，只剩下胸膛里缓慢的心跳声在继续。

然后从那一线光亮里，她出现了，露了一双眼睛出来，发丝落下垂在半空中，荡漾着，跳跃着。

应苍林想说些什么，却觉得嗓子发干，最终什么都没说，只是这样静静地看着她。他们的眼神撞上了，沾上了氤氲的水汽，湿漉漉的，仿佛从旧梦中飘过来的。

啪嗒一声，一滴水落了下来，点在她的脚背上，隐隐发凉，应白才稍稍有些不自在地移开目光，问他道："你有没有卸妆乳？"

应苍林愣了一会儿，然后轻声笑了出来，他实在没料到接在刚刚眼神碰撞之后的话，会这么的……具有现实主义。

"怎么会有？"他扶了额，有些叹服地问道。

应白自然也知道，自己这样问，实在是有些煞风景，可她今天上了妆，如果不卸掉可能起闭口，她也是碰碰运气，毕竟没有多少非演艺工作者的男性会常备卸妆品。

不过，这么看来，这里大概没有女生来住过……

应白在脑子里给自己喊停，无论如何这和她无关，接着她转而说起："那你有乳液吗？用那个临时代替一下效果也差不多。"

应苍林忖了一下，迈步往浴室那边走。应白僵住了，然后条件反射般地想将门合拢，就在门缝将将剩下一线时，却被一只手猛地抵住。

他修长的手指抵在门上，稍稍用力，那快要合拢的缝隙便又被重新打开。

“不是要找乳液吗？”他问道。

应白冷着一张脸不说话。

“害羞了？”他眼底的促狭几乎一点也不掩藏。

应白的脸就差结冰了。

应苍林低下头掩饰了下笑意，再抬头时，正色道：“我不看就是了。”然后他又转了语调，“何况，我也不想看。”

说完，也不待看应白的脸色如何，他径直推开了门。

应白刚皱了眉头，却看见应苍林闭了眼，就这么站在门口，抬脚打算往里走，才明白他说的“不看”是什么意思。

她看着满地的湿滑，犹豫了一瞬。

大概是陷在黑暗时反而会更加敏锐，应苍林只觉得迎面扑来的水汽都带着一点若有似无的香气。

然后微凉的手指拂上他的手腕，就这么松松拢着，要握不握的，那点凉意仿佛碰上块温凉的玉石一样。

那只手轻轻牵着他往前走，应苍林任由那点力量引导着他，只感觉来自头顶的光影随着移动而浓淡不定，不禁希望那只手能牵得再慢些。

然而他还是触到了洗漱台的大理石台面，微凉的手指松了开来。他没有睁眼，就这么停在黑暗中。

耳边传来一点窸窸窣窣的声音，然后是应白冷淡的声音，“好了，可以睁开眼了。”

应苍林睁开了眼睛，透过面前的镜子，看到身后的应白果然穿着之前的衣服，还在肩上围了浴巾，头侧向一边，不知在看向哪里，反正没有看他。

镜子里的女人乌发如瀑，发丝上间或缀着璀璨如钻的水珠。黑发微微拢在肩上，如同铺开一层夜雾，细长的锁骨点在颈下，侧脸如一笔成就的水墨画，细致流畅。

可应白的声音再冷淡，姿态再防备，她半侧身的姿势，还是让应苍林从镜子里捕捉到了她微微红了的耳根。

应苍林终于没忍住翘了唇角，幸好应白并没有看到。他收敛好笑容，从储物柜里拿出乳液，放在台面上，然后转身离开了。

他没有多看她一眼。

应白说不清自己是庆幸还是失望，决定把这些莫名其妙的情绪先放在一边，把妆先卸好。她拿起台上的乳液，扫了一眼，便知道这是款价格不菲的护肤品，包装简约，没有香味，格调中性。这个牌子虽不是男性专用品牌，但一般女生倒也不太买。

等她把这些都分析出来了，才反应过来自己在干什么，不禁起了别扭，又安慰自己这不过是女明星的自我修养，若是论这些保养品上面的门道，她大概也算个专家了，不过扫了一眼就反射性地全看出来了，不能怪她。

应白掩耳盗铃地狠狠按着乳液上的压泵，按了许多才停，然后糊了满脸乳液，直到把脸上的妆带下来，再好好清洗了几遍，才算完。

等她再出浴室，就看见应苍林半坐在床上，靠着床头看手机。他听见动静回头看了过来，说道："早点睡吧，你明天还要去剧组。"

应白僵在那儿没动，也没说话，应苍林看向她，笑了，说道："不打算睡？我这里没有客房，沙发垫被你弄湿了还没干，如果你想去睡没有垫子的沙发，自便。"

应白不知道应苍林什么时候变成了这种厚脸皮的无赖，他以前虽然傲气，脸皮却薄，也懂得什么叫谦让，哪里像现在……

迟迟没等到答案，应苍林也没有一分着急，优哉游哉地用手机回着邮件，等他准备开始回第二封信时，身边的床垫微微往下一陷。

应苍林隐在暗处的半边唇角翘了下，又平复了下去。

他垂眼看了下，只看见应白背对着自己侧躺着，发丝铺了满枕，他想用手背去抚一抚那发，却到底还是停在一厘米的距离外，收回了手。

应白侧着身子，闭着眼睛，紧紧合拢的睫毛微微颤抖着，过了一会儿，她突然感觉到有什么温暖而柔软的东西扑到自己肩头，一摸，是一件T恤。

“穿上睡，被子不厚，别感冒了。”声音从身后传来。

身下的席梦思床垫弹起，接着是那人起身的身影，又传来柜子打开的轻微响动，他从里面抱了床被子出来，睡在了另一边的地板上。

应白始终没起身，甚至有些刻意地转向另一边。她闭着眼睛，在黑暗里抿了抿唇，心里说不上高兴，只是觉得，今晚也不全是那么坏罢了。

应天耀再婚之后，陶阿姨他们就搬进了家里。

他们家住的是旧式的小洋楼，买了最上面两层，上下打通开来，空间倒还算宽敞，只是到底有些旧了，这么多年，家里就一个大人，应天耀也没工夫重新买房子、装修、搬家，所以就一直住到了现在。

搬家那天，应白靠在四楼房间的窗台上，百无聊赖地用手拨着爬进来的枫藤叶子。楼下停了辆货车，她爸爸下楼去帮忙搬东西，应白不打算去凑这个热闹。

搬家公司的人在搬着大件，她父亲和陶阿姨在旁边搭把手，等他们热热闹闹地上了楼，从货车另一边又下来了一个人，穿着白T恤和牛仔裤。

应白的眸子里闪过一丝兴趣，从今天起，她就要和这个人生活在一起了。

她随手从书桌上拿了张纸揉成团，将纸团举了起来，闭上一只眼，瞄准，预备。

一，二，三！

咻！

一团白色的小球从爬满枫藤的四楼小窗里飞出，在空中划出一条抛物线，最后砸在楼下白衣男生的肩膀上。

男生的运动神经还不错，他条件反射般接住了从肩头滑落下来的纸团，皱着眉头打开，发现里面印的是练习题——

“人不能两次踏进同样的河流，请问你如何理解这句话？”

他抬头，便看见四楼窗台上一个女孩儿正看着他，笑得很甜。

此时起了一阵风，吹得人暖洋洋的，红瓦墙上爬着满面的绿茵也因这风起了波澜，然后她于满树蝉鸣声中开口：“林林弟弟，你好啊。”

应白笑得那么甜，春天里酿的槐花蜜也不过如此，可陶苍林却因为“林林弟弟”这四个字眉头皱得更加紧了。他虽然少年老成，可被这样明晃晃地戏弄，脸色有些遮掩不住。

他收回了目光，又走近了几步。应白挑了眉毛，有些意外地看着靠近的“林林弟弟”。

然后，他停了下来，弯腰将手中的纸团丢进了楼下的垃圾桶里，起身进楼去了。

从头至尾他没再看过她一眼。

应白低下头真正笑了出来，看来，她未来的家庭生活会比想象中有趣得多。

乔迁之夜，家里人聚在一起吃了顿家常便饭。搬完东西已经有些晚了，陶阿姨为了做饭，便没来得及把箱子全部拆开，都先堆在客厅里面。

陶阿姨的手艺不错，几个小菜炒得新鲜爽口，很符合这边人的口味。应天耀一直没学会做饭，平日里应白都是在学校或外面吃，周末阿姨会来打扫加做饭，而应天耀自己基本不在家里吃饭，这么多年也就这么糊弄下来了，如今有新鲜饭吃，倒是头一回。

饭桌上，大家明显还有些放不开，陶阿姨不时注意着他们的表情，看到大家筷子夹得勤才悄悄松了口气，应天耀则间或投去鼓励和肯定的目光，陶苍林低着头默默吃着，没给半点反应。

只剩下应白最为悠闲自在，她慢悠悠地夹了好几次鸡毛菜，这东西是时令玩意，食堂很少做，家里阿姨也不太买，但她其实一直好这口，吃得极为尽兴。

陶阿姨看她喜欢，面上露了点笑，举了筷子想给她多夹点，又犹豫了下，还是把菜放进了自己儿子碗里，然后悄悄用手臂碰了碰应天耀。

应父得了示意，愣了下，然后也笑着给应白夹了点菜。

这点眉眼官司没逃过应白的眼睛，不错，这个继母是个知情识趣的，以后的日子不会难过，她心里想着。

等吃完了饭，陶阿姨没让他们沾手，麻利地收拾着碗筷，让他们先上楼学习。

应白打了声招呼就先离桌了。陶苍林想帮把手，被陶阿姨赶到一边去，还吩咐着："还有好多东西还在箱子里，明天再给你拆，洗漱用品我先备了一套放在了二楼洗手间，都是新的。"陶阿姨一再坚持，陶苍林就也上了楼。

他进了二楼自己的房间，关上门，长长地舒了一口气。今天从睁眼开始便一直兵荒马乱，连他自己也刻意忽略了进入一个新环境的种种感受，从今天起，他便要在这个屋檐下继续生活下去了。

他压抑下心底的思绪，拆了带上楼的随身行李，收拾了会儿东西，将衣物、书籍等整理归位。现在天气有些热了，等他收拾完，身上也蒙了薄薄一层汗，打算去冲个凉。

二楼浴室在走廊的另一头，陶苍林走到门前，刚伸手握住门把，还没用力，门把手却自动压了下去。门开了，他还没有见到人影，氤氲潮热的水汽就从门缝中扑了出来，混着无花果的香味，淡淡的，如同一个温暖的拥抱。

他愣在了那里，门彻底被拉开了，应白站在门内，穿着睡裙，头发还在往下滴着水，滴答滴答，落在地板上，洇开一个浅浅的圈。

大概是洗了热水澡，应白的眼睛像蒙了一层雾似的，走廊上顶灯的光线反射进她的眼底，亮晶晶的。她看上去如此放松，倒让看着她的人觉得自己窥见了不应觊觎的隐秘。

陶苍林难得说不出话，也做不出任何反应，就这么呆呆地站在那里。她往前走了一步，又走了一步，这么轻的动作，却让陶苍林反射性地往后倾了一倾。

她靠近了，明明推开就可以，陶苍林却动也动不了。他的瞳孔不自觉地放大，胸膛微微起伏，他就这么看着她一点点靠近。

然后应白笑了出来，如同傍晚悄然开了的睡莲，就这么轻巧地掠过他的身旁，在他耳旁留下一句："我洗好了，你继续。"

接着她就毫不留恋地离开了。

陶苍林垂在身侧的手握紧了，青筋凸了出来，到底平复了气息，进了浴室。

浴室里的热气还没有散去，飘在空中的水汽裹着他，他站在温暖的浴灯下，长叹一口气，不去想刚刚的情景，打开水龙头准备速战速决。

他匆匆洗好"战斗澡"，又随手拿了条架子上的毛巾擦头发。他出浴室的时候，应白居然正好拿了杯子打算下楼喝水，看见他，倒愣了一下，然后又走了过来，眼底还是那番幸灾乐祸的笑意。

陶苍林的直觉在脑中响起了警报，他不打算理她，径直从她旁边走过，等要进房间时，被她叫住，她脸上的笑容越发动人了。

"你拿错浴巾了哦。"她笑着说道。

一句话，便让陶苍林彻底变了脸色，他将毛巾从头上扯了下来，却停在了那里，手中尴尬地举着毛巾，不知道是还还是不还，显然进退两难。

应白看他这样子，笑得越发开心，继续煽风点火："我还有备用的，这毛巾你拿着用吧。"她边说边往楼梯下走，等下了几个台阶，又站定回头，最后一击，“要真这么喜欢，我可以送你几条新的。”

陶苍林落荒而逃，剩下她一个人在楼梯上乐不可支。

应白睡下时已经是深夜了，但大概是在陌生的环境睡不安心，加上之前在剧组里时常有大夜戏要早起，弄得作息有些紊乱，她没几个小时就又清醒了过来。

她在一片昏暗里睁了眼，房间里静悄悄的，只有床旁的加湿器在无声地吐着白雾，夜里有些凉，但她腰上却围了一只手臂，传来的体温熨烫着她。

应苍林不知道什么时候又睡回床上了，两个睡姿都不算老实的人，稀里糊涂地睡到了一块。

她已经习惯一个人睡太久了，来自另一个人的温度，让她颇为不适应地动了动。

但她的挣扎反而让身后的人在睡梦中都下意识地收拢手臂，将不听话的人囚进怀里，她单薄的背撞上一个坚实的胸膛。

突如其来的变故让应白屏住了呼吸，直到察觉背后的胸膛仍然在规律而缓慢地起伏，知道应苍林没有醒过来，她才微微松了一口气。

不知道出于什么心思，她本能地抗拒吵醒他，或许是不想面对清醒时面面相觑的尴尬。她放缓了自己的呼吸，过了好久，才轻手轻脚地想要挪开将她抱住的手臂。

但她带着点凉意的手指刚刚将手臂往下推了推，就感觉他抱得更加紧了，将她单薄的身体完全纳进怀抱里。

接着，后颈拂上温热的气息，耳后传来他的声音：“应白？”

他声音微哑，带着浓浓的睡意，显然还在半梦半醒之间。

应白小小地挣扎起来，可应苍林还没有完全清醒，这样的推拒反而激起了他骨子里的坏脾气和占有欲。他将应白锁在怀里，按住她的所有挣扎。

“乖一点，陪我好好补觉。”他清醒了些，可理智到底还没有完全回笼，口气有些霸道和理所当然。

应白的耳根烧了起来，这时，逐渐清醒过来的应苍林察觉到了她的异常，同样让他察觉的，还有眼前她红透的耳根。

夜半时刻是人的理智最薄弱的时候，何况，应苍林对她的自制力早就用干净了。

可他只是刚刚伸手握住她的肩，她就狠狠甩开他的手，整个人回归成天然的应激保护姿态。

“躲什么？乖一点。”他含糊地说道。

“放手！”应白的气息有些乱，挣扎起来。

“你再动，就真的是火上浇油了。”他笑着说。

可应白能分辨，他是认真的。

应白冷静下来，不再盲目挣扎。可这样一来，应苍林反而有些遗憾的样子。

“真这么乖？”他挑了眉毛，轻声问道。

“在别人的地盘上讲道理，是最没用的事。”应白声音冷冷的，不动一分凡心，若是耳朵的一点红能全退去，那就更好了。

应苍林将头埋进她的发里，低声笑了，呼出的气息扑进她发丝的每一寸缝隙中。应白不自觉地随着那笑声轻轻地抖了一下，被应苍林抓个正着。

“既然没用，你还抖什么？”说话间，他的呼吸拂过发丝。

应白没有回他，只是冷着脸，猝不及防地往后狠狠肘击。幸亏应苍林反应及时往后退了回去，然后用另一只手擒住她的腕骨，稍一用力便让她动弹不得。但她还想挣脱，唯一能动的手指甲不断地抓他的手背。

她的爪子比野猫还利。

应苍林一边在心中叹道，一边又觉得好笑，这骨子里的坏脾气，不管过了多久，不管演技多好，到底是藏不住，改不了。

应白将脖子挺得直直的，头微仰起来，眼角闪着一丁点微光，犟着不求饶。她痛恨这种无能，她永远都想当自己的主人，也从来都不想有丝毫的退让。

她的身体僵硬得如此明显，以至应苍林觉得抱着都硌人。

他突然松了所有钳制，翻身躺平在床上，应白收回了对自己身体的控制权，却听不见他的声响。

她悄悄转头望了他一眼，却只看到应苍林用一只手盖在眼上。

“再看就真的不放过你了。”他明明捂着眼睛，什么都看不到，却什么都知道。

为什么？

她有许多十分多余的好奇心，可她也有更多十分多余的傲气，让她最终没有将这句话问出口。

可他们大概是世界上最了解彼此的仇敌，即便没有说，应苍林也知道她在想些什么。

他没打算磨掉她的爪子，至少现在不要。

两个人分享过许多岁月，也共度过宝贵青春，如今哪怕同床异梦，却也不算个坏结局。

应白不记得什么时候她又睡了，等她再醒来的时候，天已经亮了。

她赤足下了床，脚尖点在半温的木地板上，有些茫然地看了看。

昨晚怎么来的这儿她都记不太清了，后来醒了也一直都是在黑暗当中，现在才有时间好好打量一下房间。

这地方收拾得很干净，说是一尘不染也不为过，甚至可以说对于一个男性而言，干净得有些过分，简约到了极致，没有任何多余的装饰。

她走进另一边的衣帽间，里头有由深到浅的各色西装和衬衫，从横纹到波点的领带，款式各异的袖扣，表盘大小不一的手表，全部依序排列着。

他从小就这样，书都要按色严丝合缝地排个大小薄厚，如今能支配的东西多了，这从头发丝到指甲盖都要顺他心意的臭毛病，有了更多的用武之地。

但她可不是来干这个的，她昨天的衣服还在外面，身上只有一件应苍林的T恤和睡裤，她没有兴趣穿成这样走出去。

但她没想到，这个衣柜和他本人一样冷冰冰，她就没有找到一件足够大、足够宽松到看不清任何身体曲线的衣服。

应白又把所有衣服都过了一遍，总算放弃了。如果要让她穿着衬衫出这个门，那她还不如就穿现在这身吧，这衣服至少已经皱得像霉干菜了，不会带来太多令人误会的信息。

她打开了房门，闻到一阵食物的香味，走到餐厅，看到厨房里应苍林正戴着隔热手套，端着砂锅往外走。

见到她戳在那儿，应苍林眼里面飞快闪过一点不明的意味，然后又面不改色地端着那宝贝砂锅继续走，最后停在桌边，就这么看着她。

应白被他这戴着厚手套，端着锅，一动不动盯着她的姿势弄得有些发毛，望了回去，道："看什么？第一次见啊？"

"这么没眼力见儿的，我这端着锅你都不知道帮忙铺下隔热垫吗？"他立在桌边，神情一本正经。

他一本正经地呲她。

应白果断决定省下和律师斗嘴皮子的工夫，冷着脸把餐桌一旁的餐垫拿了过来。

等应苍林把锅放好开了盖，应白愣了，喉部几不可见地动了下，然后又坚决地合上了盖。

"昨天吃了火锅喝了酒，早上再喝热粥，脸会爆炸。"

应苍林又把盖给打开了，然后拿起桌上的碗开始盛，盛了满满一碗粥。

"我说我不能吃。"

应白说不清楚自己的心思，只觉得要是吃了这热粥，就仿佛欠了他，可要是不吃，似乎也是一样。

“谁说是给你吃的？”他拿起勺子，自顾自地往嘴里送了一口粥。

那点道不明的复杂心思立刻灰飞烟灭，应白冷着脸说：“我的衣服呢？”

“在烘干机里。”他慢慢吃着，咽下了口中的食物才说道。

应白的眼睛瞬间睁大，转身去了洗衣间。

果然，不出她所料，衣服毁了。

她拿着不成样子的外套去了客厅算账，可罪魁祸首的脸上没有一点不好意思的样子。

“衣服洗了就要烘干，有什么错？”他轻描淡写地带过。

“这不是普通的衣服，这是刚从展台下来的最新款，别说烘干，连沾水都不能。”应白简直和这个男人说不通。

“是人穿衣服，不是衣服穿人。”应苍林油盐不进。

“它是最新款！最新款！全部都是手工缝制的，别说不能沾水，就算它开口说要吃鲍鱼，也会有人愿意给它弄溏心的来。”应白被气得胡言乱语。

美人生起气来都格外生动，像是画上的牡丹点了蕊，柔枝遇了风，瞬间多了三分艳色，连眉毛都拧得好看。

应苍林就这么坐在那儿，看着应白冲他发脾气，突然觉得有些恍惚。

重逢后，应白不是躲着他便是阴阳怪气，硬骨头搭着凡心，让她对他总是似避非避，上一次这样痛快直白地向他撒火，还是多少年之前的事儿了。

他垂了下眸，再抬眼时已是寻常模样。

“我会赔你一件的。”他说道。

“问题是这个吗？现在的问题是我穿什么？”应白压着火说道。

“不是穿着我的T恤吗？皱成这样也没脱，我看你挺喜欢的。”律师装起傻来才叫一绝。

应白气得太阳穴直跳，闭着嘴不说话。

应苍林知道她是真气得够呛，又给个甜枣：“你把这粥吃了，我就帮你出门买衣服。”

应白站在那儿不说话，他也不急，还是这么瞧着她。他了解应白，就像应白了解他。

更何况他也不是没看到应白最开始馋成什么样儿了。

五分钟后，应白吃着粥，他出门买衣服。

等那碗粥的碗底都被刮干净了，应白才记起来忘了告诉应苍林衣服的尺码了。

她犹豫着要不要发信息给应苍林时，他就已经回来了。看见桌上吃得干净的碗，他虽没有明着笑出来，眉毛却挑了一挑。

应白的眼神睨了他下，不和他多说什么，接过衣服进了房间。

等她换上新衣服，处处都掐得刚好，一寸不多一寸不少。

这浑蛋！应白耳朵有些热地在心里骂着。

应白的暑假本来是漫长而无趣的，她的父亲从来是不着家的，她习惯了独自一人度过所有的长假，夏天躺席子、吹空调、切西瓜，冬天开暖气、裹被窝、吃烤红薯，从来如此。

还有一项，是风雨无阻、雷打不动去医院照顾她妈妈。

如今，她再也不用去医院了。

可现下家里又多了一个人。

陶阿姨平常也要上班的，早上七点半应天耀送她出门，然后家里就静了下来。

这一切都和应白无关，她和当代所有学生寒暑假应有的日常一样，日上三竿才是一天之初，三更半夜方为活跃之时。

万籁俱寂时，她的MP4（多功能播放器）屏幕还在被窝里散发着幽蓝的光，而早上所有人出门的时候，她的房间还是一片漆黑，她去特意定做的三层遮光窗帘隔绝了一切阳光。

没人去打扰她，她和父亲早已在多年间达成默契，而她的继母显然更没有这个义务。

直到下午一点差十五分，应白的房间门终于开了。她一脸困倦地走出来，睡衣也没换，头发还是昨晚睡前随便扎的辫子，她最后怎么睡着的，自己也记不得了。

她穿着拖鞋下楼，随手将辫子上的皮筋扯下，头发如雾一样散落，随意地搭在臂上，楼道里的窗户隔着磨砂玻璃透出朦胧的光，将她镀上一层隐约的玉色。

这光却让她有些恍惚，在黑暗里待了太久，又睡了半天，光线虽已不算刺眼，却还是让她的眼前短暂地出现一阵斑斓。

她闭了下眼睛，在楼梯口上摇摇欲坠，禁不住去扶楼梯扶手，却摸了个空，一下子有些失衡，身体向前倾去，裙摆向后荡出一点波浪。

然后她跌进一个怀抱里。

应白的眼前还有些晕，她看不清楚，只觉得自己被抱了个满怀，鼻尖是肥皂的气味，满是阳光的味道。

不知道为什么，她一点也没有害怕，也没有惊慌，倒想就这么靠下去，或者干脆两个人一起跌下去，倒也好得很。

陶苍林没想过这一幕，他只是听见了鞋子踢踢踏踏的声音，知道是那位“混世魔王”终于苏醒降世，打算去书房避一避，却正好看见她在楼梯拐角对着窗户发呆，然后摇摇晃晃地就敢往楼梯下迈。

接着她就如同被雨水打湿了翅膀的蝴蝶一样，眼看就要坠落。

他的身体比理智快了一步，等他察觉时，她已经轻巧地倒进来了。

他不自觉地紧张起来，仿佛握了易碎的新磨豆腐，让人不敢放，也不敢收。

连呼吸都静止了，只有她轻轻的气息和他怦怦作响的心跳，混在一起让人失神。

应白心安理得地动都不动，任由光线剥夺自己的视觉。她不知道为什么，或许是因为阳光与肥皂水的气息格外好闻。

可惜宇宙不能永远凝固在这一秒。

下一刻，陶苍林就扶住她的手肘，有些用力地将她推开了，两个人之间的距离足以供喜鹊搭座鹊桥了。

“喂，你没事儿吧？”

她听到旁边传来有些僵硬的声音，连带他的肢体也都变得硬邦邦的，唯独握着自己的手肘的掌心还是温暖的。

应白的眼前终于不再蒙着一层雾，她眼中的色彩逐渐变得正常，第一眼看见的，就是他咬紧的下颌线。

对于应白来说，事情变得更加有趣了，她似乎发现了对方一个可以利用的弱点。

她用轻柔的声音说道：“我走不了路了。”

接着她就没有再说话，只是沉默着，她这副模样，倒出人意料地有了点弱势的模样。

陶苍林不蠢，他知道这一切都不太对劲，可他平时再是冷傲清高，此时也说不出话来，既推不开，也放不下。

“要怎么帮你？”他的语调硬得跟木头一样。

“扶我下去呀。”她的尾调拖得长了些，稍稍打破了刚才装出来的可怜样，显出几分狡黠来。

可陶苍林以不变应万变，沉默了下，还是那句话：“我不会。”

“你不是优等生吗？怎么连这个也不会？”她笑了起来，分明就是在逗他。

陶苍林干脆闭嘴不说话了，只扶住她的肘部，一个劲地想将她推开，叫她自己站好，可到底怕她真摔了，推来推去，应白还是跟个秤砣一样挂在他手上。

“应白！”他忍不住警告道。

“嗯，怎么了？”她却也会装傻。

陶苍林的鼻尖冒了点汗，终于真用了劲儿，将她推开一些，叫她转而靠着楼梯扶手站好。

应白觉得乐子找得差不多了，也就顺势站好，在他上方几阶的地方露出了笑容，眼都笑得弯弯的。

“没意思。”她笑着从他旁边错身而过，轻快地走下台阶。

只剩下陶苍林站在阳光里，伸手抹掉了鼻尖上的汗。

等他走回一楼打算去书房，却被应白叫住了。

“林林。”她的声音甜得如同过熟的苹果。

他停了一下，然后又迈步继续走。

“我可以一直这么叫下去。”她仿佛有透视眼，明明隔着墙，却什么都知道。

陶苍林的手紧握了起来，然后他往回走。

“怎么了？”他冷冷地问。

她往前走了几步，然后坐在了桌边。

“我饿了。”她说得理直气壮。

“所以呢？”她没掀起他一丝波澜。

“我要吃饭。”应白一副理所当然的模样。

“你自己有手。”陶苍林说完便打算转身就走。

“上次见面的时候，陶阿姨说，以后她会好好照顾我的。你说，如果我和爸爸说，我饿肚子没东西吃，他会不会心疼我呀？”

应白歪了下头，天真无邪地说着看似不相干的家常话。

陶苍林停了脚步，良久才转身过来，压着火问道：“你要吃什么？”

应白的眼睛笑得弯了起来，然后她说道：“粥，我要喝粥。”

这时候的他们都不会想到，彼时那么不情愿，得靠应白软硬兼施才肯做饭的陶苍林，有一天会心甘情愿地在天没亮时就起来，只为了替她煲一锅浓粥。

而那时被软硬兼施逼着把粥喝下去的人，反倒是应白。

暑假已经快过去了，应白的作业还没做完。

学院里的老师给他们留了一些暑期社会实践和高等数学的作业。

她这样潇洒的人，是不该被困在作业里的。

可惜学院里的师长，暂时无法达到这样脱俗的境界，还在执着于这些琐事。

其他的实践报告她已经糊弄完了，只剩下高等数学作业，她只能干瞪眼。

她在房间里祸害自己还嫌不够，还抱了大竹席子铺在客厅里，一旁的电扇在晃悠悠地摇着头，竹席子上头还摆了白釉瓷盘盛的西瓜，红彤彤的，一看就甜得很。

本来这次她是下了一番狠心，要好好与高等数学大战三百回合，无奈眼皮比大脑强势，于是陶苍林从外面打篮球回来时，看到的就是她瘫在凉席上睡得正熟的样子，嘴边还粘了颗西瓜籽。

午后太阳晒得厉害，把一切都热化了，窗外的蝉鸣嚣张到屋里都能清晰听见。

陶苍林的额发都沁着亮晶晶的汗，露出的手臂因为肌肉充血而隐约可见线条，胸膛还在微微起伏着。

同样起伏的还有应白的头发，发丝散落在青色的竹凉席上，像月下的潮汐一样，旁边风扇不断地摇着头，不时将她的头发吹得微微飞扬，拂过她的脸颊，浅浅舒展开又收拢来。

室内还算阴凉的温度让他不自觉哆嗦了下，他就这么莫名其妙地站在那儿，看着睡得毫无顾忌的应白，心中实在有些无语。

只是喉中像哽了什么东西一样，有些发紧。

等到蝉叫累了，陶苍林靠近了她，半屈膝蹲下，伸出手，有些粗鲁地推醒了她。

应白正睡得云里雾里，被这么莽撞地扯回现实有些回不过神，睨了他一瞬。这让陶苍林无端想起之前习题上那有些生涩的词牌名“眼儿媚”，大概就是这个样子吧。

他低下头，有些生硬地劝她：“别睡在这儿，挡地方，真麻烦。”

应白懒懒地翻了个身，睡裙被压在身下，勾勒出一点腰线的痕迹。

陶苍林垂在一旁的手动了动，最后干脆握住她的手臂，一下子用力将她扯得半坐了起来。

应白不堪其扰地睁了眼，有些愤怒地瞪着他。她脸睡得有些憨红，偏偏要耍狠，看起来不仅不吓人，反倒有点可爱。

陶苍林避开她的目光，又重复了一遍：“别在这儿碍事，回自己房间睡去。”

应白这下反倒不瞪他了，唇角弯了起来，故意气他：“林林弟弟是嫌我麻烦，还是担心我着凉啊？”

陶苍林干脆不答了，猛地一下放了手，让应白砰地倒回凉席上。她摸着自己发疼的后脑勺，也不知道是该先高兴自己整他百发百中，还是气这小子太粗手粗脚。

陶苍林蹬蹬蹬地回了房间，下意识要摔门，可眼瞅着门沿就要狠狠搭上门框，他又猛地伸手止住了动势。

他不想也不会让这种不知所谓的人影响自己的情绪。

陶苍林虽然年纪不大，平时却算老成持重，他自矜的性格不允许自己被这样明显地干扰。

他冲了个澡，等出来时满身的凉爽，只是走了几步就没忍住打了个喷嚏。

最近他洗凉水澡洗得实在频繁了些。

这些倒还好，只是打完球还口渴得很，但那“混世魔王”还在楼下，陶苍林忍了一会儿，还是觉得口干舌燥，决定不和自己过不去。

毕竟如果特意避开她，也算被影响了。

他下了楼，却不自觉放轻了脚步。只是他能安静，“混世魔王”安静不了。他刚走到客厅，便听见了应白在碎碎念，仔细一听，念的是高等数学题。

她越念越虚，到最后和念经一样重复念起了几个选项。

好像念得够勤，她就能自动从中找出答案一样。

陶苍林瞥了她一眼，懒得搭理，进厨房倒水去了。

等他咕咚咕咚喝完一大杯水出来时，应白还在那儿念经。精神虽可嘉，效果却一般，最后她决定孤注一掷，选看起来最不出错的C。

陶苍林额角跳了一跳。

这么简单的题，念了这么许久，最后答案还选了个错的。

他骨子里那股好学生的错题纠正强迫症又上来了，他忍了一会儿，还是忍不了，冲着自己默默叹了口气，走了过去，将她摊开的本子一下拉了过来，也不多说废话，直接划去她写的答案。

应白有些愣愣地看着他，这神情不知道为什么让陶苍林有些尴尬，但他并不觉得生气与后悔，开始讲解起来。

应白的眼神中明明白白地写了她没懂。

陶苍林抿一抿唇，打算继续讲解得更浅显些。

“停，我不懂，也不打算懂，知道答案是B就行。”应白伸手，指尖拂过他的手背，轻巧地从他手中拿回笔，然后写下B，噙着闲适的笑容，继续问道：“下一题呢？”

陶苍林的脸色又变得严肃了些，他没打算帮她弄虚作假当枪手，这违反了他的原则。

当即他就起身打算走了，却被应白一把拉住，她硬生生借着身体的重量将他拖得下坠。

“做什么！”他半撑着身体，刚刚几乎要跌到她身上，这让陶苍林忍不住冒邪火。

“帮我写作业。”应白眼神亮亮地望着他，让人实在遭不住。

陶苍林的唇角拉出一个讽刺的弧度，激她道：“凭什么？”

应白的眼睛转了下，然后笑靥如花地轻轻说道：“林林弟弟，帮帮我嘛，你要是帮我，我就和你天下第一好，行不行呀？”

陶苍林俯视着她，眼神有些莫测，然后突然改为一只手撑住，另一只手抬了起来，伸向应白。

应白大约是没想到这茬的，她有些意外地望着他，却也硬是没动弹，就这么等在那里。

他的手靠近了，然后，从她的唇角取了一粒西瓜籽下来。

陶苍林站了起来，举起那西瓜籽，就这么静静看着她，颇有嘲讽的意味。最后他轻轻一扔，那颗黑色的西瓜籽在空中划出弧度，落进一旁的垃圾桶里，然后他毫不留情地转身而去，只留下一句：“我可跟嘴巴粘西瓜籽的人不好。”

应白愣在那里，然后轻轻抬手摸了摸唇角，笑起来。

“有意思。”她眼里闪动着恶劣的笑意。

后来应白知道陶苍林一直都是跳级读书的，现在居然和她同级，但她还是想尽办法弄到了他的作业，把高等数学全抄了个痛快。

奇怪的是，陶苍林也没阻止她，这叫应白觉得有点奇怪，她还以为他是包青天转世兼职文曲星下凡，对这种抄作业的行为会深恶痛绝、从不放过呢。

等到开学时，应白才知道为什么他这么老实。

报到第一天，应白才知道新学期已经不用交高等数学作业了，她熬了整夜抄到上学前最后一刻才抄完的答案，全是无用的。

当然，这是后话了。

第三章

YINGBAI

陷入

上午就得去剧组，应白的车昨天没开来，所以她现在只有两个选择，一是顶着宿醉的脸，自己去大街上打车，二是搭应苍林的车。

她找了个由头去洗手间检视了下自己，觉得实在是没有必要非给黑粉和营销号一个免费赚取流量的机会。

毕竟路人隔着几米用手机拍照时，一般只是想在朋友圈分享下碰到明星的心情，并且总能在无意间精准挑选到一些让人窒息的“死亡角度”。

所以，她不算太费力地就决定了搭应苍林的车，将丢人的范围局限在剧组人员内部。

同时她在心里检讨自己，以后再也不能重复前一天晚上吃火锅与酒，第二天早上吃高碳水的热粥这种死亡搭配。

她出房门时戴上了墨镜，一脸严肃地出了门，知道的晓得她是去剧组，不知道的以为她是去上坟。

但尽管表情已经如此肃穆，应苍林见到她时，还是被她那马上就要三鞠躬致哀的作态逗得够呛。他好容易才将情绪压制下来，一脸正经地问道：“捎你一段？”

应白表现出了一个演员该有的专业素质和职业修养，平淡而有礼地“嗯”了一声，然后一马当先地出了门。

应苍林落在后面，愣了一下，然后笑着晃了下钥匙圈，追了上去。

车上那段路，应白还打算维持那副六亲不认的脸，应苍林没打算跟她呛声，开了音乐。

应白做好了准备，要听一整张布鲁赫或舒曼或勃拉姆斯以及其他一切她记不住名字的音乐家演奏的古典音乐。

应苍林从小就爱听这些音乐，她曾经就是通过这个分辨他是不是在学习，专门挑他用功的时候去打扰他。

或许是现世报，如今她就困在这小小的天地里，马上要被迫听一路交响乐，并努力让自己的眼皮能撑久一些。

但音响里流出来的歌欢快活泼极了，吹吹打打好不热闹。

她总是，只留下电话号码，从不肯让我送她回家……把过去全说成一段神话，然后笑彼此一样的傻。我们这么在乎她，却被她全部抹杀，越等她越伤心永远得不到回答……

应白的脸都要黑了，要不是看见操作面板上显示的是交通电台，她几乎要怀疑应苍林特意挑了歌单在讽刺她。

应白面上越瘫得厉害，心里烦得就越狠。

她的脸还黑着，电台主播却用甜美温柔的声音来火上浇油。

“亲爱的听众朋友们，这首草蜢的经典老歌《失恋阵线联盟》，由来自本市的王先生点播。

“王先生目前……希望将这首歌送给自己的同桌兼前女友Z小姐，表达自己对二人短暂分手的充分理解、难以避免的无比伤感以及共同相约未来的坚定决心。王先生强调，要把这段原话一字不差念出来，很幽默啊王先生。”

主播说着说着也使劲憋着笑，敬业地用正经的播音腔继续念着：“为大家献上这首欢乐的歌曲，希望王先生和Z小姐都能好好学习，天天向上，如愿在未来相约，发展一段健康积极的恋曲。”

分手，重修旧好。

应白的脸黑得能素颜演包公。

应苍林也没想到他随手开个广播，还能收获这样的意外之喜，他越听越乐，唯一让他没有乐出声的原因就是他不想现在就把应白彻底惹急了。

虽然如今也差不多了。

他清了清嗓子，愣是等到曲尾“就在记忆里画一个叉”重复完三遍，里面的主播都该收拾收拾下班了，才不慌不忙地扭了按钮，调了个台，这回听的是最安全的路况预报。

应白当了一路的哑巴，只在车开到剧组前面一段时开了口：“在这里停下吧。”

“用完就扔？”应苍林一本正经地耍流氓。

“又没用，何谈扔？”应白见招拆招。

“怎么？觉得遗憾？”应苍林耍流氓的本事与他耍嘴皮子的本事一样，早已不可同日而语。

应白面无表情地将墨镜戴了回去，然后转头直视应苍林，客气地问道：“应律师方便给我解释一下言语性骚扰的相关法律条文吗？”

应苍林将车平稳地停在了离剧组一百米开外的空地上，一副公事公办、按秒计费的精英模样，彬彬有礼地开口。

“当然方便。

“妇女权益保障法第四十条，禁止对妇女实施性骚扰，受害妇女有权向单位和有关机关投诉；以及第五十八条，对妇女实施性骚扰或家庭暴力，构成违反治安管理行为的，受害人可以提请公安机关对违法行为人依法给予行政处罚，也可以依法向人民法院提起民事诉讼。”

他一个磕巴都没打地说了这一串，应白要听的也不是这个，只是笑眯眯地看着他，一副等待下文的模样。

应苍林倒识趣，往座位椅背上放松地一靠，双手从方向盘上举起，手腕靠拢，眼尾挑起一丝，多了几分笑意："甘愿伏诛。"

言语里的肆无忌惮，让罪犯的认罪都成了戏弄。

回复他的是不大不小的关车门声。

几天之内就让她这个几乎每天一睁眼就生活在镜头里、涵养极好的女明星第二次摔门而去的人，应苍林是第一个。

大概也是最后一个。

应白摔车门摔得痛快，但可惜不能甩脸子甩到底，她把高跟鞋踩得和风火轮一样，却还是停在了半道上，不情不愿地给应苍林发了条信息："过十分钟你再进来。"

然后她尽力加快了脚步，试图拉大与他之间的间隔。

剧组的剧本围读已经进行到中段，大家也都开始进入了角色。

只是林导的创作欲十分旺盛，时不时地，大家便能收到又修改过的新稿。

好在编剧是和林导合作惯了的老手，倒也能适应这修改的节奏。

只是这改得勤了，大家也都看出了门道，这应顾问和林导每每碰头详谈，不久剧本就又多了些变化，那些心明眼亮的人，自然也就看出了门道。因此，绝对算不上和蔼可亲的应律师，倒成了剧组里极受欢迎的人。

应白进了房间，就看见男主演李舒冲她打了个眼色，她回了个笑容，坐了过去与他寒暄。

李舒等她落了座，朝着桌上的剧本努了努嘴，应白会意，问道："又改了？"

"可不，咱们应律师拿了本谁也瞧不着的案例来，这剧本啊，就又得变上三变，这越瞧不着的东西，就越让人眼馋。”李舒说得倒直白。

“改了哪里？”她顺手拿起新剧本粗粗翻着。

“谭三那个角色直接咔嚓了。”李舒举起手刀，干脆利落地在颈上比画了一下。

应白挑眉，那可是个还算重要的人物，直接去掉了，剧情还怎么连贯起来？更何况，她记得饰演谭三的男演员是第四联合出品人旗下的。

虽说是新人，公司投资占比不算大，可那男演员到底背后站着联合出品人，就这么轻易被咔嚓掉了？

或许是她的疑惑有些显在了脸上，李舒叹了口气，主动替她解惑："你不想想，林导之前拍那两部商业片，为的是什么？如今拍这风险大、受众相对窄的犯罪片，为的是什么？这是攒足了底气，必定要求个十全十美的。”

他的言外之意，应白心知肚明。

之前林导连拍两部电影都大卖，唯独奖项上颗粒无收，大家原本都以为林导要换路子了，可这次的题材如此冒险，却还是前两部合作过的出品方，大家就回过味来，这怕是导演和出品方私底下讨论过，用之前投资回报率极高的两部电影换这一部毫无顾虑的冲奖之作。

“谭三没了，又换成了谁？”这才是她最关心的。

“添了个女性角色，粗鄙无知又心怀希望，存一点善念却行无心恶事。”

李舒不愧是这几年势头最猛的小生，对剧本的理解能力十分出色，寥寥数语就将一个角色形容出精髓。

换言之，这是个最容易出彩的圆形人物，烂泥里挣扎着的野草，不体面、不正义、不光彩，但被扔到哪里都不会轻易泯灭，充满了生机和欲望，肮脏却蓬勃。

这才是她真正的危机。

应白懂了李舒为什么要和她示意了，她这个女主角，稍不留意就可能演成了只是串联剧情的花瓶，给男人戏添个花边。如果更糟糕，则会变成自诩正义实则惹麻烦还不自知、站在道德制高点上只会耍嘴皮子的那种女主角。

就算她戏份多，在这样一个复杂、真实而又动人的配角的衬托下，也可能变成单薄又苍白的一张平到不能再平的纸。

还是一张讨人厌的纸。

这个圈里，更新换代是最快的，一不留神，蹬着别人的肩膀就上去了。这么一个角色，难演，可要是演好了，就能实实在在地挣到前程，要是再有个会来事儿的公司，配合着发些艳压通稿，便能踩着主角立好自己。

这也不是新鲜事，那些还撑不起主角的小演员，专拣“人设”好的配角，戏份不多、不用扛票房，输了于自己的前程也不打紧，赢了便能跟着吃红利，几乎是稳赚不赔的买卖。

那些讨喜的配角，离了“人设”滤镜自己开始扛剧后，有的撑住了主角吃重且不能时时讨巧的戏份，有的则现了原形，成了论坛里常见的“这世上没有什么宝珠蒙尘，那些人红不起来都有原因”的最佳示例。

应白入行不是一两天了，其中关节，她不至于愚钝到体会不出来，何况她入行虽算顺利，也到底是演过配角的，自然知道这里面的门道。

要是平日，应白也愿意和他兜圈子、打哑谜，可今天她实在没这个心情，干脆单刀直入：“我都没急，师哥怎么先急了？”

李舒笑着靠回椅背，不失坦白地说：“我和你的对手戏不少，你这条线要是垮了，我这儿也就垮了一半，犯罪悬疑片的男主角要是成了个只会围着喜欢的人团团转的‘恋爱圣父脑’，这片我也就白演了。”

他够直白。

“师哥有什么打算？”她侧了面，轻飘飘地飞过去一眼。

“还是之前和师妹说过的那些，要是影响不了林导，就影响能影响林导的人。”李舒面上光风霁月，口中算计重重。

“师哥怎么就专挑我说这些？”应白不是笨蛋，这是第二回李舒找她了，她心里也存了试探之意。

“我刚刚开车过来，正好看见应律师的车，他明明在我前面，结果我都到了，他现在还没到。”李舒点到为止。

应白在心里第一千两百三十二次咒骂今天早上选择了搭应苍林的车过来的自己。

“还有，你的衣服换了，鞋却没换。”他勾了唇角，刻意转向正前方，礼貌地给了应白自我尴尬的充分空间。

应白的鞋从来是与衣服颜色配套的，且每天绝不重样。李舒不愧是在光鲜亮丽的娱乐圈混的，应白应该夸他观察细微，适合演犯罪片。

两人稍微沉默了一会儿，应白终于开口：“放心，我心里有数。”

“我当然相信师妹，那我就静候佳音了。”李舒温和地回应。

这时候，门开了，两人窃窃私语的样子正好落进推门而入的应苍林眼中。

他微微眯了眼，然后面色如常地落了座。

新剧本自然花了一段时间让大家适应，而那个饰演谭三的演员直接缺席了，没有人提起，也没有人解释，所有人都极为自然地接受了这个变化。

一个年轻人冒头的机会被掐掉了，没有人会多问一句。

围读结束后，众人都在收拾东西，李舒趁大家不注意，颇为俏皮地冲应白眨了下眼，然后哼着歌走了。

应白压抑着对自家师哥翻白眼的冲动，面上依旧矜持地笑了笑，总算送走了这尊大佛。

“咔嗒”一声，应苍林扣紧了钢笔的笔帽，将笔随手丢在了桌上。

周围熙熙攘攘的，应白刻意留在后面，动作磨磨蹭蹭，心里打的什么主意，自然不用多说。

可她要等的那个人明明一直默默地坐在她身后，却始终一言不发。

等人终于走得差不多了，只剩他们二人在这偌大的会议室，她只需一个转身，就能与他打个照面。

可她刚转了过去，应苍林就一脸疏离地起身离开了，眼角眉梢透着冷淡，跟那春日里突然变了的天一样，倏忽便是料峭色。

应白轻轻皱了眉，心中有些不解，这又是闹哪出？

应白犹豫了会儿，到底还是追了上去。

空荡荡的走廊里，大理石的地砖反射着远处出口照进来的隐光，她的高跟鞋打在冰冷的地面上，落下的声音中无端地多了一分急促。

可应白仍是仪态万千。

她连求人也要在乎姿态好不好看，要高傲地、矜持地，让别人反过来求她。

她的鞋跟划开了无人的寂静，嗒嗒嗒的仿佛敲在心上的鼓点。应白的手里没有多少筹码，可她仍然胸有成竹，就如同此刻她知道，尽管看不见应苍林的身影，可他一定没走，而是正在某处等着。

这条走廊太长了，以至采光很差，出口处的光源和尽头处的窗户，都只能在两头微微点缀，冷色的白炽灯随着她的行进时而投下光，又陷入阴影，她的脸庞忽明忽暗，多了一种错落的美。

然后她突然陷入黑暗中，甚至来不及尖叫。

应白的心脏剧烈地跳动着，她的本能在预警着危险，但她没动，因为她闻到了松枝的清香。

一如应苍林的味道。

她的心还在不听使唤地跳着。

这是个凹进去的死角正好在拐角处，完全陷进了黑暗里，没有光，没有人，没有声响。

只有那双在黑暗中亮极的眼睛。

应白有一丝丝恍惚，她第一次见应苍林，他的眼睛也这么亮，仿佛极夜里划过的北极星，让人一见不忘。

她被短暂地蛊惑住了，陷入与自我回忆的纠缠，她的眼神像蒙了层白雾，在看他，却也不在看他。

可那人却不知为什么被惹怒了，他横臂囚住她的腰，将她紧紧地提了起来，这个动作让应白如一朵脆弱的鸢尾花，几乎要被折断。

她的发丝落了下去，将将荡在他的手臂上，微微拂着，如同不经意的撩拨。

可应白没撩拨他，此刻的她看上去那么无辜、脆弱而又易碎，让人不禁想将她揉捏成碎片，彻底摧毁。

但应苍林没有摧毁她，而是吻了她。

自重逢后的第一回。

他曾停在她的唇角，也曾弄花她的口红，却没有真正吻过她。

但这一次，他吻得如同要将她吞下，汲取着她全部的呼吸。

应白的瞳孔放大，她在短暂的震惊过后，理智终于回笼，立刻就想推开他。

可应苍林太过了解她，看见她眼神一变，立即擒住了她的手腕，压制住她的一切动作，接着稍稍离开，在黑暗中眼神幽微地凝视着她。

“我还是对你太过纵容了，是吗？”

应苍林半伏着身，用手将发随意地扒在脑后，眼里是毫不遮掩的独占欲。

这话彻底激怒了应白，她骨子里本就是桀骜不驯的，表面上装得再好，事到临头却绝不可能忍气吞声。她抬起脚来就要踹应苍林，完全忘了此前这招给她招了多少麻烦。

“你别得寸进尺！”她的声线有些撕扯，如同她的心神。

应白下意识就想抓他的头发泄愤，可惜他头发太短，抓也抓不住，纤白的手指掩在黑发中，如同栖息在草丛一般，手心被发茬刺得心慌。

“是你得寸进尺，你知道我脾气的。”他的声音有些喘，可即便这样也能让人听出笑意。

是啊，她可太知道应苍林的脾气了。

不想要的他连一眼都欠奉，想要的就必须全须全尾都是他的，得了的便再不让任何人稍稍染指。

自然，舍弃的他也再不会留恋。

除了她。

否则此刻他为何会在这里与她纠缠，说这些幼稚的话，发这些不相干的脾气？

连以前的陶苍林都比现在的他沉得住气。年少的陶苍林天天和块冰一样焐不热，哪里会有这样失控的样子？

应白干脆放弃了挣扎，靠着墙，身体舒展开来，唇边泛起一抹轻蔑的笑。

“应苍林，你在这儿发什么疯？又凭什么来质问我？你忘了吗？我从来都不属于你。”

从来。

应白最懂如何往他心窝里戳刀子，毕竟这事儿，从她最初认识他的时候就开始做了。

不过她握住的大概是双刃剑，否则为什么如今连她的心也跟着一起流血呢？

应白只赢了一瞬，让应苍林咬着牙沉默了一瞬，她来不及得意，就听到了那个人的回答。

“你不属于我，可也不会属于别人，懂了吗？”

这是多年前他曾经愚蠢地、冲动地质问应白是否爱上了别人时，应白面无表情地回答他的话。

“即使我不属于别人，也不会属于你。”

隔了多年的时光，报应不爽。

回忆是最没有声息的东西，平日悄悄潜伏在身体里，然后在人最不防备的时候，狠狠刺出一刀。

应白如今就尝到了被刺痛的滋味。

她说不出话，可骨头还是硬得很，强撑着站稳了。她用手肘支撑在墙上，手腕都在微微颤抖，她却还是伸出另一只手，将他推开得更远。

“有意思吗？”她的声音冷了下来，却还带着点方才激烈情绪下的鼻音，如同沸水被泼了冰，透出寥寥雾气。

“当然。”他笑得将唇角勾成一个锐利的弧度，“随意地戏弄一个人，是最有趣的事情。”

他的良心早被掐掉了，柔软也在漫长的孤独中被磨掉。

以前的陶苍林，外表冷清，内里却像一股咕咚咕咚冒泡的热泉。现在的应苍林，最擅长四两拨千斤，滴水不漏，却让人探不到心底，扔一颗石子进去，连回音都不会有。

应白抬头，用一种恍惚的语气问道：“你恨我吗？”

应苍林没有立刻回答，他站在角落的黑暗里，过了一会儿，他扣上袖子上松脱开的贝母扣，重新变成了那个口舌锋利的应律师。

他慢悠悠地说道：“恨的反面，是爱，或至少是某种浓烈的情感，是在意。

“你觉得，你配吗？”

他轻轻松松地抛出杀器，应苍林不是不懂怎么伤害她，只是以前，哪怕是最开始还看不惯她的以前，他也不舍得罢了。

应白看上去却出乎意料地松了口气，身体放松下来，倚靠在墙上，笑了起来。

“很好，你不欠我，我也不欠你，干干净净的，什么都别剩下。”

她如此平淡，却反而更叫人咬紧了后槽牙。世界上，还有比什么都没有，更让人心灰意冷的事吗？

应苍林下颌角微微动了一下，却到底没说什么，转身抬脚就走。

她一人站在阴影里，自嘲地笑了一下。

走廊里的穿堂风跟刀子一样，刮得人格外冷，她环抱着手臂，才意识到今天穿的裙子紧了些，这料子太薄，刚才狠狠踢人的时候，裙摆竟撕了好大一条口子。

偏偏是坏在这种地方，应白简直想扶额叹息。

这样下去不行，她不可能这样走出去，但一直留在这里，如果经过什么人，也是一样糟糕。她的手机还在远处的会议室里，虽然走回去一样有被人撞见的风险，但这已经是她唯一的选择了。

应白深呼吸了一口气，她攻克过多少难关才走到如今这个位置？她独自扛了这么多年，命运不会这点气运都不给她。

她往左右看了下，没人，便迅速往回走，走廊里又响起了高跟鞋声，尖锐又急促，划破了寂静。

然后这脚步声里又远远地混入了其他声响，气氛显得沉重了许多。

应白的心一下揪紧了，剧组围读结束已经有一会儿，走廊里一片死寂，连灯都灭了。越是人潮拥挤的地方，退潮之后的空寂就越混着几分瘆人。

她不知道身后是什么人，可能是剧组的同事，可能是来锁门的保安，也可能是清洁工。可无论是谁，当一个女明星衣不蔽体地在寂静无人的地方碰上一个陌生的异性，对她而言都是难堪而致命的。

她咬紧了唇，没有把时间浪费在害怕上，只是尽可能快地往前走，但是后面的脚步声还是越来越近了，那人的速度听起来并不快，应白却怎么也甩不掉，声音落下的每一秒，都仿佛踩在她如同气球一样快要炸开的心脏上。

应白飞快转向最近的一扇门，无论是什么人，躲开就好。可她的手搭上门把的一瞬间，只有徒劳的空转声和身后如影随形的脚步声。

门锁住了。

她有些绝望地想着。

然后她的眼前突然黑了，什么东西被甩落到她的头上，罩住了她。

应白愣了整整五秒，才终于将头上的东西拿了下来。

是西装。

“都穿成这样了，你瞎跑什么？你知不知道我回去看见你不在……”应苍林的语气里有掩不住的急躁，却又突然哽住，不肯继续说下去了。

应白还是那副模样，抱着西装发呆，然后突然崩溃一般发泄道：“装神弄鬼！你知不知道我刚刚有多害怕？”

虽然还是没哭，但她的声线却带了丝哑，说完她不管不顾地把头埋进西装里，不出来了。

应苍林难得哑口无言了一次，他皱紧眉头，趁她看不见，颇为懊恼地挠了下头。

然后他抬头深呼吸了下，有些小心地慢慢靠近应白，将她搂进怀里，稳稳抱着。

“是我欠你的，别气了，是我不好。”

他的声音和夜里握了把白日晒过的沙子一样，压得极低，却透了点藏着的暖意。

让过她那么多回了，也不是第一天知道她多会气人，再让一次，又能要了他的命吗？应苍林在心中自嘲地想着。

他们就这么站在无人的走廊里，站了许久。

一个不肯抬头，一个不肯放手。

暑假结束了。

开学的那天下了场久违的暴雨，将一切都冲刷得发亮，教学楼顶楼不知什么时候野蛮生长起来的藤蔓爬满了被雨洗净的玻璃窗户。

应白坐在靠窗的位置，无聊地数着一格窗上爬了多少片叶子，手指在空中胡乱点着。她数学不好，连数叶子也只用这种过分原始的方法。

同桌懒得惹她，应白明显心情不好，从早上起就是这样。

一切的起源都来自今天早上的作业检查。

上一秒班长来收作业的时候，应白还笑眯眯地递上作业。

下一秒班长就有些纳闷地把高等数学作业退了回来，应白愣了一会儿才反应过来。

“在这儿等着我呢？”她自言自语地笑着说了一句，然后翘了一边唇角，眼睛亮得像烧了团火。

同桌知道应白在学习上是个什么德行，有些奇怪地翻了翻她的练习册，发现每章连最后一道大题的第三小问都写满了，瞬间笑了出来。

“你这是抄了谁的答案？最后一小问都抄完，太假了啊！”同桌笑得乐不可支。

所谓学渣，大概就是不只平日做不出最后一道大题，就连抄作业，都不知道要抄得符合自己的真实水平，甚至连新学期之后不用再交高等数学作业这么重要的事都能忘记。

应白没理她，还是兀自望着窗外，屋檐上的一滴水落了下来，打在舒展开的一片叶子上，她远远隔着玻璃，似乎听见了水滴滴落的声音。

那个坏蛋在做什么？

她支着下巴，散漫地想着。

坏蛋之前就读的学院在外地，由于陶阿姨前段时间身体出现了问题，为了更方便照看自己母亲，他想转学到本地的学院来上学。而坏蛋优异的成绩完全达到了应白所在学院的分数线，走了许多流程后，由于申请理由充分，最后坏蛋拿到了该所学院的特殊转院就读许可，所以顺利地从原来的学院转到了应白所在的学院。

今日是他第一天转过来的日子。

他看上去实在有些稚嫩，个子虽然高，可骨骼明显比同班的男生要细，皮肤也白得像釉一样，站在一群暑假晒得成了黑猴子的男同学里面，有些格格不入。

下面起了些议论声，夹杂着隐约的好奇和嗤笑。他所在的班级全是男生，他清秀的外貌不会为他在一个全男生的环境里赢得尊重带来多少优势。

但陶苍林没有说什么，就这么站在黑板前，背脊挺得笔直。

他微微低下了头，不是为了放低姿态和大家打招呼，而是俯身拿起桌上的粉笔，转身写下几个字。

他放下粉笔，轻轻拍了拍落在掌心的粉笔灰，举重若轻地说："我叫陶苍林，希望以后能和大家好好相处。"他声调平淡，语气轻松，仿佛满堂看过来的目光都不存在一样。

老师给他指了窗边的一个座位，他提起书包走了过去，开始专心上课。窗外的叶子被雨滴砸得啪嗒响，却没有引起他丝毫的注意力。

下了课后，坐在陶苍林前面的王然将椅子翘得半悬空，转过身来趴在他的桌子上，有些嬉皮笑脸地问道："你多大了？看上去挺小的，还长得这么白，比女生都白，是不是从小被你妈用擦脸油养出来的？"

陶苍林表情没一点波动，伸出手把被他压住的书抽了出来，又把散开的笔收拢放进文具袋里，淡淡吐出两个字："不是。"

"那你是怎么把自己弄成小白脸的？"王然干脆转过身来，大大咧咧地把胳膊支在他的桌上，笑得不怀好意。

陶苍林抬头看了他一眼，没有被激怒，没有羞愤，反而极淡地笑了一下，说道："天生的。"

这倒让王然愣了一下，然后笑得露出八颗白牙："你有点意思。"

王然还想再说什么，却被出现在教室后门的人吸引住了目光。

他在来之前已经知道了一些学院的情况，他和应白所在的班级都有固定教室，但是应白的教室离他的教室不算太近。

"她怎么来了？"王然的声音低了下来，可语气里的兴致明显一下子提升不少。

陶苍林顺着他的目光往回望，就看见应白立在门外，百褶裙被凉风吹送得轻轻起伏，裙角柔柔地拂在门框上，露出泛着粉色的膝盖。

看见他的目光，应白微微歪了头，悄悄地冲他眨了眨眼，纤软的睫毛闪了一下，掩不住眼底的光。

之前满教室的议论声和前桌的调笑，都没能让陶苍林有半分波动，他只觉得是学校生活中寻常而又有些扰人的交际罢了。

可应白不一样，她什么都没说，什么都没做，甚至还没有笑得眯起眼，脸颊也还没现出甜甜的梨涡，就如同一阵霸道又柔煦的风，吹进他心里最细小的缝。

陶苍林知道她是来找自己的，也知道她那姿态是让他出去，可他反而更加绷紧了脸，一副严肃的样子，只有放在课桌上的手下意识地握紧了笔。

应白见他无动于衷，颇有兴致地挑起一边眉毛，然后微微启唇，似乎说着什么，却又没有发出声音。

王然看着两人的眉眼官司，这可是校花第一回来这边，他望了望还木着脸的陶苍林，有些了然地问道："为你来的？"

陶苍林没说话，嘴唇紧紧抿成一条直线，不是为了王然的提问，而是为了那个不知为何出现的冤家嘴里无声念着的字。

陶苍林此刻有些埋怨他的视力好得过分了些，以至隔着这么远，也能看见她轻轻地动了动唇，露出一点贝齿。

"林林弟弟。"她无声地说着，眼里有一点点狡黠，混着一点甜，让夏日雨后空气中的泥泞味都好闻起来。

妖女。

他突然起了身，绷着紧抿的唇线往外走，等快走到了，又直挺挺地停在她的前方，有些生硬地斥问："你来做什么？"

应白的眼睛弯了起来，泛起一道漂亮又旖旎的涟漪，她就这么走进教室，来到他身前。

这样的距离，近到陶苍林都能看见她浓密的睫毛低垂时落下的浅浅影子。

当然，所有这些也许只是他想多了。

直到应白的手指，状似无意地拂过他的手臂，只是一根手指，像是沾了雨水，凉凉的，划过温热的皮肤，叫人忍不住打个冷战。

“来让你的生活，变得更难过些。”

说这话时，应白笑得像个恶童，一个有着美丽脸蛋的恶童。

然后她就转身走了，留下一道未尽的眼风，头也不回地离开了。

过后，一些男生见此情景，上前打趣陶苍林，但是更多的是被喜欢应白外表的男生们刺探着他和应白是什么关系，这时陶苍林终于明白了应白的话是什么意思。

这是她的小小报复。

陶苍林花了点工夫才将那群正被荷尔蒙冲脑的同学安抚下来。

不知为何，他解释时只说了两人是因为家里大人认识才有交集。

至于为什么这样做，各种缘由，连他自己也说不明白。

不过拜她所赐，陶苍林想要平淡地度过学院生活的希望是彻底落空了。一个转学生，长得清秀，转学来的第一天就引来了应白主动现身。

那可是应白。

在这个学院里，或许没有多少人敢明着表现对她的爱慕，因为怕配不上她，可她绝对是男生口中出现最多的名字。

无论男生们谈起时她时看起来多么漫不经心，有时甚至以“我觉得应白也没多漂亮吧”作为开头，但那藏在语气之下的在意，总是能被同龄人捕捉到。

因此，应白的小小报复，只靠教室门口的那一点轻轻的触摸，就顺利达成了。

下课铃响了，同学们勾肩搭背地往外操场上走去，好像是学院举行了促进身心健康的运动活动，鼓励全民运动。

陶苍林从走廊往下望，一群群学生像蚂蚁一样，散乱又有序地朝着一个方向前行。他面无表情地瞥了一眼，往楼梯间走去。

刚刚收假，有些人不想去，去的人也都有些懒怠，动作拖拉了些。院长看不下去，亲自出来在走廊背着手监督，不许人留在教室里偷懒，这样前后一赶，就有不少人聚集在了狭小的楼梯上。

陶苍林被堵在楼梯上，一步一停地挪，却并不像旁人面上那样焦急，她还在想着刚才课上那道题。这时他不小心碰到旁边女生的手臂，说了声不好意思，又继续直视前方，没有注意到旁边的女生突然雀跃起来的表情。

他什么都不关心，直到在昏暗的楼道里看见了一双眼睛。

学院楼梯间的窗户和楼层是错开的，因此每一层楼梯间都只能见半扇窗，光线从两层楼梯的隔板外透过围栏散射上来，于半晦半明里，勾勒出她的身影。

应白站在楼梯间，半倚着栏杆，身边人来来去去，她却就这么静静地站在那儿，头发散落在脸颊两旁，无端让眼睛里多了点落寞的温柔意味。

她大概是早看见陶苍林了，见他终于望了过来，眼睫微微眨了一下，上挑的眼尾弯了起来，唇角荡漾开微末的笑意，在这样不明朗的光里，在这样拥挤的人潮中，反而更加让人心悸。

陶苍林不知道要不要避开，他只觉得身边人的交谈声、不耐的抱怨声、隐隐的脚步声，在这一刻全蜕变成了白噪音，然后如退潮的浪花，一点点化成白沫，直到消失不见。

怦怦！怦怦！怦怦！

他只听见自己的心跳声。

陶苍林花了几秒钟，让自己回归正常。好在所有人都走得很慢，他的异常并没有被任何人发现。

除了应白，她唇角的弧度更深了些。

被人群裹挟着，陶苍林没有试图避开应白，也没有接近她，就这么随着大家往前走。他们一点点地靠近，两米，一米，半米，三十厘米，十厘米。

他清醒地察觉到，自己与应白间的距离在慢慢拉近，她的体温似乎都与众不同，准确地干扰着他的大脑。

两人离得最近时，他的手腕将将要擦过她的手指了，人的皮肤多么奇妙，近到极点时，不用相触，就能感知彼此的温度。

或许正因如此，应白的手指无意识地动了一下，无名指指节恰恰擦过他腕骨的凸起，骨头碰上骨头，感觉如此清晰。

陶苍林到底先败下阵来，他侧过头，收紧手臂，主动避开了接触，往另一边靠了靠，就又撞上了刚才那女生。

这让应白得意，却也让她生气，得意于自己对他的影响，生气于他敢避开。

也不知道她在想些什么，她伸手就想推他，不管这里是不是楼梯间，也不管身边有多少人，她就要推他。

可陶苍林像是背后长了眼睛，应白还没碰到他，他就下意识避开了。应白往前失了力，一下子没站稳，脚从台阶上滑了一下。

陶苍林连忙接住了她，她就这么扑进他的怀里。

他只能一把搂住应白，止住她的落势，男生的手臂，恰好环住她纤细的腰。

他下意识放缓了呼吸，怕脉搏的跳动太过猖狂，被她察觉，于是不待她站稳，就立刻握着她的肩膀将她推开一段距离。

但应白立刻发出一声吸气声，这点微小的抽气声，瞬间将陶苍林定在原地，整个人僵得和木头一样，任由应白又扶住他的肩膀站稳。

周围的人都望了过来，目光里闪烁着好奇和激动，长得那么好看的两个人此时竟然抱在了一起。

可陶苍林顾不得这些毫不遮掩的目光，身旁的人皱着眉头，白着脸，咬紧了嘴唇不作声，只有抓着他衣服的手握得衬衫发皱。

他扶住应白的肩，有些僵硬地问："有事儿没？"他声线还有些别扭，话语也硬邦邦的，可还是露了一丝关心出来。

"痛死了，我的脚。"应白抽着气回答道，还是忍不住埋怨，"都怪你。"

陶苍林不晓得该如何应对这半带着娇气的怨怼，到底没有说话，只是僵在原地不动。

操场的音乐接近尾声，周围的人慢慢也走了，最后只剩下他们两个还留在楼梯间里。

应白靠着陶苍林，抬了头看他，正好他也低头望去，两人的目光就这么撞在了一起。她的眸子里有着晦暗不明的情绪，微微映着光，让浸在她眸光里的人都要醉了去。她眨眨眼，细密的睫毛便像小刷子一样落在心上，让人忍不住想咳嗽。

陶苍林却突然转了目光，还不待应白再发脾气，她就觉得身上一轻，发觉自己被陶苍林抱了起来，扛在肩上。

应白愣了一下，然后笑了，不知道是该先发怒，还是先戏弄他。

可她只来得及笑了下，就听见陶苍林带着警告的声音响起："别动，否则就把你丢在这里。"

他这是做贼心虚。

应白笑得更厉害了，抵着他肩膀的腹部轻轻颤动着，陶苍林自然感觉到了，表情僵了一瞬，却还是一言不发，扛着她朝医务室走。

应白的半裙因为这个姿势，被拉高了许多。

"喂。"应白不怀好意地叫他。

"闭嘴。"陶苍林只回了两个字。

"再闭嘴我就走光了。"她偏不闭嘴，反而净说些让他脸红心跳的话，“还是说，你是故意的？”

陶苍林太阳穴的青筋都在跳，他明明刻意避开了，却还是被迫望向扛着她的那侧。

他将应白放了下来，没给她任何说话的机会，将自己身上的校服外套脱下来颇为粗暴地丢到了她的头上。

应白将头上的外套扯了下来，挑着眉看向他，满脸的莫名其妙。陶苍林见她不动，干脆扯过外套，替她围在腰上，又狠狠打了个结，再一把将她扛起来继续走。

这回，无论应白如何挑衅，他再也没有应过一句话。

应白再被放下来的时候，已经到了医务室。陶苍林当了一路的“锯嘴葫芦”，无论她如何激怒他，他都只当她是根木桩子，等卸货的时候，迫不及待地把她往诊床上一扔，然后就退避到一边。

校医看得颇觉好笑，她见多了受伤过来的学生，背着的有，扶着的更多，偶尔也有那胆子大的敢借着对方有伤就抱着人来的，可这像码头扛货一样扛过来的，还是第一次，而且扛的还是个这么漂亮的小姑娘。

陶苍林额头上出了细细的汗，亮晶晶的，连鼻尖都渗出了一点汗。他本来就热，又扛了这一路，身上的衬衫也被沾湿了，微微贴在身上，显露出男生清瘦却挺拔的身姿。

他和校医交代起经过，声音平稳，条理清楚，只是在讲到某些细节时稍微顿了一下，进行了一些必要的简化和拼接。

应白就这么坐在床上，眨巴着眼睛看他编瞎话，一边笑眯眯地附和道“是呀，医生”“没错，医生”“一点没错，就是这样”，一边暗暗打着眉眼官司，不时冲他飞个眼刀子。

糖衣和炮弹，全部被拒收，陶苍林没多朝她那边看一眼，只让校医替她检查。

应白的脚踝没什么大问题，骨头没事儿，只是扭了一下，所以起了块红肿，她的皮肤太白，看上去有些可怖，但治疗办法也很简单，用药油揉开淤血就行。

也是这个时候，陶苍林知道了应白有多娇气，医生手指碰上去她也要哼哼，稍微摸摸她就叫唤，要揉捏时她更是差点掉“金豆豆”，睫毛都沾湿了，像碎钻璀璨。

医生上完药，随手将药瓶递给站在一旁的陶苍林，却没人接，一回头才看见身后的男生呆呆看着抱着膝坐着的应白。医生忍着笑轻轻咳嗽了一声，男生一下子回过神来，欲盖弥彰地低下头，还是没看见她递过来的瓶子。

医生觉得又好气又好笑，直接将药瓶塞了过去，然后起身去写换药等事项，并交代着要注意的地方，结果一抬头，女孩子一看就没怎么听，还在那儿抹“金豆豆”，男生却背对着女生，听得一脸仔细认真。

得了，有一个听进去就行了，医生潇洒地把方子往陶苍林手里一放，让应白再休息一会儿就离开，然后自己到外间填表去了。

陶苍林在旁边默默站着，等应白的眼泪差不多干了，才低声说了句：“走吧。”

“我走不动。”应白把气撒在他头上，耍着大小姐脾气不肯动，然后又警告似的瞪了他一眼，嗔道，“不许再扛着我，疼死了。”

谎话。

他从头到尾都没弄疼过她，哪怕看上去再粗暴。

陶苍林望着她还有些湿润的睫毛，没有再争辩，走到她身旁，一言不发地蹲了下来。

应白眨了下眼，微微侧了头打量着他。她没穿鞋，一只长白袜脱了堆在脚背，一只还好好地拢到膝盖下，她伸出没受伤的那只脚，轻轻地踢了下他的背。

明明力道不重，可陶苍林的身体下意识地就想晃，差点摔倒，可他强忍住，僵在原地，没有发脾气，也没有回头。

他这般反应，应白倒像是终于满意了些，于是不再折腾他，乖乖地爬到了他背上。

她伏上来的时候，陶苍林只觉得自己的脊背有些发疼，以致他甚至生出了荒谬的想法。

他怕自己的骨头硌疼了她。

但应白是柔软的，如月夜下微浮的白浪舐着嶙峋的海岸线，包容着他一切的唐突和失礼。

陶苍林站起身来，手扶住应白垂在他身侧的腿，将她托了起来，应白双手撑在他背上，上身隔开了，两人几乎没有任何不必要的触碰。

可即便只是这样，陶苍林的耳后也慢慢泛了一点红，正好落进应白的眼里。她难得没有去捉他的把柄，只是翘着唇欣赏自己的杰作。

他就这样背着她一路走着，应白到底没消停，没受伤的那条腿轻轻地晃了起来，细腻的皮肤轻飘飘地擦过他的一片衣角，也间接地在他的手掌上摇晃着。

陶苍林咬紧了下颌，却还是默默地背着她往前走。

他把应白送回教室的时候引起了些波澜。两个外表极引人注目的年轻男女同时出现，有几个女生一边偷看他们一边捂嘴笑，这让陶苍林感到前所未有的难堪，他能处理同性的敌意，却不知道怎么面对女生闪着好奇的眼神。

陶苍林下意识想把应白放下来，可还没动作，应白的腿就又在他手心里晃了一下，他到底没把她放下来，而是背着她进了教室。

应白在他身后，现在是否一脸得意，他也看不到，不过从她颐指气使地指挥着陶苍林找到她座位的声音来看，她的心情确实不错。

陶苍林安顿好了她就打算走，奇怪的是，应白也没有丝毫要阻拦他的意思。

被折磨了这么许久，他反而有些不适应。他回头看了她一眼，见她确实老老实实地待在座位上，心里虽然有些怪异，却还是转身走了。

等陶苍林出了教室，终于能好好理理刚刚发生的事，然而他却忍不住举起了手，在空中打量着。

她的骨头真的生得好小，就这么一点点，他一只手就全握住了，拢在手心里。

如果他稍稍用力，她的骨头会碎吗？

陶苍林胡乱想着，没有察觉自己的心思已经飞到了多远的地方，直到口袋里的手机闷闷地震了一下。

陶苍林快步走到角落，打开来看，是个陌生号码。

“上完课来接我。”

他刚读完，又一条信息就立刻发了过来。

“不许迟到，因为这是你欠我的。”

这么没有耐心又不讲理的人，除了她，不作他想。

陶苍林收回手机，默默地叹了口气，但为什么叹气，他自己也说不清楚。

下课了，白天的喧闹渐渐散去，学院里变得安静下来。

为了帮助学生们提升自律能力，现在学院还要求学生们上晚自习，主张学生们可以在晚自习的时候学习一些课外课程。不过今天没有晚自习，所有人都赶着放学后去打球或去校外放松玩耍，只有陶苍林一个人还留在教室里整理报告。

他把所有东西都规整好，连书本的边缝都仔细细细地对齐，才回头望了下挂在教室后墙的钟，钟的指针被黄昏的光照出细长的黑影。

六点十五了，他终于没了借口，叹了口气，起身去了三班。

他是故意的。

今天背她回教室时围观女生们暧昧的眼神和议论让他有些窘迫，他倒也不是生气，只是觉得别扭。

他又记起来了，背着她时，自己的影子和她的影子，落在地上混成一块。

可他们明明不该是一路人。

陶苍林默念起了公式，等他背完最后一个，也就到了应白的班级门口。

这里的人也走得差不多了，从外面望去教室里空荡荡的，只有暮色斜斜地从玻璃窗照进教室，让课桌在地板上拉下长长的影子。

陶苍林舒了口气，说不清楚是放松还是叹息，他停在门口，站了一会儿，转身打算离开。

反正他已经来过了，不算失约。

“你怎么才来啊？”教室里面传来带着睡意的声音。

陶苍林站在走廊上，背对着教室，什么都没看见，心却被狠狠地捏了一下。

他转身进门，看见应白趴在角落的桌子上，睡得头发都乱了，脸上压出些痕迹来，有些可笑。

陶苍林默默低了头，掩住想翘起来的唇角。自己心中纠结了半天，这个人却在这呼呼大睡，他早该知道，这就是个没良心的。

“你迟到了，我要罚你。”应白的脑袋睡得不清醒，想到什么便说什么。

“怎么罚？”或许是面对这个有些陌生的应白，陶苍林知道无法和睡昏头的糊涂虫计较，便难得放下姿态，接了她的胡闹话。

“罚你抱我回去，不许再扛我，也不要背我，就要抱着回去。”她笑起来，眼睛被夕阳染成琥珀色，闪闪发亮。

陶苍林沉默下来，过了好久，才在她的目光下吐出两个字：“不行。”

应白一下子低了头：“又不行！老是不行，什么都不行。

“你欺负我。”说这句话时，她语气平淡，难得没有耍赖卖乖，却像细指甲划过心脏，让陶苍林忽然觉得难受。

他吸了口气，才有些艰难地说：“我抱不动。”

见她一下子抬头望了过来，他有些窘迫，却还是没有移开目光，有些艰涩地强调：“真的，不是欺负你。”

若是平时，应白该生气的，这也太不会说话了些，如此直白，说得她好像多沉一样。

可她反而气不起来，他笨拙又硬邦邦的坦白，反倒叫她心底里软了一下。

应白的眼底一下子透出波光，她笑得眉眼弯弯，却没有再取笑他，而是抿着唇，轻轻地说：“好啊，那我等以后。”

接下来便顺利很多，陶苍林将应白背了下去。他和应白的家在本地，于是一起向学校办理了走读手续。他现在都骑车上学，可他的车没有后座，所以就一路将她背到校门口，打了车回去。

等到了家，他背着应白上楼。陶苍林虽然也有肌肉，可一口气背个人上四楼，气息还是重了几分，额上出了细细的汗。

应白撑在他背上，歪了头看他额上的汗，用一种明知故问的语调问他：“累不累呀？我是不是很重？”

陶苍林没有理这明着设下的陷阱，只沉默地继续往上走，可背上的祖宗还不消停，一会儿又小声叫道：“我要掉下去了。”

她又在骗人。哪有要掉下去的人这么不慌不忙地求救的？

可他还是把她往上掂了掂，然后就察觉到她又轻轻地笑了起来。

陶苍林看不见身后她的表情，可他知道应白的脸上此刻一定挂着那种得逞的、狡黠的笑容。

等到他终于放下应白时，后颈已经全红了，他自己却不知道。

他特意在进门前就把应白放下，还把皱了的衣服拍平。和应白刻意隔开些距离，他才敲了门。

等到进了家门，父母都被吓了一跳，问清楚没什么大事儿之后，才放下心来。

而应白看到餐桌上的蛋糕，才有些怪异地望向陶苍林，沉默了一会儿，才问道："今天是你的生日？"

"嗯。"他简要地回答，落座吃饭。

这场生日宴吃得不算太热闹，毕竟应白刚受了伤，虽然不是谁的错，可陶阿姨看上去还是有几分担忧和内疚，总觉得自己没照顾好她。

等吃完了饭，陶阿姨还想帮她上药，被应白客气地拒绝了。

看着陶阿姨有些不安的样子，应白转了下眼睛，然后揽着陶阿姨的手臂，颇为亲近地笑着说道："阿姨，您真不用担心，这就是一点点扭伤。"

然后她瞟了一眼陶苍林，说道："今天幸亏林林照顾我，不过还有事儿要继续麻烦他，得让他再背我上下楼，我爸之前腰痛……"

她装出一副有些为难的样子，陶阿姨自然连忙答应，作为后母，她不怕应白麻烦她，就怕应白一直这么客气又疏远。

只有陶苍林晓得，这是对自己进门前和她隔开距离的小小报复。她实在是狡猾。

他知道应白装起样来有多唬人，也知道母亲的难处，便沉默地应下了这事儿。

更何况，他心里也没有那么不愿意。

他背着应白上了二楼，过了拐角，再往上，就是只有他们两个人的空间了。

"原来今天是你的生日呀，可我没有准备礼物，怎么办呢？"她轻轻问道。

陶苍林太阳穴的青筋跳了一下，他咽了下唾沫，回道："不用。"

"用的，我想好了，我送你一个礼物。"她自顾自地笑起来。

陶苍林没有搭话，沉默地往前走，唇线紧紧抿着，用力到让唇边浅浅现了一个梨涡。

应白就这么看着那里，他这么严肃清高的人，却像他妈妈，左脸有一个梨涡，浅浅的，平时都看不见，这让她不禁微微笑起来。

下一秒，一根细白的指头戳上了他浅浅的梨涡。

陶苍林有些惊慌地回头，与她的眼神撞个正着。

“生日快乐。”她笑着说道，“我的礼物就是，以后每年的今天，我都会做第一个祝福你的人。”

她的笑容很美，美到他再也无法自欺欺人。

第四章

YINGBAI

清醒

那天在会议室前，应白埋在他的外套里，许久都没说话，只是沉默地隐藏着自己，应苍林也没有催促，就这么陪着她在昏暗里站了很久。

他们之间什么都没说，可是之前建立起来的那种心照不宣的诡异平衡，似乎又被打破了。

他们两个人在那儿相对无言，可远处似乎有人要过来，能听到一点隐隐的脚步声。应白已经眼耳闭塞，不管不顾，应苍林却十分警觉地将她一把揽了过来，紧紧地藏在怀里，遮掩住她的身形。

那脚步声越来越近了，应白本该紧张的，这样衣衫不整地和一个男人抱在一起，对一个女明星来说，实在太糟糕了。

可她被应苍林这样紧紧抱着，终于有理由安心地留在他怀里，哪怕只有片刻。

他的体温透过薄薄的衬衫熨着她的身体，他的心跳声隐隐传到她的心里，应白的应激系统便统统失效。

这里没有光，连影子都不存在，如果有，大概也像他们此刻一样紧紧相拥。

可惜这理由没有持续多久，那人没有过来，在靠近前就转身进了前面的楼梯口上楼去了。

应白到底清醒了过来，轻轻地挣扎了一下。应苍林叹了口气，放开了她，只见应白额上出了些汗，发丝黏在额头上，有些狼狈。

仔细看，她的眼睛红了些，脸也被憋得红了，可是一滴泪都没流。

她这么倔，也不知道是怎么养成这么个脾气的。

这点，应苍林是最知道的，因为这脾气有不少还是他惯出来的。

这次如同往常的无数次一样，他还是让步了。

“这次是你错了。”她红着眼睛控诉，如果不是他这样随意发作，又把她扔在半路，何至于叫她出丑？

不过应白的话中，带着她自己也没有察觉的依赖和理直气壮。

应苍林抓住她的手，轻轻打了下自己，半是玩笑半是认真地说：“是我错了，错了你就打我，折腾你自己干吗？”

“我从不折腾自己。”话说得冷淡，可她现在就在折腾自己。

“行，是我折腾你。”应苍林又叹了口气，都退了一步了，干脆再退点，“我都折腾完你了，就别在这儿继续站着了。”他半诱半哄地把应白带进了会议室。

“你有备用衣服吗？你那么红，不能这么出去吧？”应苍林表情轻松地问她。

应白咬着下唇不说话，备用衣服她还真有，可是在助理那里，她不想让助理看见这些乱七八糟的她自己暂时都理不清的场景和情绪。

应苍林的眼神几乎没有遮掩，应白的一举一动，对他来说都太熟悉了。他面上还正经，内里却满脑子的废料，上一次看见这样蛮不讲理地冲他发脾气的应白是什么时候，他几乎快要记不起来了。

可惜现在不是时候，应苍林只能压下心头那从久远的过往里生长出来的希冀，轻咳了下，拿手机出来打电话，在电话里简单吩咐了几句，让对方送衣服过来。

应白挑了半边眉毛瞪着他，问道：“这就连我助理电话都弄到了？”

应苍林愣了一下，然后头一次痛快地笑出来，也学着她挑了半边眉毛：“我打的是我助理的电话。”

一句话让应白的气焰全消了。

这倒成了她剃头挑子一头热，她这样从来要欺人、半点不肯被人欺的性子，被这么被晾在半途，使得她神情也冷淡下来。

应苍林想哄她，又觉得这样实在太惯着她了，自己根本都还没刺她，她就跟河豚似的充起了气。

可他能硬下心不理，应白也就能这么一直冷着脸僵在那儿，这么任性的人，他一点招儿都没有。

应苍林轻咳了下，到底给了她一个台阶下，像才想起来一样，问道：“你追出来，不光是来耍脾气的吧？”

那些说不清道不明的、被旧梦重回所萦绕的气氛，被这句话驱散。

应白清楚地想起她为什么追来，她是个处在事业上升期的成熟职业女性，有所求，有所图，就会毫不犹豫地出击。

毕竟她如今已经不是那个可以因为自己的执念让所有人的生活脱轨的小姑娘了，她过往尝的教训已经够多，还执着于那点脾气做什么？

“那个女配角，是你授意加的。”她用的是肯定的语气。

“不算，我只是提供了一些案例，这个角色是导演自己构思的。”他一语带过。

“在你的启发下构思的。”应白没那么好糊弄。

“怎么，想让我劝导演删掉？”

他望向应白，还挂着笑，仿佛应白让他这么做，他便真的会这么做。

“如果导演决定之前我就知道，那么我会。”应白非常诚实，她在他心中的形象本来就不是什么良善之辈，也懒得在他面前扮演一个完美无缺的女明星。

“可现在已经改了，并且你承认这个改动对整个电影情节的丰满确实有帮助，这也是你的主担电影，你不会希望它被搞砸。”应苍林稍稍倾斜了目光，饶有兴趣地看着她，将应白未说出口的心思补完。

她却不习惯这样被剖得明白，抿了唇非要犟：“我只是不想这笔账被导演算到我头上，林导强势，他不会喜欢演员明着插手这些事儿。”

应苍林会意：“所以你希望我来代你插手这些事儿。”

“你会吗？”她一针见血，就这么直直地望着他。

没有人会这么早把底牌亮出来，赢家更不会，应苍林没有回答，只是浅笑着反问：“你觉得，我会吗？”

两个人就这么僵在这里，谁也不肯先放弃手里的砝码。

他俩都在分离的漫长岁月里变成了成年人，真心里混着算计，算计里掺着真心，可悲又可怜。

咚咚！

门被轻轻地叩响了，这响声打破了沉默，应苍林竖起手指示意她保持安静，自己去应了门。

幸好，是他的助理送衣服来了，他没让人进来，就这么接过了衣服，让助理先离开了。

可等他返身回来，却发现应白明显冷淡下来，这次的冷淡不是装的，也不是使性子，是真的冷淡许多。

她简单谢过应苍林，接过衣服去了洗手间，独留应苍林一个人站在会议室里，不清楚自己什么时候又摸了老虎的胡须。

他等了二十分钟，却不见人回来，怕她又出什么事，只好舍下脸面去了女洗手间门口，冒着被认为是精神病人的风险，敲响了洗手间的门。

可出来的却是保洁员，她看见应苍林守在女洗手间门口，脸上是不掩饰的疑惑和警惕。应苍林顶着这样的目光，硬着头皮拜托她进去找下应白，却被告知她早走了。

应苍林的手机响了起来，他拿起来一看，是一句“我先走了”。

用完即弃也不过如此了，何况应白连利用他都没用彻底，应苍林苦笑地按住额头。

应白冷着脸出门，助理迎了上来，她却懒得说话，就这么上了车。

闭上眼，她仿佛还能闻到方才传来的玫瑰香气，隔着这么远，还若有若无地飘了进来。也怪她的眼睛太好了些，那么暗，也能看见从门缝里钻进来的波点鱼尾裙摆，还有那细长的小腿，纤白的脚踝，和尖细又流畅的小猫根。

那鞋跟离应苍林也就隔着几寸远而已。

这就是他的助理，他亲近到能交代这种事情的助理。

这下应白是真的忘了她本来的满腹盘算了，而此刻满头问号地站在会议室的应苍林，怎么也想不到其中真正的原因。

林导为女配选角的事儿，应白没多打听，至少明面上没有。

他们初步的围读已经差不多告一段落了，主要角色中只要选角定了的，几乎都顺了一遍剧本。这是个悬疑犯罪片，打戏份额多、要求重，但凡满足露正脸的、活的、能动能喘气的角色，几乎都要接受体能、武打和枪械技能培训。

应白是女性角色，对这方面要求没有这么严格，可也有一些打斗场面，她至少要做到能接招，而且一些跑跳动作对体能也有要求。

她其实也是可以晚些再进行体能训练的，但加了新的女配角这事儿让她警惕起来，她干预不了选角，那至少自己得殷勤点。

没办法，进了名利圈，处处是刀，便是天生的仙女，也得下凡食人间烟火，顾一日三餐。

于是应白便开始了起早贪黑地去压筋、开腿的日程，她的身体挺软，当年上艺术院校也是天天出操，这么多年过去，基本功倒也没全部还给老师。

让她吃亏的是别的地方。

电影里面有场应白的重头戏，她是被挟持的那方，有打斗和追击的戏，还要吊威亚，因为是关键场面，她也得练怎么吊着威亚闪转腾挪。

这滋味可不好受，威压一吊可能就是几个小时，剧组还请了教练陪她练近身搏击，刚开始时，她每天被摔打得身上青青紫紫，累得话都不想说。

按理说，如今剧本围读暂时结束了，连林导也开始忙着和投资方、出品方还有选角导演商量进组前的各类事宜了，根本不在剧组，应大律师自然也该神龙隐尾了。

最开始，他也确实消失不见了，应白那会儿正硌硬他，不见还清净。

可过了几天，这人还是跟没影似的，应白嘴上不说，心里却无缘无故冒邪火。

她不冲助理发脾气，只顾自己憋着一口气，累成这样还要逞强，每天结束后还留下来加训练。

所有人都散了，被夕阳洒满的训练室里只剩下她一个人的影子，夕照越浓烈，影子便越单薄。

应白的头发随意地扎在脑后，她还在练习着今天教练指导的动作，闪避、弹跳、跃步、反击，她像不知疲倦一样重复着。

她肩上布了汗，像上了层光釉一般，残阳混着火焰的颜色，将这层釉变得格外浓烈动人，她这样清冷的人，都仿佛烧起来一般镀了颜色，格外让人心悸。

她的后颈上也出了汗，发尾一旦碰上去就黏在上面，成了蜿蜒浓黑的线，丝丝缕缕地在雪白的皮肤上绣着纹。

她看上去不再精致，不再分毫不乱，不再高贵而不可侵犯，而是落下了凡尘，在烟火里打滚，反倒透露出更旺盛的生机。

她如一株永不肯凋零的植物，汲取着光与水，不放过任何活下去的机会。

等夕阳斜到极点，她终于累到耗尽力气了，半坐到地上，低头放空着自己。她这样懒怠的人，这样不要命，除了要出头，心里多少有些不愿承认的原因。

或许是最近与旧人重逢，那些以前的回忆就如同被潮汐力吸引来的夜潮，涌个不尽，缠绕着她的每个夜晚，让她每日难以入眠，也难以清醒。

每天早上当她醒来坐在床上不能回神时，连她自己也说不清是希望摆脱，还是留恋。所以她需要像这样筋疲力尽，让自己消耗掉所有能用来胡思乱想的精力。

可她没能如愿，或许是太累了，她甚至没察觉身后的动静，所以当一只手强势地搭上她的肩时，她几乎吓了一跳。

那只手强势得太过理所当然，囚住她的肩膀，用力往怀里一带，她单薄的背撞进身后的怀里，鼻尖瞬间充满了青松混着木枝的味道。

她脑中的神经擅自放松下来，这味道她已经很熟悉了，但她只放松了一瞬，身体就又紧张起来。

可身后的人和她靠得那样近，身体的任何动作都难以隐瞒，她明明放松了却又变得紧张，自然会被觉察。

应苍林愣了一下，然后了然地笑了。他没轻易放走她，而是越发收紧手臂，让她半点逃不了，然后伸出手，在她布着热汗的后颈轻轻滑过，手掌抵着脆弱的颈骨。

应白只觉得混着惧意的麻痒沿着深埋在体内的脊髓，直接击上她的尾椎末梢。她的后颈那里从来是不让人触碰的，连打理头发需要剃掉绒毛时，她也绝不让造型师碰。

可有一个人例外。

这个人曾经亲手为她梳过许多次头发，他的手指曾经克制而笨拙地穿过她的发丝，每次用梳子时，总是笨手笨脚地碰着她的后颈，叫她忍不住瑟缩一下。

往往只有那时，年少时总爱装模作样、欺负良善的应白才会露出一点与年龄相符的破绽，或许是这个原因，到后来应苍林笨手笨脚的时候反倒越来越多了。

不过直到现在，应白依然不敢肯定当初他是不是故意如此。

她恨自己又想起这些无用而害人的细节，因此刻意控制情绪，用冷淡中带一点厌恶的口吻斥起他来。

“你失业了？这么闲。”

应苍林在她看不到的地方轻轻笑了，没和她计较这种小猫抓似的言语报复。他把手伸到她身前，握住她的手腕，轻轻一用劲儿就把她提了起来，然后用两指指尖细细擦过她伶仃的腕骨，停在她手臂的淤青上。

“这是训练时摔的？”

应白根本懒得回答，只是挣扎得更加厉害了，应苍林却不顾她的挣扎，反而靠得更近了些。

气息压迫，应白终于忍不住了，剜了他一眼，目光十分冷淡地说：“有汗。”

应苍林一下子笑了出来，应白不担心被他挑衅，却介意自己身上出的汗。

人下意识的反应，最能泄露人的真实心思。

或许是他的笑容太过露骨，应白心里浮起些烦躁，泛到面上，就成了一种冷淡的距离感。

她不要被一点点靠近，不要动摇，这些带着温度的吵架会叫她已经尘封的心再活生生被剖出来。

应白花了九年才将那颗会跳的心给埋了，埋得死死的，她不会允许任何人在此刻让它再见天光。

“有意思吗？”

她的声音并不愤怒，反而带着些无所谓，就好像是在谈论突如其来的坏天气——虽然有些烦人，却也不必过于在意。

此刻应苍林几乎有些恨起自己来，恨自己这样了解应白，也恨自己太过在意，以至仅仅从她的一个表情，就能轻易解读出她的心思，也轻易被她激怒。

“没意思，没意思透了。”他听见自己说，声音几乎变得和她一样冷淡，甚至更加过分，“就跟隔了夜的饭菜一样，看着香，吃着就泛腻。”

在你来我往的成人世界练了好几年的应苍林，此刻似乎又变成了多年前那个孤傲清高到不知如何与眼前这个人相处的男生，只会笨拙地用这种方式表达在意。

可应白也一样熟悉他。

她看着眼前的人皱起的眉心，稍稍咬紧的下颌线，还有那双眼睛，那双几乎和年少时一样亮极了的眼睛。

应白在心里叹了口气。

她几乎有些可怜起应苍林来，这么多年过去了，如今他却依然纠缠在与她的孽缘里。

“既然腻了，就丢了吧，何必勉强自己？”她说得平淡而坦诚，因为这是她真心希望的。

可应苍林骨子里的那股执拗和倔劲过了这么多年，只是藏得更好，并未有分毫褪色。

“你以为我要如何？不过是载你一段，路上讲下剧本的事儿罢了。条款分明的交易，你何必矫情？”随即他又望向她，“难道如今你还指望我专门抽出时间来给你？你不是这样自作多情的人。”

应白知道他是挑衅，也知道他这话并非出自真心，可她依然被刺痛了，深吸了口气。

“那就麻烦应律师了。”

她留下这句话，转身向外走去。

只有应苍林留在原地，看着她的背影，眼里浮现出极淡的思念的痕迹。

“我想你了。”

只有在应白听不到的地方，他才能放肆地说出这句话。

自作多情的人，从来都是他自己。

应白醒来的时候，睁开眼看到的就是外面的霓虹，在夜色里灼灼地印在车窗上，从眼前飞速地滑过。

白天的训练实在有些过激，身体负荷到达极限，应白上车后几乎没来得及经历预想中的纠结忐忑，就飞快地在规律的晃动中睡过去了。

她一直睡到现在。

应白有些恍惚地眨了下眼，目光茫然没有焦点。

“在这儿。”

另一侧传来低沉的男声，应白下意识转过头，看见应苍林半隐在夜色里的身影。他单手握着方向盘，微微用力转动，腕上方正的表盘反射着光线，刺到她眼里。

她终于清醒了些，尽管车内空调维持着二十三度这个最为舒适的温度，可疲惫混着酸痛还是一波一波涌了上来。

“这是去哪儿？”应白沉默了一会儿，看着窗外有些陌生的景色，还是开口问了，这不是回她家或公司的路。

“我家。”他回答得简略。

“前面路口放我下车。”应白的脸色沉下来，她直接开口拒绝。说好的只是顺道载她一段，如今承诺都被狗吃了。

“怎么？怕去了我家，我会不让你走？”应苍林口气还算轻松，可是应白却难以分辨他是在开玩笑还是认真的。

“应律师大概是花丛老手，不愿相信这世界上还有人不是时时刻刻觊觎着你的。”应白摆出一副假模假样的表情，仿佛忘了自己多少年前是什么德行。

应苍林大概也想到这点，不禁感到好笑，换了角度道：“追出来那么多次，现在倒放弃了？”

是的，她不情不愿接近他，不就是为了剧本吗？不就是为了爬得更高吗？不就是为了让自己的事业真正站稳脚跟吗？

她矫情什么？

可她是应白，她就矫情。

而且，她内心真正所想的还是想靠自己的实力。

“我如果想出卖自己，你也不会是最好的买家。”

她偏要把话说得难听直白，偏要刺破所有的温情。应白自小生的这身反骨，在这么多年的摸爬滚打中，连她自己都快忘了，可一碰见眼前这个人，多少年的修为都原形毕露。

应苍林一股火上了心头，不是生气她这么呛回来，而是生气她非把他们之间的关系变成银货两讫的买卖，对彼此而言，他们都应该是不同的，应白明明知道，嘴上却越来越坏。

他气极反笑，勾着唇问她：“那你想吗？”

这是应白第一次听他这样说，也是应苍林第一次说这种话。

出乎他意料的是，应白直直地望了过来，一点没有逃避，然后坦诚地承认：“你早知道我就是这样的人，里子我要留，面子我也要保，你愿意帮我就帮我，你不愿意也无所谓，我这么多年一个人活得好好的，靠的从来不是幸运和别人的施舍。”

应苍林知道这是她的真心话，虽然打了折扣掺了水，可到底也是混着真心的。他的手还握着方向盘，表情也未变化，可不知为何车里的氛围反而变得不那么僵持了。

应白太了解他了，对于别人来说，应苍林没有同意就是否认，而对着她，没有否认就是默认。

应白没有太得意，她需要巩固自己的胜利成果，车厢里响起她的声音，这次变得柔和了些："下个路口靠边停车，这次我先回家。"

车轮飞驰着压过柏油路面，最终慢慢缓下来，停在了霓虹灯闪烁的路口旁。

应白松了安全带，准备起身，脚上精致的小猫根已经伸出了一只半露在车门外。她回头望向身处暗处的男人，语气放松，还混着一点点哑，状似随意地说道："对了，纠正一点，我如果选择你……"

她倾身过去，红唇微张，深深地吻住面色还保持冷淡的应苍林，看着他的瞳孔放大，在他反应过来的前一刻轻轻离开，然后在离着他的唇一寸距离的位置，吐着气补充完后半句。

"也只会是因为，你是唯一的人选。"

她留下这句话和一个吻，就离开了。

与应父和陶阿姨预料的不同，应白同陶苍林的关系处得还算不错，开始还有些不冷不热的，扭伤这件事反倒成了契机，他俩乐见其成，于是这两天应白上下楼的事情就全权交给了陶苍林。

早餐时，陶阿姨特意交代自己儿子："林林啊，你这几天要多帮帮应白姐姐。"陶阿姨说完，还悄悄望了下应白，见她听了这话，浅浅笑了起来，才放心下来。

应白乖乖地坐在餐桌上，完全是个可爱的小姑娘模样。她的睫毛长长的，随着眼神微微垂下，显得有些无辜，笑起来让人觉得甜而纯真。

"阿姨，林林弟弟一直有帮我的，我好感谢他。"她眉眼笑得弯弯似月牙。

陶阿姨颇为欣慰，又转身对自己显得有些呆了的儿子嘱咐道："林林，你听到没有啊？"

陶苍林却低着头，似乎根本没在听，也不在认真吃早餐，只是机械化地拿着筷子不动，隐隐可见眉头微皱起来。

"林林，林林！"

陶阿姨一连叫了几声，陶苍林才如梦初醒一般，抬头匆匆看了母亲一眼，敷衍地"嗯"了一声。

陶阿姨还想再说说他，可是陶苍林也这么大了，饭桌上到底不是数落他的时机，所以只看了他一眼，交代他要记得收拾碗筷，别让脚受伤的应白动手，就提了包匆匆忙忙上班去了。

陶苍林自小就是帮妈妈做惯这些家务的，这点活对他来说并不是难事儿，不过他刚伸手，就看见应白已经十分麻利地摞起碗碟，筷子和水杯也都妥帖地收拢在旁边。

他愣了下，抿了抿唇，只说了句"我来"就沉默地收拾起来，手脚比她还利落些。

可应白并没有停下，神态轻松地继续着整理的动作。当她朝盛过煎蛋的碟子伸出手，就要触碰到盘子里的油腻之时，如细竹初初拔节时一般修长的手指比她更快地落了下去，只是这样一来，应白的掌心恰好就落在了陶苍林的手背上。

她能清晰地感觉到陶苍林瞬间变得僵硬起来，而片刻后她轻轻覆住的那只手，就有些粗鲁地将她的掌心顶开了。应白没有防备，被他甩开来。他动作有些大，紧接着她就看到他眉间皱了起来，紧抿的唇线暗暗咬合，显见是有些懊悔。

可陶苍林又向来清高，更没和女生这样近距离相处过，他不懂怎么道歉，只好把下颌咬得更紧了些，半天才憋出一句："我说了我来。"

应白比他大方多了，一派轻松地重新瘫回椅背上，从善如流地说道："那就你来。"她又睨了他一眼，笑着道，"不过你动作要快点，你答应了你妈妈送我上学，你可是乖小孩，不能出尔反尔。""乖小孩"三个字被她吐字咬得语调上扬，充满了调笑的意思，仿佛刻意要激怒他一样。

可陶苍林看都没看她一眼，沉默地收拾着桌面，只是动作更加快了一些。

很听话嘛，应白看着他麻利的动作，在心里想着，然后随口夸了一句："深藏不露啊，看你这副样子，倒不像是这么会做家务的。"

陶苍林这时才终于看了下应白，只飞快扫过一眼，又转开目光，说道："你不也一样？"

这话让应白挑了眉毛，她深深地望向陶苍林，瞳孔变得有些幽深，仿佛突然起了夜雾的山岚，再开口时，带着笑的语气里却隐隐藏了波澜。

"我和你不一样，我没妈妈的。"她顿了一下，又歪着头补充道，"不对，我有妈妈，可她一直在医院里，不会说话不会动，家里从来都没人，我又不是真靠喝露水长大的，当然要会干这些活。可是你有妈妈在身边，做家务却比我都厉害，你妈妈一定很幸福吧？有你这么好的儿子。"说到最后，她漂亮又单薄的眉眼第一次笑成了弯弯的月牙，叫人看了心里发甜。

可不知为什么，陶苍林却从这甜里品出一点酸涩的味道，像吃了熟透的柑橙，咽下满口的甜味后总余留一点酸在舌尖，他张了张口，下意识问道："你妈妈她……"他说不下去了，以他和他妈妈的身份，无论说什么，似乎都显得有些多余，哪怕只是普通的问候，好像都令人尴尬。

应白依旧靠在椅背上，只是脸上的笑淡了些。她看向陶苍林，浓密的睫毛在清晨的阳光里往眼下投下了一小片阴影。她突然涌起一股冲动，想把她妈妈这么多年来一个人躺在病床上的无知无觉全部倒个干净。

"我妈妈……"

她的话还没说完，墙角的落地钟先响了起来，沉重的金属声回荡在只有两人的屋子里。

这声音似乎把应白从那种莫名的情绪里解救出来，她恢复了平常那种总是带着轻松和无谓的态度，懒洋洋地靠回椅背，冲着陶苍林抬了抬下巴，说道：“下次再给你讲故事吧，现在，你得乖乖听你妈妈的话，送我去上学了。”

等到陶苍林背着她出门却没有叫车，而是走到自行车旁时，应白先是挑起秀气的眉毛，接着浅浅地抿唇笑了起来。

昨天还是孤零零的自行车后轮，现在上面已经多了一个车座，还铺了软软的垫子。

昨天深夜里，老楼梯响起的吱吱呀呀的下楼声，他虚掩的房门，小楼门前亮起又熄灭、隔了半个小时才重新发亮的声控灯，旁边小小的自行车车棚里亮了许久的手电筒，今早被刻意藏进洗衣机里被汗水打湿又干了的白色T恤，在这一刻，都有了共同的解释。

“这个车座是什么意思呀？”她尾音拉长了些，微微上翘，听上去多了几分说不明白的甜味。

陶苍林没有理她的得寸进尺，只是沉默地走到自行车旁跨了上去，然后望向她。

“不说我就不坐哦。”她眼尾弯弯。

陶苍林用清亮的一双眼望着她，慢慢移开眼神，盯着前方的地面，虽然没看她，语气却坦然：“你明明知道的。”

她不害怕他的倔强，不害怕他的清高，更不害怕他的抵抗，可这样的坦白，如同冬日里不知从什么地方冒出来的静电，不留神间，却让她指尖发麻。

她突然不再笑，也不再多说一句话，就这么坐了上去，脸上带着一种奇怪的空白，什么表情都没有。

陶苍林踩了下去，车身微微震动了一下，应白终于有了理由轻轻地扶住他的腰。

陶苍林愣了一下，然后蹬得更加用力，车轮飞快地转动着，压过浅浅的水塘，在地面上留下两道深色的湿痕。车轮的痕迹分开又交错在一起，不断向前路伸去。

他的衬衫鼓起，蓄了满满的风，因为衣襟没有扣上，所以飘了起来，半拂在应白的脸颊上。她觉得有些痒，于是将脸轻轻地转向一边。

“林林，你还讨厌我吗？”

她突然就问出了口。

应白本来是最擅长绕圈子的，不挑明不说破，戏耍他人的情绪却丝毫不负责任，正是她最喜欢做的事。

可她突然就想问清楚了。

自行车突然停了下来，陶苍林的胸膛上下起伏，气息还有些不平，额角也渗出细密的汗，他没有回头，僵在那里。

直到那只手轻轻拽住他衬衫下摆，撒娇似的摇了摇，他才终于回了头。他面色沉静，上午热烈的阳光在他的发上晕出光圈，将头发染得带了丝棕色。

“我从来没有讨厌过你。”

他的语气平淡得如同谈论天气，可应白知道，他是认真的，就如同他做其他所有重要的事情一样，再认真不过了。

于是她笑了起来，笑得很甜，可只有那双逆着光、叫陶苍林看不透的漂亮眼睛里面，藏着一点只有她自己知道的苦涩。

“那你最好还是讨厌我吧，一直讨厌下去。”

应白用惯常的那种带着些笑的散漫语气说出了这句话。

陶苍林眼中的焦点一下子收紧，喉头发涩，说不出话来，他只能看见应白琥珀色的眸子、软翘的睫毛、微微翘起的红润的唇。

他一下子掉了头，避开她轻飘飘的视线，扶住车把的双手收紧，骨节突了起来，隐隐可见上面暴起的青筋。

从应白这里，只能看见他被修整过的后颈上又长出来的青茬，稍长的发丝软软地搭了下来，和他这个人一个样子，看上去清秀无害，实际上倔刺头一个。

她耐心地等着，她等来了陶苍林的坦诚，难道还等不来他的屈服？

“不要随便开玩笑。”他口气不善，压抑的愤怒如同正在燃烧的火星，下一秒就要全部爆发。

“你觉得我在开玩笑呀？”应白一点也不怕他生气，声音更加软糯，像一团棉花包住他，让人连邪火都发不出来。

她看陶苍林没有接话，伸出一只手指爬上他的背，一点点挪动着往上，感受他的脊骨。

不等他反应过来，应白又说道：“我可是在好心救你，离我太近，不会有什么好事儿的，多讨厌我一些，你会更安全。”

她藏在陶苍林的影子后面，声音是清脆而阳光的，但在看不到的地方，却淡得没有任何表情，眼神不知落在哪里，冷淡而无焦点。

可陶苍林看不到。

“可我不想讨厌你。”这句话他脱口而出，这个向来清高的男生，此刻褪去了几乎全部的伪装，将自己摊在这灿烂的明亮的大太阳底下。

他换来的却是应白的沉默。她藏在陶苍林背后的影子里，过了半晌，陶苍林才听见她从自己身后传来的声音。

“那就不讨厌吧，随便你。”

她顿了一下，才像认命一样叹息道：“其实我也不希望你讨厌我。

“只要你自己不后悔就好。”

陶苍林没有回复她最后这句有些奇怪的话，只是重新蹬起了自行车，然后越骑越快。他的身体向上撑起，几乎半立起来，驭着风，将流动的风声全部收进飘起的衬衫里，把自己的答案通过这越来越激烈的动作传递给应白。

应白能察觉到他的兴奋和雀跃，这几乎让她可怜起他来。

他骑了一会儿，额头上全都是汗，连后颈都渗了汗。他用急促喘息着的声音说道：“我从不后悔。”

应白终于忍不住笑起来，比她还小的陶苍林居然装出一副老气横秋的样子，讲这种仿佛已经过了大半人生、老气横秋的话，刚刚不要命一样地蹬自行车的人，可不是她。

夏日的暑气还没有散尽，上课的时光变得更加难熬，教学楼旁的树长得太高，枝上的蝉叫得嚣张，把学生的心神都拉扯得分散。

陶苍林一向是专注的，除了今天。

他脑子里满是些无关紧要的场景，走廊里昏黄的灯光，从窗户里照进来的晨曦，楼梯间里拥挤的人潮，医务室里沾着碘伏的白色棉球，客厅里铺着的凉席与西瓜，雨天楼梯上她蹭下的泥，小楼窗户里落下的纸团，水塘边的拂柳。

还有应白。

“陶苍林。”突然从上面传来他的名字，“你来答一下这道题。”

他如梦初醒，讲桌上老师的粉笔尖利地划过黑板，同学的眼神汇聚过来，无数的眼镜反射出微弱的光线。他唇角发干，下意识吞咽了下，涩涩出声：“老师，我不会。”他甚至无法回答这些他早就掌握的内容，因为自己根本没去听老师问的是哪道题目，这让陶苍林感觉到有些难堪。

老师有些奇怪地看着他，到底还是放过了这个一贯认真的好学生，课堂又继续平稳地进行下去了。

下午大部分班级没课，上午第四节课的下课铃一响，欢乐的笑闹声充斥着整个校园。

可陶苍林没有动，他坐在原来的位子上，神色冷淡得和春日里还冻着的冰河一样。口袋里的手机震了一下，他拿出来一看，果然是她：“送我回去。”

仿佛终于找到借口，仿佛他是被迫的一样，陶苍林叹了口气，站起身来去找短信的主人。

和他预想的不同，应白没有如往日一样刁难他或和他开玩笑，只是安静地坐上他的自行车后座。

阳光从道路旁种的梧桐叶子缝隙间漏下来，光斑点点，自行车驶过，光影飞快地流过两人的白衬衫。

应白侧坐在他的后座上，轻轻地哼起了不知名的曲调，婉转又动人。她的声音极轻，还被风吹得半散，却也偏偏送进他的耳里，陶苍林不想听，无奈那声音还是钻了进去。

“一百，九十九……”她突然开始数起数来，尾音拖得长长的，数得极慢。

陶苍林回头飞快地看了她一眼，刚想开口问她在数什么，却见她笑得像猫咪一样，心中不知为什么隐隐起了不安，连忙回头不敢再看，脚下也蹬得更快了。

等到回到家的时候，她正好倒数到三十。

“二十九，二十八……”他背着她上楼的时候，她数了五个数，边数边轻轻晃着脚。

等他把应白扶到自己房间时，应白正好数到二十，她不再数了，只是笑眯眯地看着他。

陶苍林心里面惴惴不安，却还是回了自己的房间。

他的房间里，所有的东西都摆放得整齐。他伸手将桌上的铅笔正了下，又把书重新摞了一遍。做这些事儿本该让他心情平和，可今日却不奏效，反而让他心里的不安越来越大。

桌上的手机屏幕亮了起来。

“等我数完，你却还不出现，我就会继续讨厌你了。”

“十。

“九。

“八。

“七。

“六。”

…………

应白坐在窗台上，有些无聊地靠着玻璃，脸色淡淡的，按着手机键。

“三。

“二。

“一。”

门开了。

应白看着打开门的男孩，笑了。她的身体逆着光，仿佛背后生出了光晕。

她轻轻地笑了起来。

那晚，应白在车里撂下几句狠话和一个吻，刚把他撩起了兴，自己却跑了。

所谓雁过无痕，大概就是这样了。

应苍林扶着额叹了口气。他开了窗，卷了袖，解开扣子，露出精壮的手臂，将手搭在窗户边，默默地注视着黑暗深处。

如果应白在这里，大概会被他这副完全是成熟男性的危险样子唤起不小的警惕，可应苍林在她面前一向装得很好，虽有不屑和强硬，却从来没有露出过如今这样志在必得的猎手模样。

应苍林瞥了一眼还打开着的副驾驶的储物箱，伸手从里面抽了份文件出来。车窗外的霓虹打在洁白的纸面上，为那抹白镀上光怪陆离的斑斓。

他眯起眼睛，久久地看着那份文件，良久后随手将文件丢到了副驾驶的车座上，接着发动了汽车，无声地驶了出去。

之后的一段时间，应白又恢复了以往的清净，每天都在摔打中度过。

这部戏的武术指导三爷是很厉害的人，他很早以前就和林导合作过古装武侠片，经他的手设计的打戏动作飘逸浪漫，播出后大获好评。后来三爷更是到了M国发展，据传M国八大制片公司都曾将其设计的动作转换成数据记录入案，可是都未得精髓。

三爷年岁不轻了，可武打上半点折扣也没有，往往会随戏变换风格。这次是现实主义悬疑片，打斗戏也都拳拳到肉，以自由搏击为主，讲的就是灵活迅猛，没有厚底子的女演员跟得辛苦极了。

可应白不服输，她想要的远远不止如此，三爷对一部戏的影响力远远大于一个普通的动作指导，是各大导演争破头的人，甚至比演员都吃香。

而打戏好的女演员越来越稀缺，往往文的不能武，武的不能文。如果她能够同时满足文武这两个条件，就能获得极大的优势，若能再得到三爷的青睐，在以后众多请他指导的戏中，向导演推荐她一两句，她的路子就能更宽些。再退一步，即便得不到三爷的另眼相待，如果能借此磨一磨自己的打戏，对应白也是件好事。

因此，应白罕见地没有叫苦，照样第一个来，最后一个走，每天练功服脱下来都能拧得出水。

当然，真正要见功夫，那都得从不到腰的娃娃开始练起，三伏数九都不能停，似她这样临时抱佛脚，再努力也哄不过内行专家。应白这样下苦功，也只是在一群人中间不再吊车尾了而已。不过好在剧组的女性不多，能像她这样吃苦的更少，所以她的表现已经足够亮眼。

武打训练结束前的第三天，她终于得了一直在旁边像鹰一样守着的三爷的一句话："呢个后生仔醒目①。"

可惜，他说这话的时候应白并没听到，她忙着朝沙包挥拳头来着。

助理小唐就一直在应白身边守着，以防"意外"再次发生，所以当

①方言，指这个年轻人聪明。

小唐在回去的车上兴高采烈地向应白报告时，她靠着车窗，闭眼没有说话，唇角却微微翘了起来。

但她没高兴多久，第二天再来训练的时候，刚换完衣服，手机就震了一下。她解锁一看是执行导演发来的新剧本。

她叹了口气，演员在导演、制片和出品人面前，实在太过渺小，只是被摆弄的棋子而已，不过想想编剧大半夜也要被揪起来改第八遍剧本的遭遇，她也就没什么好抱怨的了。

应白挂着有些无奈的笑打开了邮箱里的新剧本，打算看看这次又该换谁做庄，可看着看着，她的笑消失了，眼睛里全是浮冰，冷得望一眼都扎人。

她握着手机的指尖扣得死紧，几乎现出青白。高跟鞋还没换下，她试图扶住储物柜，可太过用力，铁片柜门的尖角深深划过手掌，瞬间就见了血。

伤口有些深，血珠子顺着手腕流了下去，从肘处滴到了地上，可她没有管，就这么垂下手，任由血流着。应白蹲了下来，抱着自己，蜷成一个更有安全感的姿势，受伤的手还在轻轻颤着。

过了好久，她突然打了自己一巴掌，站了起来，望着储物柜里贴着的镜面。

里面的人面色苍白，发丝凌乱，脸颊上还沾了扇自己巴掌时留下的血，她甚至能从自己的脸上看出无可救药的可怜。

可怜，她最厌恶的就是可怜。

“你怕什么？”她对着镜子中的自己面无表情地开口，“你有什么资格害怕？”

她又在镜子前沉默了许久才终于振作起来。她简单收拾了下自己，把训练时用的拳击绑带缠好，遮住伤口，走了出去，只有储物柜前被抹得四散的血迹昭示着刚刚发生了什么。

训练室里，不少演员都在讨论着新剧本，这次修改的幅度不小，而且据说是最后一次大改了，自然引起了众人的重视。男主演李舒正在拉伸，他的打戏戏份很重，为此也吃了不少苦头，看到应白过来，便开始与她聊天。

“你效率不错啊！上回才和你说了没多久，今天就落实到位了，这下戏眼可放了不少在你身上。”他边低头痛苦地拉筋，边和她扯淡。

“之前还担心新加的那个角色会把你风头抢干净，现在新剧本里你那角色这么一改动，人物背景细腻多了，层次也丰富很多，你那角色的高光可算真立起来了，整个剧本也显得出彩很多。不过，新加的戏里，硬戏可不少，还有那被侵犯……就那什么戏，你以前没经验吧？”虽是专业探讨，但李舒和女孩说这些到底有点不好意思，说到最后都有点吞吞吐吐。

他半天没等到回音，勉强从压腿的动作里扭头一看，顿时发现应白的脸一点血色都没有，跟那要送去烧的纸扎人快没区别了。他吓得站直了起来，握住她的手臂问道：“你没事儿吧？”

“没事儿。”应白回过神来，飞快地脱离了他的掌握，去别处准备活动了。

不久，训练开始了，李舒还是有点担心，往应白那看了好几眼，见她各种应对都十分迅速，对起招来甚至更加迅猛，甚至逼得陪练连连后退，也就暂时放下心来，投入到自己的训练中。

突然，嘭的一声，等他回头看时，应白已经倒在了地上，和她对打的陪练脸上满是惶恐，结结巴巴地说：“我……我不是故意的，她一直好好的，刚刚突然没躲开，就……太阳穴被打到了……我真的……”

三爷立刻从旁边赶了过来，掀开昏迷的应白的眼皮看了看，镇定地冲旁边人说：“唔好嗌咯，CALL白车①。”

当天，应白受伤的消息就见了新闻。

①方言，意为“不要喊了，叫救护车”。

她睁开眼的时候，天花板正在渗水。

深黑色的、长满了青苔的天花板，正在往下汇聚一滴肮脏的水珠，那水珠正对着她的眼睛。

她的感知在一点点复苏，温热的血液从心脏向躯干和四肢流去，让麻痹的神经重新感知到外界。

从右手的手背传来一点温度，干燥又妥帖，只有那么一点温暖，却让她的眼睛发酸。

应白忍不住眨了眨眼，把怪异的情绪逼了回去，再睁眼时，天花板已经是再普通不过的模样，那些斑驳被手背的温度所驱散，成就了她短暂的心安。

可应白不能依赖这点温度，她已经一个人在风雪里走了太久。

她不怕冷，不怕辛苦，甚至不怕死，却怕有人庇护。

应白看都不用看，就费力地想要抽回手，马上要成功了，苍白的指尖眼看着就要从握紧的虎口里脱出。

可那手突然收紧了，捉住了她快逃开的指尖，几乎是下意识地把她牢牢圈在自己的掌心。

“醒了？”

应苍林的声音里带着些刚睡醒时的低哑，额上还有趴着睡留下的压痕，头发也乱了。他握着的手又再收紧了些，牵动手腕上的表盘反射出夜灯的光——已经凌晨三点了。

“我公司的人呢？”

应白的言外之意再明显不过，该守在这儿的是公司的人，是经纪人，是助理，是谁都好，偏偏不该是他。

“你助理就一小姑娘，让人守这么晚，回去路上出什么事儿你负责吗？”应苍林避重就轻，笑着含糊过去。

“我付薪水给她了，没给你。”应白口气淡淡地说。

“欠着好了。”他的笑隐在昏暗里，他继续说道，“我记性好，又懂打官司，不用担心我收不回本。”他的声音带着些沙哑，反而让人有他很温柔的错觉。

应白却坚定地抽回了手，盖住自己的眼，轻轻吐出一个“滚”字，不再看他。

奇怪的是，应苍林没生气，也没试图把她的手抓回来，两个人谁都没有说话，空气在病房里凝固了。

应白的眼睛被自己遮了，在黑暗中感觉不到时间的流逝，过了好久，身下的床垫突然微微陷了些下去。

一个吻落在了应白盖住眼睛的手背上，温暖的气息从指缝漏到她的眼睛上。

“新剧本新增的戏份你看了？

“别怕，如果你不想，我们就不做。”他的声音温柔极了。

可对应白来说，任何的温柔都是把捅进软肋的刀，尤其是他的。

“假惺惺。”她的声音凉得和冰一样，仔细听来，却带着些嘶哑。

应苍林却没放开她，手臂支在她的发旁，半伏在她的身上，看着她反盖住眼睛的手在轻轻颤着。他叹了口气，终于忍不住将她拥了起来，收藏在自己怀里。

“我以为，这是你想要的。”他微微叹息。

这确实是应白想要的，也是她为什么无论如何都要演这部电影的原因，他是在帮她。

可她在确定演这部电影的时候，甚至在更早的时候，她就已经决定要推开所有的人，这条路她要一个人走完。

只有她一个人，才不会软弱、不会退缩、不会害怕、不会眷恋，这是她该做的事情，付出任何代价也要做的事情。她身旁只能空无一人，这样她才能足够坚强。

可是他不让。

“我不会是你的绊脚石，我不会阻止你。”应苍林轻轻挑开落在她脸颊上的头发，“只是我不可能让你一个人走下去，要么在这里停止，要么让我陪你。”

“我不用人陪，我不要你陪，我最不需要的，就是有人来动摇我！”

应白终于落下泪来。

这些年她哭过很多次，有梨花带雨，有撕心裂肺，有默默低泣，可那都是为了别人哭的，作为无数个戏中人落的泪。而在现实生活里，她好像从很久以前就没再哭过了，再苦的时候也没有。

但这一次，她是为自己落泪，说不清为什么，忍了这么多年的眼泪，突然就再也忍不住了。

“是我要你陪我，是我需要你。”应苍林轻轻拍着她，像哄孩子一样，替她顺着气，怕她哭得呛着了。

他们就这样在凌晨三点的寂静的病房里相拥，直到天光亮起。

应白第二天就想出院，但其实医院这边是建议她继续观察一段时间的，毕竟是轻微脑震荡，虽然醒后没有出现呕吐和严重晕眩等情况，但不管是医生还是应苍林，都能从她起身时略微踉跄的动作上，知道她还是受了些影响的。

应白性子倔强，应苍林却没跟她废话，直接给了她两个选项，一是留院观察，二是住他家里去。

“我凭什么听你的？”应白冷着脸问。

“凭我力气比你大，凭我有林导的电话。要不我直接通知剧组，把你摁在这里哪儿都去不了，要不去我家踏实歇两天，你自己选吧。”手上还在削着苹果的应苍林头也不抬地回道。

应白有一瞬间想把那小刀夺过来，要不捅死他要不捅死自己得了。

“你别去剧组乱嚷嚷。”被拿捏住了七寸，她的气焰也嚣张不起来了。

“那你就老实点。”应苍林削下一片苹果，顺手塞进她嘴里。

应白想继续和他辩，但嘴里满是吃的，只得匆匆嚼起来，刚咽下，就又被塞了片苹果，他跟喂兔子似的。

如此循环往复下来，整个大苹果都被吃完了应白也没找着机会再开口，只能用谴责的眼神指责胡乱投喂的“饲养员”。

应苍林喂完她最后一块苹果，看着应白的双颊被塞得鼓鼓的，又气得跟那胀起来的河豚一样，没忍住挂上了点笑，收回手，说：“行了，都等了这么些年，还差这几天吗？休整好，入组后的状态才会更好。”

他提起那些年，应白的腰杆子就没法那么直了，进了胃的仿佛不是苹果，而是铁块。她不再看应苍林，闷头嚼着苹果。

她低着头，没看到一只手伸了过来，然而对方在快要碰到她的发的瞬间，却还是收回了手。

助理小唐在门口探头探脑的时候，应苍林正好去办出院手续了。

应白手指一勾，小唐就低着头走到她跟前，应白只用扫一眼，就知道怎么回事儿了。

“公司知道我和他的事情了？”她还算平静。

小唐脸上的神情，几乎明晃晃写着“别扣奖金”几个字。她忍不住最后挣扎一把：“小白姐，白白姐，我的亲姐呀，真不是我告密的！”

“我知道，你没那胆儿。”

小唐被噎了一下，然后继续坚强地挣扎兼认错：“实在是事儿太大了，剧组直接就通知云哥了，当时他人还在R国盯着那新人叶凡的杂志拍摄，听了就直接飞回来了，听说差点把叶凡刚做的鼻子气透光了。”

她越说越乐。叶凡刚进公司没多久，家庭出身好，所以人也傲气，总觉得自己出道跟神仙下凡来拯救娱乐圈一样。一个大男人，却特别爱斤斤计较，公司不管男的女的，谁盖住他风头，他就对谁阴阳怪气的，事事儿要拔尖儿，待他们普通工作人员也就不怎么客气，所以小唐看他被抹了面子，格外痛快。

应白对这些不感兴趣，直接打断她：“李云生说什么了？”

小唐一下跟被掐了脖子的鹌鹑一样，又小心地看起了眼色：“云哥进来的时候，刚好和……那谁打了个照面，那场面，啧啧啧……”她说那谁的时候挤眉弄眼的，恨不得将眉毛挑到发际线。

“说重点，平铺直叙，别跟我这儿抖包袱了。”应白快刀斩下来。

“云哥打算等你醒来，应律师想送客，场面一时有些尴尬，后来云哥知道你没什么大事儿之后被公司叫走了，看他临走时那眼神，估摸是要和你秋后算账了。”包袱不肯响，小唐只得十分遗憾地换了种方式贫嘴。

应白的头又开始疼了，生无可恋地靠回了枕头上。她现在算半个伤残病号，等她好了再操心吧。

“姐，其实我上超话和论坛蹲了好久了，粉丝对这方面接受能力还成。之前拿下林导这部戏，事业粉那边全在抽奖，奖品清单老厚了，我都想披个马甲去转发了。有这个冲奖的指望在，只要不影响电影，不会有多少人因此脱粉的。”

小唐小心翼翼地看着她的脸色，继续说：“何况，应律师年龄与你相当，事业有成，对电影有加成，还是圈外人，已经是最理想的姐夫类型了。你这要是公开，以后各大论坛小花姐夫排行榜，咱们肯定占据前三。”

小唐还拿了圈里一些找了年龄大不止一轮的、找了纨绔子弟的、找了“戏精”男友还被背叛的失败案例，来增强自己的说服力。

她绘声绘色地重点描述了某女星如何与自己老公斗智斗勇，勇闯宾馆捉奸在床，但因为签在了一家经纪公司成为利益共同体，而不得不忍气吞声的当代爱情故事，并委婉阐述了“应律师是个好人”的中心思想。

应白一句话噎住了她：“重点是这个吗？”

“当然，不然呢？”应苍林不知什么时候回来了，也不知被他听了多少，专挑了这个茬接话。

这回轮到应白当哑巴了。

“走吧，我家离这儿不远，但是再迟路上会堵车的。”他扬了扬手里的出院手续单。

应白根本没来得及堵他的嘴，她隔着后脑勺都能感觉到小唐的眼睛亮起来了，简直能听见那圆滚滚的脑袋里的“八卦小雷达”开始呼呼开转，大概已经在构建从“小白姐和应律师都住在一起了”到“他俩孩子满月酒该公开还是悄悄办”的跳跃性思维了。

在矫情一把和自暴自弃间犹豫了一秒，应白果断选择了自暴自弃。她是半个伤残病号，逼停“八卦小雷达”这种高难度系数的动作，等她脑子不疼了再来完成。

应白住院这事儿不算小，所以也有记者在医院里面蹲新闻，小唐下去故布疑阵了，等她先开了公司的保姆车出地下车库引走人，应白才下来进了停在角落里的车。

应苍林就这么在旁边站着。素着脸、换了平跟鞋、墨镜口罩都没戴的应白刚打开后车门，眨眼间车门就被他给扣上了。

“我不是开网约车的。”

他的手臂横在应白身前，将她困在自己与车门的狭小空间里，几乎是半抱的姿势，呼吸轻轻吹拂起她耳后的头发，挠得人心痒，他甚至特意凑近了些，叫她：“姐姐。”

然后不等她反应过来，他就扣紧她的腰，将人轻轻一带，另一只手打开了前车门，有些强势地将她安排到了副驾驶的位子上。

应白有些警惕地往四周望，应苍林却暗暗哼着小调，悠闲地绕到驾驶座那侧坐了进去。

他边启动车，边瞟了一眼应白那边，看见她还在那儿像狙击手一样四处侦查，语气不咸不淡地问了句：“怕成这样？”

应白没理他，只是到底肯把屁股贴上座椅，安静了下来。

“你这么顾忌，怎么还敢就这样上我的车？”应苍林的口气听不出是高兴还是生气。

“会蹲在这儿的，都是知道我在医院的，要是再包得和粽子一样出来，效果和头上顶个‘此处招租’的广告牌、哭着喊着让人快往这拍基本持平。”她四两拨千斤，装傻转了话题。

她说的也是实话，看起来越像来看病的普通人，越不打眼，才越安全。可她也知道这不是应苍林想问的重点。

应苍林轻轻啧了一声，然后数了个“一”。

应白心里的直觉响起了警报，这都是自己当年在他身上用过的招。

她设过无数苛刻又古怪的条件，用来刁难当年的陶苍林。没帮她做作业，记一次；没提醒她电视节目开始，也记一次；她看电视睡着了叫醒她，记一次；不叫她，也记一次。

“数什么呢？”她眼皮跳着，发问。

“装一次傻，记一次数。”他专心开着车，眼睛盯着前方。

应白的眼皮跳得更厉害了。

红灯亮了，应苍林终于转过来，看着她，眼里有些藏着的笑意：“记过三次，就地正法。”

前面的车开始动起来，应苍林若无其事地发动了车，汇入车流里。

应白没说话，摁住自己的眼皮，心里默默想着：左眼跳财右眼跳灾还是左眼跳灾右眼跳财？这么多年，她还是记不清。

不过不管跳什么，这回肯定是遭灾！

第五章

YINGBAI

甜度

应白坐在车里的时候，心里还是有些别扭的。

他俩这算什么啊？现在就住到他家里去了。但她至少还能安慰自己，她别无选择，都是应苍林逼的。

尽管，应白不愿承认却自己也心知肚明的事实是，应苍林并没有强迫她，她要是真不愿意，应苍林也拿她没办法，从来都拿她没办法。

只不过是他的强势，给了已经独自一个人走了很久，也走得很累的应白一个体面的理由，去稍稍依赖另一个人的体温。

进了电梯，两个人有些沉默地看着红色的数字不断跳动，彼此都避开了对方的视线。

叮咚，电梯毫无预兆地停在了十六楼，门马上就要打开。

冰冷金属之间的缝隙渐渐裂开，光透了进来，应白有些慌乱地想要避开，手腕上却一热，整个人被应苍林拉到身后，困在他的身体与电梯间的一方角落之间。

应白隐在他的身后，视线所及是他宽直的肩膀，银灰色的西装被裁剪出利落干净的线条，他就这么轻而易举地把她庇护起来。

一堆人拥了进来，是一群吵闹的半大孩子，他们从楼下朋友家去楼上另一个朋友家会合，手上还端着热腾腾的火锅，一边高高兴兴地说着“借过”“打扰”，一边占了好大的空间。

顺着人潮，应苍林接连往后退，应白因此被迫与他贴得极近，鼻息喷在他的耳后，若即若离。他感觉到那温热的呼吸随着他的靠近而停滞了一下，气息微微乱了一分，于是那群小朋友便看见这个面容有礼又冷淡的男人的嘴角浮起了微笑。

应白听着他们热热闹闹的闲话，有些困窘地往里低了头，却感觉到应苍林垂在身侧的手不知什么时候伸到了背后，握住了她发凉的指尖，轻轻握了握。

她瞬间心安。

应白与面前这个人，什么情绪都尝过了，年少时曾相互攻击过，针锋相对，暗流涌动；曾彼此玩笑，分享新年敲响的第一下钟声；也曾经决裂一切，发誓再也不相见。

可她此刻只因为一个算不上牵手的牵手，就在一群笑闹的半大孩子面前，躲在他的身后悄悄红了脸。

等到其他人出了电梯，周围终于恢复了安静。

电梯大概是最适合情绪发酵的密闭空间，那点若有似无的尴尬混合着隐秘的气息无数倍放大，应白兀自低着头，没有发觉应苍林也变得有些不自在。

两个成年好久了的人，却突然比校园时代的他们还纯情。

电梯门再次打开的时候，两个人都莫名地松了口气，彼此默契地保持着沉默，一起往家里走去。应苍林走在前面，先开了门进去。

等应白进门开始换鞋，看到地垫上不知什么时候摆了双秀气的拖鞋时，她愣了一下，望了一眼应苍林已经走进去的背影，到底什么也没说地换上了。

她的脑子有些乱，就这么低着头跟着应苍林往里走，冷不防撞了上去，才发现已经跟到了卧室前。

应苍林自己也有些心不在焉，被她撞了后背才回过神来。

他回身过来看，她也是愣愣的模样，一点不见平常艳光四射的气势，成了呆头鹅。他花了点工夫才按下忍不住想往上翘的嘴角，出声调笑道："怎么？想和我睡一起？"

说完他扣了她的手腕就要白日里把人往卧室里带。

平日的应白，一定是能够端着架子，千百倍地还回去的，可她今日仿佛被猫叼走了舌头，只会有些无措地拿眼睛瞪他。

应苍林被她那双欲说还休的眼睛望着，只觉得心底软乎乎塌下去一角，不自觉放低了声音，松了手上的力气，哄着她道："不欺负你了。"

"我去客卧，你睡主卧吧。"他说完，松手转身走了，留下应白一个人站在卧室门口，若有所思地望着他的背影。

应白进了房间，初看之下卧室与之前那一次并没有太大不同，但她走近了，却发现了变化。

矮几上添了的一盆茉莉在悠悠送着香，沙发上多了软垫，桌上原本就在的白瓷茶具旁新摆了个薄荷绿的杯子，往里走，衣帽间一溜的暗色调里，突兀地挂了一件柔和的、暗粉色的睡衣，抽屉里藏着叠得整齐的女性衣物。

她推开了浴室的门，洗手台上，一蓝一粉两只牙刷并在一起。应白伸手摸了摸挂着的松软软的鹅黄色新毛巾，没有发觉洗手台前明亮的镜子里，她不自觉柔和下来的表情。

应白故意磨蹭了会儿才出去，她也说不清楚自己在矫情什么，只是见了这满室的布置，忍不住一个人坐在床边胡思乱想。

等她出去的时候，应苍林已经在摆饭了。最简单不过的阳春面，卧了个蛋，还撒了把嫩嫩的绿葱花。见了她，应苍林面色平常地招呼她吃饭。

应白坐下后，望着这一碗热腾腾的纯碳水食物，有些无语地看向他，到底按捺不住，说道："我是演员，还是马上要进组的演员，以后按这个标准吃下去，等不到杀青，我就得接不上戏了。"

这是圈内通常就有的毛病，拍摄往往不按剧本时间线走，而是穿插着拍，常常杀青戏和入组戏最后剪辑时都能连到一块，外表变化太大，剪在一起就穿帮了，所以很多剧组有时特意不放假，就怕明星脑子一热去海滩晒个通红，也怕他们放假窝家里吃胖了。

但听到应苍林耳朵里，重点就不是这个了。他半眯了眼，眼尾微弯，声音里含着淡淡的笑："看来你已经决定要一直住下去了？"

不待应白恼，他又继续说道："行，我答应了。"

加上之前卧室的事，应白被他噎得有些恼了，脸上也就浮现了几分情绪，当下就撂了筷子。

应苍林自己要惹她生气，自然也要自己收拾，他伸出手拎住她的手腕，拇指与食指按着她伶仃的腕骨，轻轻地揉按了下。

这是他以前做过的动作。

以前的陶苍林常常被她气得下不来台，或者气得应白甩他脸色，两人之间大大小小的冷战也有不少，他的心性最是傲气，是极少能直接开口认错求和的，最多，也只是这样别别扭扭地锁住她的腕骨，轻轻地捏着摇着，眼睛不看她，却也不肯放手，就这么一句话不说地守在身边。

后来这就成了他从未曾明言的撒娇。

应白冷着脸抽了手，不让现在还玩这招的应苍林继续得逞，可到底还是又拿了筷子，低头吃起了他亲手做的面。

应苍林默默地笑了，他大概是以前被迫害成了"受虐狂"，比起重逢后应白大多数时间里礼貌又周全的成年人式的社交，现在她能这样冲他使脾气，让他的心里如同积了雨一样微酸。

要把她这些坏脾气养回来，真的很不容易。

而他不知道的是，自己的面色温柔得一塌糊涂，温柔到只要应白抬头看一眼，所有的掩饰和推拉都会原形毕露。

楼下厨房里传来切菜的声音，锅里的汤咕噜咕噜冒着泡，顶得盖子也不时作响，缝隙里冒出些白气，香得人舌头都要掉了。

楼上，陶苍林正在给应白吹头发。

应白的要求本来更加过分，是让陶苍林替她洗头发。

陶苍林断然拒绝。

“你伤的是腿，不是手。”陶苍林简洁明了地给出了理由。

“可我站不稳，闭着眼睛洗头容易摔跤。”应白有诸多理由。

“那你就坐着洗。”陶苍林见招拆招，转身就给她放水去了，不给应白丝毫耍赖的机会。

应白在他身后轻轻啧了一声，心里暗暗叹了一句，这个小古板，真无趣。

她进浴室时，浴缸里的水已经放好，前面摆了个小凳子让她可以方便坐着洗头发。

可无论考虑得多么周到，放任应白自己洗头的结果，就是她不出意料地在起身时踩滑摔跤，原本就扭伤的腿更加严重了。

她痛得忍不住小声叫了一下，却很快就忍住了。浴室里只有她自己，没人会帮她，她也终于不用再伪装，可以做回原本的自己，那个孤独又讨厌的半个孤儿。

前十几年都是这样的，半夜踢被子也好，感冒也好，痛经也好，发烧到昏睡一天也好，她从来都是靠自己挺过来的。

父亲是做工程的，常年在外地跑，家里只有定期过来的阿姨，应白一直像是小楼里的幽灵，独自游荡在这个地方。

但应白没有料到的是，这次，有人闯入了孤儿的世界，浴室门被敲响了。

应白突然觉得嗓子里浮起了硬块，硌得她发疼，满浴缸的热水袅袅地飘着雾一样的水汽，将她的眼睛也浸得有些湿润。

她眨眨眼，将那种带着热的酸意咽了下去，想回一句没事儿，却突然怎么都说不出口。

里面的人久未回应，门外的陶苍林真的有些担心了，洗个澡都能摔到头的傻事儿，他总觉得应白干得出来。

他再次敲起门来，这次变得更加急促了，还唤起她的名字，就在他准备转身下楼叫妈妈时，里面传来一句："进来吧，我穿着衣服的。"

他这才开门进去，应白只是坐着洗头，所以衣着还算整齐，只是捂着脚踝不说话，脸上是明显的痛色。

"又扭着脚了。"应白抬头看他，音调并不高，显得有些委屈，又低下头，小声说了句，"都怪你。"

陶苍林不知该怎么回复，最后只能低头认错："嗯，都怪我。"

接着他就要把她扶起来，却被她以"非暴力不合作"的方式阻止了。

"没洗完呢，头发还没冲干净。"

陶苍林很不理解，都扭了脚了，还得坚持洗完头发，图的是什么？

可应白十分坚持："不冲干净会脱发的，变瘸子都够惨了，你还要害我变秃子吗？"

陶苍林无言以对，叹为观止。

因此，应白最开始提出而被他断然否决的那个主意还是成真了，陶苍林认命地给她清洗起未干的发丝。

陶苍林从来没有做过这种事儿，可应白一拿那双眼睛望他，他就说不出话来了。

他的手隐在应白夜雾一样浓的黑发中，头发丝丝缕缕地缠绕着他的指根，像蚂蚁细细爬过，理也理不清。

平日里他这双手用来写字、翻书，也打篮球、玩游戏，可从来没这样抚摸过一个女孩子的头发，没有人这么依赖地依靠在他的手心过。

尽管陶苍林清楚这只是自己的错觉，可这一刻应白似乎就是如此乖巧而脆弱，停留在他的掌心。

洗好头发之后，他扶着应白回了卧室，身上还穿着给应白洗头发时被打湿的衣服。他不在意自己，应白更不在意他，只让他帮自己吹干头发。

于是他就穿着湿衣，一点点给她吹好头发。

这时，楼下传来呼唤。

“下来吃饭啦。”陶阿姨一边摘围裙一边走到楼梯口朝二楼叫人。

陶苍林耳朵还算尖，早早听到了母亲叫吃饭的声音，可她的头发还没有干，所以什么也没说，继续帮她吹着，直到确定吹得差不多了，才放下吹风机，淡淡地说：“好了，吃饭去吧。”

应白转身要他扶自己，陶苍林刚伸手接住，却又放开，说了句“等一下”，就转身出门了。

门匆匆搭上的时候，应白的脸色冷淡下来，就这么看着虚掩上的门。

可没多久陶苍林就推开了那扇门，身上换了干衣服。应白冷着眼看了下他就明白了，然后勾着一边唇角，含了几分讥讽地问道：“这么小心啊？怎么，就这么害怕让你妈妈知道我们相处得不坏？”

应白的头发太厚了，所以即便吹了很久还是散发着一股水汽，何况她的脸蛋被混着湿气的暖气烘得泛粉，一看就去过浴室，而他换衣服是怕陶母注意到自己的衣服也湿了。

“我不是……”他说了这几个字，说不下去了。

陶苍林脑子好，做事也谨慎，他此刻隐隐约约感觉到了应白话里的讽刺，却说不明白为了什么，更不懂得该如何解释，似乎也没有什么可以解释的。

应白就这么冷着脸色看他，每多一秒，便是一秒的讽刺。她就这么毫不在意地折磨着一个在意她的男生，看着他说不出话的样子。

等到陶苍林似乎终于下定什么决心，猛地抬起头来，眼里闪动着亮得刺人的光时，她却笑了起来，轻飘飘地揭过了这节。

“我饿了，扶我去吃饭。”她如刚才一样伸出手，笑靥如花地叫着他。

陶苍林眼睛里小小的火光熄灭了，他沉默地扶起应白，将她背在自己的背上，下楼去了。

今日应父不回来吃饭，只有他们三人。

饭桌上，陶阿姨问起：“林林，刚才你不在房间吗？我打你房间电话叫你吃饭都没人接，我也没看见你什么时候回来的。”

应白轻轻看了陶苍林一眼，眼里有些藏得很好的幸灾乐祸，她要看陶苍林会如何解释，他不是小心谨慎吗？可她最喜欢的，就是搅乱家里的平静。

陶苍林停下手中的筷子，然后面色如常地解释道：“我回来的时候看见你正在厨房剁肉呢，所以没听见吧，刚才你打电话的时候我可能正好去洗手间了。”

应白的睫毛微微朝下，眼角弯了起来。他张口就编了个谎，脸不红心不跳的，倒是她小看了他。

晚上陶苍林背她回了房间，把她放到床边，却一直垂着眼不看她，转身要走。

可一只手拉住了他，她轻轻抓住了陶苍林的衬衫下摆，只用了一点力气扯着，微不可见地摇了摇。

陶苍林没有回头，却也没挣开，就这么顺着她、由着她。

于是应白食髓知味，又轻轻地摇了一下。

这让他鼓起一些莫名的勇气，开口说起之前没说完的话：“我并不是害怕，也不会害怕。现在不会，以后更不会。”

他终于转过头来，望着应白，眼睛里满是少年人的真诚和勇气，就像春日里刚刚爬上了山尖的月亮一样皎洁又干净。

可这月亮只照得应白脊骨缝发凉，她突然觉得无趣。

“我知道的。”她的笑在唇角蔓延开，却没进眼睛里，她随口说起了别的，“林林弟弟，我好累啊，要休息了，今天的作业你帮我写吧。”

陶苍林沉默地看了她一眼，月亮就又沉下了山间。

他知道应白大概没有真把自己划进她的世界里，即便她老是逗他，寻他开心，可她大概还是没有把他放进眼里过。

他没再说什么，拿起桌上的作业出去了，轻轻地带上了门。在门关上之前，他又悄悄回头望了应白一眼，她兀自望着黑漆漆的窗外，背影里有些冷淡的落寞。

可他又能怎么办呢？他已经不想讨厌应白了，以前不想，现在不想，未来更不想。

时隔多年，应白和应苍林再次开始了不明不白的同居生活。

应白早上起来进洗手间，看见那两只并排靠在一起的牙刷，心里有种怪异感，仿佛一直乖乖趴伏在身体里的兔子支棱起了耳朵，戳得她痒痒的。

但她不是少女了，即便是少女时期的应白也没有多少少女心，反而更像个早熟的“怪物”，所以如今心里这只兔子的出现，让应白有些无措。

她看着镜中的自己，暗自啐了一口，没出息，只要待在他的身边，你就这么高兴？

应白开始凶狠地瞪着镜子里的自己，她出道以来就被人形容眼睛里像是藏着刀子，看上去天生有着藏不住也不屑藏的野心，最是锋利。

可现在她的眉梢眼角变得安静柔顺，眼尾都带上了浅浅的弧度，说不出哪里变了，可就是变了。

她看了一会儿，然后狠狠地拍了下自己的脸，清醒点，还不是时候，她也没有资格。

手上的力气使得有点大，应白不管薄红的脸颊，拿起其中一只粉色的牙刷开始刷牙。

门突然嘭地打开了，镜子里映出另一个人的身影，和她交叠在一起，是应苍林。他穿着白T恤和四角内裤，一脸睡眼惺忪地走了进来。

他平时梳得整齐的背头不见了，头顶的发被睡得翘了起来，脸上有一点枕巾的压痕，一只手还在揉着眼睛。

应白自重逢后，就再也没见过他这样在家里面无防备的松散模样，说不清心里是什么滋味，只觉得那只兔子大概又动了动耳朵。

她吐了嘴里的漱口水，打算出去，转身却和他打了个照面，然后视线不由稍稍往下偏移了一点。

应苍林顺着应白的视线往下望，然后抬眼，两人的眼神撞在一起，最后倒是应白先移开了，应苍林勾唇笑了起来，又有了几分浪荡子的样子。

“抱歉，独居惯了，之后我会记得的。”他的口吻再平淡不过，仿佛没穿外裤是一件再稀松平常、不值得大惊小怪的事儿。

应白有些不自然地侧了下身子想要离开，擦身而过的时候，应苍林却牵住了她的手腕，头轻轻搭上应白的肩膀。

“那到底是原谅还是不原谅我啊？”如今的应苍林，与年少时最大的一个区别，就是认起错来可谓从善如流，丝毫不吝惜“抱歉”二字，早已没有多年前叫他说出心里的歉意跟要命似的模样。

应白沉默了下，细白的指轻轻搭上了他窝在自己肩上的头顶。

然后她狠狠地把那鸟窝似的头发揉成鸡窝，接着冷酷无情地逃开背后温暖的怀抱，留下一句“下不为例”，就关门走了。

她走得挺酷，关上门后，却靠着门板平复了半天心跳，这小狼崽子以前也没这么和她撒过娇，虽然知道他现在没皮没脸了，可这么直接碰上，她还真是有些难以习惯。

而应白不知道的是，她摔门之后，应苍林站在里面，挑了眉毛打量着门缝。今天是个好天气，室内也光亮得很，她站在门外落下的影子，就这么顺着那条缝泄露了踪迹。

应苍林翘了半边唇角，心情很好地开始洗漱起来，还不忘含着泡沫有些含糊地提醒她一句。

“我能看见你的影子，真这么舍不得我，就大大方方进来看，何必隔着道门。”

这回应白是真的逃了，逃得干干净净，带着她通红的耳朵。

等应苍林洗漱好出来，看着空荡荡的饭桌，依旧冷清的厨房，和坐在沙发上冷着脸的应白，心里暗暗发笑。还真是惯出来了，之前这么多年她一个人也过来了，如今刚住进他家里第一天，连早饭都不会吃了。

“你倒勤快。”应苍林一边嘴上呲着她，一边心里美滋滋地进了厨房，不多会儿就端出来两碗面还卧了溏心蛋。

应白脸色还冷，吃得却挺香。

剧组给应白放了五天假，一方面是体谅她受伤，同时搭景进度也没赶上，另一方面是最重要的原因，剧组之前找专家算的是两天后是开机吉日，如今找了个更厉害的专家重新算日子，改在六天后。

应白接了这通知时，无语了一秒钟。

不过她也好久没这么歇过了，逢年过节往往都要出席各种活动和晚会，三九天的风跟刀子似的，但穿着露肩露背的礼服走红毯对她而言是再平常不过的事。

论坛上还曾经把她的红毯照局部放大，发现她冻得起一胳膊鸡皮疙瘩，团队觉得仙女不能下凡，从此她工作室在冬天出图时就多了道修手臂局部图的程序。

一直这么高强度地工作了几年，骤然得了比劳动节都长的假期，应白还真不知道做什么了。

应苍林也不知道是哪里来的神通，似乎比她更早知道她放假这事儿，还拿出科学养猪的态度，打算把她快速催肥。

作为一个受过高等教育的精英律师，应苍林还盲目相信“以形补形”这种无科学依据的传言，结果就是中午应白与一盘子鱼头面面相觑。

“什么意思？”她结束和鱼的大眼瞪小眼，抬头朝应苍林瞪眼。

“脑子不好，吃点鱼脑，以形补形。”他面色严肃，眼里藏笑。

“那该你多吃点才对。”应白一句话噎了回去。

应苍林被猫爪子挠了把，非但没恼，心里还挺乐，坐下来夹了块鱼肉到她碗里，逆着不行就顺毛捋：“那我多吃，你少吃，我吃三口，匀你一口，行吧？”

说完他自己夹了三口，那鱼头一下去了小半边。应白本来就是看着那满盘的鱼头噎得慌，他能顺毛捋，应白也就就着台阶下来了，何况那鱼头一看就炖了很长时间，汤都吊成奶白色了，卖相不错。

应苍林面上喝着汤，眼风却扫过她，只见应白吃完给她夹的鱼，然后就静静地拿眼睛瞧他。

他简直要笑出声来，还真打算监督着他先吃三口啊？他说这话的时候就是为了哄她，没想到现在的应白反而比以前还好骗。

可他倒也心甘情愿。

于是两个人就这么她吃一口他补三口，一起吃完了整盘鱼头。

吃完饭，应白打算去睡个午觉。她其实没有这习惯，只是不习惯和应苍林独处这么长时间。

可真等她进了房间，她也睡不着，外面阳光太亮，午饭吃得太饱，被子里全是他的味道，理由那么多条，归根结底，无非还是心里想着他。

在床上烙了足有半个小时的煎饼，应白才终于有了些朦胧的睡意。这还多亏了她多年的剧组生涯，养成了折叠椅上盖个羽绒服也能倒头就睡的本事，要还是以前睁眼熬一夜的习性，以她的工作强度早该猝死了。

她再醒来时，天光都已昏黄，夕阳的余晖透过房间里的落地窗洒进来，不经意间刺了她满眼。应白下意识掩住视线，那些光在她的视网膜上留下了光斑，在闭眼的黑暗里仍不停闪现着。

缓了一会儿，应白才睁了眼。她下了床，有些头昏脑涨地出了房门。

客厅里拉着窗帘，比卧室里还暗，只有帘脚漏出一线夕阳的光，应白的视线落在墙上的光影上，下一刻，创面毫无遮挡的一只断肢出现在画面上，似乎还渗着血。

她下意识地屏住了呼吸，整个人抖了一下，这才被坐在沙发上的应苍林发现。他猛地站了起来，却又想到什么，止住了脚步，只是站在那里，看着她。

“这是我给林导的资料。”他说完，对她伸出了手，“要看吗？”

应白垂着眼，看不太清表情，等她再抬眼时，已经没有任何动摇和软弱：“要看。”

于是那些血腥的伤口，还有各类直观到极限的第一现场勘测图，以及被抓捕后的罪犯望向镜头的凶恶眼神，就这么一张张地在她眼前过去。

应苍林还不时讲解着案情：“这是一起藏尸案，被害人的尸体被藏在地下供暖管道，掩埋三年后，才因管道维修被意外发现。尸体被发现时高度腐烂，疑似被分尸，管道工人最先发现的是手部尸块，根据死亡时间推断和失踪名单比对锁定了被害人的身份。”

他的声音冷静而专业，仿佛不会被任何事情所影响，包括应白的情绪。他继续说道：“根据被害人的丈夫报失踪案时的一些不合理的表现，加上他煤炭工人、有丰富地下作业经验的身份，他进入了警方的侦查范围。而令警方决定抓捕行动的，是他对被害人的父亲所说的一番话，在被害人父亲质问是否为其所为时，其回答说，怎么可能是我？我背不动她。”

应白有些僵硬地转过头来，问道：“为什么？”

“因为这句话不符合人性，在遭受这样的质疑时，一般人的第一反应，应该是出于情感上的理由，比如我这么爱她，怎么会伤害她？即便是感情没那么好，也该是从自身品性出发，辩驳自己不会这样丧心病狂。可他给出的理由却是背不动她，这点显然不合理。而这一点，就足以掀翻全盘。”

他望向应白的眼睛，视线深沉：“人性，无论是对它的彰显还是悖逆，都是最打动人、最具有张力的，这个案子是这样，电影也是这样。”

“所以你暗示林导修改了我的角色？因为它不够动人，不够有张力？”应白也深深看向他眼底。

“不。”他摇摇头。

“因为我知道你想这么做，而我所能做的，就是让它最大限度在我的控制下发生。”应苍林的眸色要比她的黑得多。

应白突然很想靠近他，不顾一切地抱住他，把灵魂也交付给他。

可她不能，她早就没有资格了。

但从年少起一起长大的坏处，便是彼此太过了解，应白只是动了下，应苍林便知晓了，他没给应白退缩的机会，吻了上去。

所有的防备和顾忌在碰到他的唇的那刻，都暂时被融化。

扑通、扑通。

是心跳的声音。

他将应白吻倒在沙发上，呼吸间都是彼此的味道。

那天他们就这样分享着一个吻，单纯又温暖，直到天光灭尽，直到爱意汹涌。

应白回卧室的时候，走路都是飘的。

她往镜子里看，她的脸颊红了，眼睛亮得像藏了星星。应白刚出道的时候也演了不少恋爱中的少女，可如今她不是少女了才头一回知道，以前演得都不够真。

这些情绪对应白来说已经有些陌生了，她只有过一次恋人未满的经验，即便在那个时候，她也没有这样和人单纯地接长长一个吻过。

她不确定，现在在胸膛里扑通扑通跳得厉害的是不是她的心脏。

床一下陷了进去，应白倒到床上，把头埋进松软的枕头里，做一只害羞的鸵鸟。

应苍林比她好不了多少。

这些年应苍林的酒量也练出来了，不会轻易被放倒，可今晚他大概要醉倒在那暧昧的气氛中，不过是那么微小的相触，却让他不愿醒。

回房间之后，应苍林的脑子里全是应白被他困在沙发和他身体构成的狭小空间里，眼神迷蒙，柔软得如同云一样的样子。

昏暗中全都是她的气息，清甜又淡薄。

他少年老成，后来又经历波折，求学和工作占去了大部分的精力，他既没有时间，也没有心思想情情爱爱。

可他现在却像个少年一样，因为吻了心上人就躁动不安，想和在学校里一样下楼去跑圈，跑到精疲力竭，然后心满意足地在操场草坪上躺一夜，边看星星边唱歌那种。

可他现在年龄也不小了，住的公寓也只有健身房没有大操场，何况他唱歌还跑调。

但只有一点，他和以前的自己还是一样，满脑子想的都是那个人。

年龄已经不小的两人，一个大明星，一个大律师，同时变得非常离谱，一心只想着小情小爱。两人隔着一堵墙，各自在房间里度过了“醉醺醺”的一晚。

放这么些天假，而且不久后就要开机，应白“醉”了一晚，第二天起床神智就回笼了。她打算再熟悉熟悉剧本，找个人和自己对词，毕竟之前又新改了一版。

对词这活，一般都是工作人员兼的，以前刚出道的时候应白就一个经纪人，后来多了助理，再后来随行的人更多了，逮着谁算谁。

现在她被应苍林“软禁”起来，能逮的，也就剩一人了。

不过她找应苍林对戏，最重要的不是为了搭词，而是为了套戏。

现在的明星，很多都跟永生花一样，过早入圈让他们在很小的年纪就脱离了社会，不会搭地铁，不会坐公交，不会订机票，甚至不会用自助存取款机，一切都由经纪人和助理代劳。

他们要扮演很多角色，演精英，演有钱人，也演边缘者，演普通人，演小人物，演好人，也演坏蛋，可这些都需要丰富的生活经验和坚实的体验基础。

应白稍微好一些，她是真吃过苦的，体验过穿淘宝二十三块钱的批发礼服去试镜，也曾经因为卡里不够一百块钱取款机取不出钱来，只能步行五千米回出租屋。她尝过人间疾苦，所以也不会问出“何不食肉糜”的蠢问题。

但应白一样担心，担心自己演不好律师，她对于这种专业技术要求十分高的工种都有天然的敬畏，而她的身边，正好有最好的老师。

所以她轻描淡写地冲应苍林提了这要求，小心地隐藏着一点不安。

她知道自己为什么心里别扭，她和应苍林现在就这么含含糊糊的，既不算陌生人，也不算爱人，她要做的事还很多，不能现在停留在这里。

要是之前，应白还能骗自己不过你情我愿，相互利用，一个图人，一个图名。可她明明知道应苍林对自己的心思，还放任自己利用他，也明明知道自己的心思，却也要继续辜负自己。

所以她心虚。

应苍林一眼望过去，就知道这人又在矫情。他也不和她废话，直接接过本子，笑着说道：“不是要对词吗？买一赠一送你律师入职培训，一对一教学。”

应白知道他在宽慰自己，也先把这茬揭过去了，抬眼看他，眼睛里染上从他那传来的暖意：“这么好心啊？”

应苍林往后靠上沙发椅背，眼睛斜着看她，嘴上全是胡话，一点没有彰显正义的律师样子，无赖似的吐出几个字：“你想怎么还？”

应白抿着嘴瞧他，应苍林没看她。他悠闲地翻了页剧本，嘴里补了俩字：“记账。”

应苍林拿着剧本极快地翻着，但应白知道他速记很有一套。她当时艺考回来补文化课的时候都是两手一摊，等着他帮自己整理笔记，再由他负责把重点简明扼要、精确易懂地传授给她。

托她的福，应苍林整理得非常好。

不过应白还是觉得有点奇怪，问他：“剧本你不熟吗？你不是应该门儿清吗？”

应苍林戴着金丝眼镜，视线专注，眼神淡漠，丝毫不受她的影响，等翻完最后一页，才回答她的问题：“我影响的是输入端，输出端不在我的权责范围内。”

应白不知道律师是不是都有这种臭毛病，好端端地非不说人话。

“你们律师是不是说每句话前都恨不得签个免责条款？”她颇觉好笑地问道。

可应苍林却十分认真地望向她，以专业而不带感情的口吻给她做业内培训：“律师是为了委托人的利益而行动的，但人们往往忽视了一点，律师不是天使，也不是法官，我们在为委托人代理风险的同时，也不可避免会受到自身利益的影响。”

他扶了下眼镜，冰冷的光反射在镜片上，他继续说道：“做律师的人最应该明白，比起情感和道义，事前就用白纸黑字、再清晰不过的条款来规定彼此的义务、权利，划定责任的范围，对律师和委托人，都是最好的。”

应白是第一次见到他在专业上发表看法，这让她前所未有地清晰认识到，坐在她旁边的，是一个行业的精英，他靠着头脑就能在现代社会的钢筋丛林里大杀四方，赢得想要拥有的一切。

女人大抵都是慕强的，她不得不承认，应苍林在谈论自身专业的时候，非常迷人。

她将自己调整成学生的状态，认真问道：“那律师是否也有无论如何也不能免除的责任呢？”

“当然有，有公有私。于公而言，律师不能泄露委托人隐私，但委托人准备或正在实施危害国家安全、公共安全和严重威胁他人生命财产安全等行为的情况除外。”

他重新翻开剧本，看着其中一页，漫不经心地继续回答她：“于私而言，律师不是生活在真空中，自然有许多人情牵连和世俗羁绊，不是你说句免责，就能免责的。”

“那比如你呢？”应白有些好奇，想要知道他从一个孤高的男生，长成现在舌利如刃的律师，又经历过哪些不得已的人情世故。

“我？”应苍林取下细长的金丝眼镜，随手丢在摊开的剧本上，没了镜片隔着，他的眼神如二月的燕尾刀一样刺得人心慌慌张张。

“不免你。”

他说完这句话，又开始看起剧本，只留下应白坐在旁边讷讷不能言。

目前来看，应白的律师入职一对一教学，就如同高中时每次补习一样，进度聊胜于无，效果非常糟糕。

甚至连效果糟糕的原因都一样，老师准备翔实，态度良好，学生心不在焉，虚度时光。

唯一进步的一点就是，以前应白会花言巧语地将责任全部推到外物上，比如天气不好、吃得过饱、亲戚到访、林林凶人。

苍天可鉴，她不欺负林林便是万幸，林林可没本事儿凶她。

而现在应白将花言巧语全都收起来了，只会坐在旁边低着头不说话，孵蛋一样不动弹。

应苍林反倒头疼，耍奸偷懒好治，他多年的斗争经验专治不服，但现在她低着头跟个鹌鹑一样算是怎么回事儿？索性也不对着台词照本宣科，他把剧本一丢，给她讲起了律师生活。

“剧本你都看过了吧？”他抬起一条腿，脚踝搭在另一边膝盖上，整个人舒展着靠在沙发上，手臂有意无意地搭在应白背后的沙发椅背上，整个人的存在感令人难以忽视。

专业上的内容终于撬开了应白的嘴，她转向应苍林，十分认真地汇报：“嗯，从最开始意向阶段的初稿，到后来的每一版改稿，我都通读过了。”

应苍林看着她正经八百跟学生请教老师似的小模样，眼神专注又听话，有些心猿意马，不动声色地调整了下坐姿，面上却随意地问道：“琢磨出点意思来没？”

应白侧着头想了会儿，才答道：“最开始几稿剧本，主要是调整案件的多线叙事，几个反派角色都或多或少得到丰富，还增加了一个重要的灰色人物。”

“所以呢？”他眼神挑了一下，锋利得很。

“失衡了。”应白望向他，认真地说出自己的答案。

“聪明。”应苍林挑着唇笑着说道，“林导的胃口大，你是演员应该比我懂。”

“票房要抓，奖也要冲，挖掘阴暗面，既满足观众的猎奇心，也迎合学院派的胃口。”她皱着眉头，自语一样回答道。

应苍林看着她锁得跟毛毛虫一样的眉毛，屈指毫不留情地弹了下她的额，逗她道：“挂什么脸，我不是给你扳回来了吗？”

看着应白错愕地捂着额头瞪他，应苍林心情不错，开始正经地解释道："之前洪老师审剧本的时候也提了这一点，可洪老师从事理论研究，已经不接具体案子很多年了，身体也不好，让他事无巨细地给个电影修改剧本，他没那个工夫。"

这话说得狂妄，几个亿的投资、国际知名的大导新作，在他口中只是老师没工夫关注的小事儿。

"所以，这活就交给了你这个有着丰富实践经验的后辈？"应白问。

"一个现实题材的犯罪片里，女主角却像悬浮在半空，自身没有太多价值，这太没有说服力了。"应苍林带上了一点讥讽的笑，继续说道，"我所能做的，就是让你的角色背景补充得多一点，人物刻画得更深刻一点，看起来更像一个现实中的律师。一个天真的理想主义者去做律师，要么不可靠，要么会撞得一头血。"

他说得漫不经心，可应白的心里隐隐像塞了一团积了雨的乌云，让她的身体都沉满了潮气。

应白突然明白了之前心里的疑问，孤傲的男生长大了，将一个天真的理想主义者变成如今的样子，落下第一把锉刀的人，就是她。

学院的生活还在热热闹闹地继续着。

学院每年上学年都会有为期半个月的艺术节。

有合唱比赛、主持人大赛、华尔兹交谊舞大赛、辩论赛、校园歌手大赛、篮球赛等，多种多样，极为丰富。

因活动是全校性质的，在学生众多的"和尚庙"和"尼姑庵"之间架起了一座座桥梁，内心躁动的少男少女们都或明或暗地期待着，校园艺术节也因此被大家送了个别称——鹊桥相会。

应白的腿没两天就好了，能跑能跳，但陶苍林照样天天接送着她，载人技术突飞猛进，一日千里。

回家的路上要经过一条小道，只有昏黄的灯一盏盏站在街头，在灰色的水泥路上翻涌着光影的波浪。

应白坐在自行车后座，伸出手来，看着明暗交错的手心纹路，玩闹似的收紧了掌心，似乎想将影子抓在手心里。

她玩得起兴，一只手还不忘抓住林林后背上的衬衫，就这么死死拽着。最近陶苍林晚上回家后都能发现后背的衣服皱成一坨，每次他都仔仔细细地用手压平，没有一点不耐烦，也从没和应白抱怨过。

“艺术节，你们班和哪个班搭？”他在前面踩着车，风鼓起衬衫，他状似不经意地问道。

夜风把这句话送进应白的耳里，如同大海里的鲨鱼闻到了海水中稀薄的血腥味，她睫毛微微动了下，在他背后翘起嘴角，漫不经心地回答：“不知道呀，她们都不告诉我，太坏了。”

然后她轻轻地戳了戳他的背，戳得人痒痒，又放低音量悄悄说话：“林林，你知道吗？”

自从那天后，她就擅自将陶苍林叫作林林，每次陶苍林都沉默而害羞地接受了。

陶苍林分辨不出应白是假不知道还是真不知道，今天一下课，他就去找体育委员套消息了。

现在他和同学关系处得都还行，他为人大方，考试前笔记供全班借阅，课余时间和同学一起约球，也就不像刚来的时候那么尴尬了。

可那帮小子还记着应白来班里找他的事儿，见他绕着弯地打听华尔兹舞比赛的班级配对的事儿，就琢磨出味来了，故意拿这事儿逗他，陶苍林到底脸皮薄，没好意思问到底就走了。

结果现在应白也拿这个来逗他。

“林林，你希望我们班和哪个班配对呀？”她的尾音拖了下，甜甜的。

陶苍林没立刻回答，只是蹬自行车蹬得越来越快了，光影飞快地在他的衬衫上掠过，然后就听他甩下两个字："随便。"

"林林？"她又轻轻叫他，一只手在他背后拽了拽，就像收了下风筝的线。

于是风筝乖乖地落回她手上。

"和我们班。"

他没有停下骑行的节奏，看着前面的黑暗，飞快地说出这句话，再清高、再理智的男生，都对心上人有着强烈的独占欲。

应白轻轻笑起来，答应他："好啊，到时候我和你跳，你也只能和我跳，约好了哦。"

陶苍林甚至都不知道到底会怎么分配，可他只觉得此刻心里被夜风鼓满，无来由地生出了雀跃和勇气，恨不得像个傻瓜一样放声大叫，却又怕吓到载着的人，只能握紧了车把手，在应白看不见的地方悄悄微笑了下。

周五，走廊最中间的布告栏在第二节课课后，终于贴上了艺术节各类活动顺序和具体安排的公告，排头一个的就是华尔兹舞大赛的安排。

来看这次公告安排的人不多，不是大家不感兴趣，而是公布栏就在教师办公室的外面。

任何人都不想看公告的时候被办公室里的人招呼进去训话，于是同学们只能在课后假借上厕所的工夫，状似不经意地路过，再悄悄地斜着看一眼。可惜不少人眼睛都快看成斜视了也没看清，只能偷摸儿地回班里和其他人对消息。

陶苍林却大大方方地走到公布栏处，独自停在那里，身影在众人的来来去去中显得格外突出。他没有管那些目光，也不在意，只是专注地看着那张薄薄的纸。

…………

他一行行地仔细往下看着，心跳悄悄加速了些。

…………

中了！

陶苍林的高数老师提着保温杯出来的时候，就看见自己近来的得意弟子陶苍林正眼睛放光地看着布告栏发呆，不禁觉得好笑。

“别在这发呆了，傻小子。”

陶苍林笑了笑没说话，转身就红着脸打水去了。

学院的男生们再一次感叹，由于专业分班问题，他们现在仿佛住在和尚庙一样，实在是太可怜了。

好在现在有了一年一度的指望，全体男生跟一尾尾活鱼，不，跟春江里的乌龟一样眼都绿了，全都变得蠢蠢欲动，伺机待发。

陶苍林在踏入班里的第一刻就体会到了这一点，班上不少人看见了他如同山峰一样屹立在老师办公室前看公布栏，所以他刚一进门就被一只手臂拐了过去。

“小林子，老实招来，咱们配的哪班的女生？”

问话的是坐在陶苍林前面的王然，他说话最没顾忌，在女生面前还装装相，只有男生时什么混账话都能出口。

陶苍林三两下就把环住他脖子的手臂给拿下来了，班里人犯浑时就叫他小林子，大概是觉得他年纪小，长得又白，也不知道是不是故意套的《笑傲江湖》里的林平之的称呼，他反正是从来没认过一回。

陶苍林脸色淡淡。同学也知道他看起来好说话，原则却比谁都强，此刻有求于人，自然从善如流地改了口：“林哥，好消息共享哦。”

陶苍林只是有原则，不是倔，他要真那么不知变通，和班上同学也不会处得这么好了。他不再拿乔，直说了：“三班。”

“完美！”男生们瞬间心满意足。三班是艺术专业的学生，全校得有一半的美女都在里面，而且，全校最漂亮的姑娘也在那班。

“哇！我就知道咱们班倒了那么久的霉，摊上老赵这么个严厉的老师当辅导员，万物守恒，该咱们运气好一回了！”坐前排的赵明打了个响指，吊儿郎当的，没有一点正经的样子。

王然斜眼看了下眉头几不可见地蹙起的陶苍林，知道这小子是个小古板，平时里讨论姑娘从不参加，像个小和尚一样，怕是觉得这话太放肆了些。

王然和陶苍林关系不错，所以用脚轻轻踢了下赵明的桌子，笑骂道：“行了！少贫，有耍嘴皮子的工夫，不如想想怎么在老赵眼皮子底下暗度陈仓吧。”

赵明顺势往后一靠，说道：“急什么？老赵那关还在后面呢。现在要紧的是，女生就这么多，三班漂亮的多，可也不全是漂亮的，组织怎么分配啊同志们？”

这话说到点上了，一群男生你看我、我看你，心里盘算的无非就是那点事儿，嘴上都嘻嘻哈哈的，可谁的心里对最漂亮的那个没点念想呢？

谁都没明说，可谁的话里都朦朦胧胧有那个意思。

有提议按年龄排的，有提议按姓氏排的，有提议按最近一次考试成绩平均值排的，还有非得抓阄的，趁着下课休息时间长，大家吵得不亦乐乎。

王然撞了下陶苍林的肩，笑着问：“怎么着啊哥们儿？按年龄、姓氏，你都没戏，是打算吃干醋啊，还是碰碰抓阄的运气啊？”

陶苍林知道王然面上嬉皮笑脸，实际上心细，上次应白来找他，一个照面王然就察觉出来了什么，这是在看他的反应。

他漂亮的眼睛淡得没有情绪，他轻轻抿唇，挤压得左脸上浅浅现了梨涡，却更衬得脸色如霜。

王然还打算笑他几句，只见陶苍林直接甩下他，走上讲台，就像他来班上第一天面对满堂窃窃私语时那样，坦荡荡地说话。

“随你们怎么选。应白，和我跳。”

语气里没有怒气，也没耍狠，更没害羞，可每个字都透着绝不退让的意味，再明白不过。

王然都被这小子惊着了，半天才暗暗笑骂一句：“有种！”

三班。

女生要含蓄得多，没有人聚在一起围绕这事儿多唠叨，仿佛老师办公室外面贴的不是交谊舞安排，而是本月学院清洁表、校党委会每月活动情况等从来没学生多看一眼的东西。

但似乎一瞬间，所有女生都知道了安排，她们只是不明着谈论这事儿，可是结伴去洗手间的时候，总有人绕着几个弯讲起这件事。

讲得最多的话题，无非是绕了一大圈又一大圈才谈起的，十一班的男生。

应白对这些不感兴趣，她下课的时间全用来睡觉了，这些话就全成了耳旁风。

不过应白就算是仙女也得有同桌。同桌热爱下凡尘，旺盛的探讨欲让她在别处听了一肚子八卦，心满意足地回位子上的时候，忍不住找人分享。

“哎，你知道吗？咱们班徐蕾蕾，和十一班那谁，据说……”

应白兴致不高地随口搭话道：“哪个谁啊？”

“我没见过，王恬远远看过，据说挺帅的，可能是十一班最帅的那个。”其实同桌也不知道是不是最帅的，只是在“八卦滤镜”下擅自加上使故事更具浪漫色彩的人物设定。

“不可能。”应白打了个哈欠，悠悠说道。

“怎么不可能啊？”应白一向对这些事儿不置可否，这样斩钉截铁，还是第一次，同桌好奇地问道。

“因为最帅那个，我见过，是个书呆子。”她支着下巴，如同睡饱的猫一样，眼睛微微眯起来。她懒洋洋地说完，没管同桌快掉下来的下巴。

西面附楼五层尽头的拐角是实验室，要进实验室得过一道大铁门，再往上爬个五六阶的楼梯才到，楼梯和拐角共同在门后组成了一个小小的空间。

实验室里的门一直是锁住的，但物理教授纯属自恋，平时赶人去上课都嫌规矩多，总是就近选择在一楼的生物实验室上课，那里面有人体骨架，明显好玩多了，还不用爬楼，所以五楼那块地方一向安静。

但现在这里多了脚步声。

应白坐在最上面那磴台阶上，无聊地用手摇着辫子，从拐角露台上照过来的太阳让她睁不开眼，整个人无精打采的。直到看见铁门后面透过来的影子，应白才终于有些兴味地坐了起来。

“你迟到了，林林。”她冷着脸装生气。

应白在几天前就跟陶苍林约定好，这段时间的中午他都要到这儿来陪她晒太阳。

他没理她的挑刺，平时都是他先到的，今天应白的班级上午最后一节课是体育课，散得早，所以她来得早。

“我屁股都坐疼了，腿也酸了，都起不来。”应白的理由总是千奇百怪，花样百出。

陶苍林没多说话，过去就把她一下拉了起来。

自从之前应白扭了脚陶苍林抱不动只能扛着走后，他的房间里就多了对杠铃，晚上偷摸着趁谁都不在，他一个人举到精疲力竭才停。

锻炼是有效的，汗水是有回报的，如今负荷应白的重量对他而言就跟玩似的。

应白站了起来，下一刻就又懒洋洋地趴到了栏杆上，没骨头一样。

陶苍林有些看不惯，想去拉她站直，可她安静地抬起眼，眼珠被阳光染成半透明的琥珀色，睫毛洒下细碎的影子，她就这么望着他，只用一眼，就让陶苍林全面投降，停下所有动作，也这么望着她，沉在她潋滟的眼波里。

“这太阳真好，晒得我犯困。”她没头没脑地这么说了一句。

“那你回教室睡吧。”陶苍林是个老实人，不像应白想一出是一出，转身就想送她回教室。他扭头一看，却发现应白就这么大大咧咧地往台阶上的平台上一躺，手盖住双眼，就打算这么睡。

胡闹。

陶苍林的唇线紧抿，伸手就要去拉应白，不让她睡在这么凉的地上。

应白虽然蒙了眼睛，却跟通了天眼一样，还没等他触碰到，就优哉游哉地说道：“我就爱躺这儿，你别管我，管我我也不听。”

她有多会耍赖，陶苍林是知道的，他叹了口气，向她投降了一半。

“起来。”

他这么说，应白却根本没管，反而翻了个身，眼睛闭得更紧了。不一会儿，她听见窸窸窣窣的声音，眼睛忍不住掀了一条缝看他，这才发现陶苍林把外套脱了下来，小心地铺在她刚刚空出来的那一小块地方。

她瞬间明白了陶苍林的意思，轻轻笑了下，然后心安理得地翻身躺到了铺好的衣服上。

天气真好，周围静得很，只剩下纤尘在灿烂的阳光里飞舞，远处遥遥传来同学笑闹的声音，却像隔了水一样。在这充斥着白噪音的环境下，应白很快就真的睡了过去。

陶苍林守在旁边，坐在离她半米远的台阶上，静静地看起带来的书。

他沉浸在文字里，直到跳跃的阳光慢慢涌上他的影子，他才发现光线变换，有些斜射，在空荡的走廊洒满了碎金。

陶苍林第一反应是回头去看睡着的应白，发现她此刻正好睡在阳光里，脸色睡得有些发红，仿佛家中桌上摆的水蜜桃。

他看了一会儿，然后举起手中的书，用手指支撑着摊开来，就这么悬在应白双眼的上方，替她遮去耀眼的阳光。

陶苍林就这样举了许久，直到应白醒来，他才悄悄放下早已酸痛到极点的手臂。

应白不愧是没良心的，丝毫没有注意到陶苍林的异样，醒来的第一句话就是："我的头发都乱了，你帮我梳。"

在陶苍林有些结巴地表示拒绝后，应白以这里没镜子、自己看不见为由，理直气壮地拒绝了他的拒绝。

于是人生头一次，陶苍林笨手笨脚地解开，再笨手笨脚地试图梳姑娘的辫子。

他梳头的时候，尽管尽可能放轻了，可手臂还是酸得不听使唤，不时拉扯到她的头发，让应白轻轻吸气。

每当这时候，他便笨口笨嘴连番地问："弄疼你了吗？""是不是很疼？""我轻一点。"

应白这次却很乖，每次都只是轻轻地摇头，乖乖地任他梳。

但是应白的乖巧不包括在下午给陶苍林发短信。

"我的头发都被你绑歪了，都怪你。"

三班里，应白坐在后排带着一点得意的笑收了手机，编歪了的辫子落到一边肩头。同桌望了过来，她上课前就提醒过应白，可应白拿起歪了的辫子，看着弯弯曲曲一团乱的发丝，玩味地看了许久也没重新弄。

怪人，同桌在心里暗暗摇头。

一个星期后，不同班的体育课按安排并在一起，作为训练交谊舞的时间。

老师没来前，学生三三两两地混在一起，王然是个人精，全年级就没他不认识的，于是他凑了上去找应白搭话。

"同学，缺舞伴吗？"他笑得吊儿郎当的。

“不缺。”应白两个字就打发了他。

“那考虑换一个吗？盘正条顺会来事儿的那种。”王然一点没在意，继续贫嘴，“王老汉卖瓜，推销我后桌，长得帅，性格好，还是学霸，关键年纪还小，多带劲儿，现在还买一送一附赠个老板，你有妹妹吗？姐姐也成。”

应白终于认出来这是她第一次去找陶苍林时见过的他的前桌，她睨着看了过去，挑唇说道：“眼挺尖啊。”

“他也没低调啊。”王然叹了口气，“陶小公子当着全班同学的面点明你得当他的舞伴，就差去广播室用大喇叭全校循环播放了。”

出乎他意料的是，应白听了这话没害羞，也没高兴，更没什么特别的反应，面上神色难辨，过了好久，才偏过头轻轻说道：“傻子。”

这话如同叹息一般。

王然看着应白，正挑起半边眉毛，就被不知怎么冒出来的陶苍林吓了一跳。看着他那挡住应白的姿态和一张冷脸，王然瞬间失笑，骂道：“消停点吧你，狗护食啊？”

“你才是狗呢。”应白探出半边身子，眯着眼睛还了回去，陶苍林一来，她就又变成那个无法无天的应白，刚才的情绪好像从没存在过。

得，都顾不上自己被说成食儿，她反倒先替应陶苍林出头。王然还能说什么？陶苍林不是狗，他才是一条被骂的狗。

“你俩就嘚瑟吧，早晚嘚瑟死你们。”他笑骂一句，先走了，不和他俩斗嘴。

陶苍林把人酸走了，却也只是和应白保持着“合理交往距离”，守在她身边不说话，却也不让任何人有机会。

这明明就是狗护食，王然说得一点没错。

可惜狗和食儿都挺乐意，天生一对，拆不散。

在后来半个月的时间里，体育课成了新一届“牛郎织女”们的鹊桥，还真成了几对，其中一对甚至爱情长跑八年，最后顺利修成正果，三年抱俩。

这是后话了。

对现在的应白和陶苍林来说，这场交谊舞的意义，是让他们能够头一次，也是最后一次，正大光明地、在青天白日下彼此靠近。

第六章

YINGBAI

温柔

短暂的休假后，应白正式进组了。

进组第一天是开机仪式，导演领着全体演员在阳光普照下，虔诚地上香。

圈里都是这氛围，应白一向不信这些，可她装得像。每次剧组开机，媒体探班都能拍到她闭眼祈祷的虔诚模样，但其实每次她心里想的都是今天的减肥食谱不知道能不能弄得不像猪食。

不过这一次，应白老老实实地举了香，心里默念，望如愿以偿，望心中大石落下，哪怕未来惨淡，她也终于能迎来明天。

应苍林到底是事业上升期的年轻律师，他从实习第一天算起，就没请过一天年假，最近攒了几年的假全报废在应白身上了。今天应白进组，应苍林终于被忍无可忍的主任逮回了律师事务所，忙了一上午连喝口水的工夫都没有。

就这样，老大还来呲他，专说风凉话："我就和你说那些个什么破顾问不要接，洪老甩包袱给你，你不知道再甩给别人啊？这几天没来，一肥单可被董吉那小子抢走了。"

应苍林趁着他打岔这工夫，灌了满杯水下去，才开始满嘴跑火车：

“老大，尊老爱幼，平时所里大家爱幼，全让我捡漏了，现在我也敬一回老，董律师年纪大，应该的。”

他们律师事务所整体年轻化，主任芳龄三十八，说起话来也就没什么距离感，性格也格外“三八”，早年因打了一起十分特别、极其著名、旷日持久的家产案而闻名，因此他们律师事务所也成为无数富豪打家产官司的御用律师事务所。而主任本人因擅长“家务事”，且为人热心，特别关心职工的婚恋生活，所里人送诨号——“俏红娘”。

“俏红娘”恨铁难成钢：“那么简单一个经济纠纷案，案情简单，责任清晰，走流程申请法院执行就成，客户却三天两头跑咱们所里按一小时两万五的咨询标准聊天，还专找你聊，什么意思你真不知道啊？”

“不知道。”应苍林一边噼里啪啦地敲邮件一边不耽误气人。

“她是喜欢你，你瞧人小姑娘，家里那么大产业，人又年轻漂亮，热脸贴你这金刚屁股贴了得有俩月了，你不珍惜，是打算找个天仙啊还是怎么着？”主任痛心疾首。

“您怎么知道？最近还真有一仙女降落到我家小区池塘了，我正打算效仿牛郎偷衣服呢。您要真担心，就给我放假，放三天我就能约会，放一个月我就能去度蜜月，放一年我回来的时候直接给您捎个会打酱油的孩子。”应苍林半真半假地耍嘴皮子。

“你小子！”主任被气够呛，笑着骂他，“放假别想了，不把前段时间欠的工作补完你就在我这儿打个地铺准备永久性拘留吧。”

应苍林看着桌上三寸厚的文件苦笑了下，往椅背上一瘫。“俏红娘”的半边身子都出了门了，瞧他那丧气样，又探了个脑袋进来，大发慈悲地说：“今天准你早下班两个小时去池塘捞仙女衣服去，禁足令从明日起生效。”

然后在应苍林感恩的目光中，“俏红娘”本人事了拂衣去，深藏功与名。

横批：乐于助人。竖批：送子观音。

后事如何，且听下回分解。

开机第一天全是文戏，还挑的都是容易演的过场戏，就是图个一条过，顺顺利利按时收工的好兆头。演员也都铆足了劲儿，谁都不想拖后腿。虽然第一天导演为了吉利也会按着脾气不直接骂人，但是谁想被记小账呢？

烧完香，正式开拍都到中午了。应白的戏有两场靠中午，还有场夜戏，虽说第一天要按时收工，可对剧组来说，十二点收工那都是按时了。

她拿着剧本一个人搁折叠椅那儿，闭着眼默背，连口水都不敢喝，喝也只能喝黑咖啡，防水肿。

都怪应苍林，她就放六天假，可他天天喂、天天喂，变着花样哄她吃饭，她是女演员，不是等着出栏的猪，应白越想越气。

中午她就喝了几口咖啡提精神，到她的戏份时，两场都顺利一条过了。应白看见导演板着脸看显示器，悄悄松了口气，臭脸和墨镜都是导演的标配，没边看边和副导演骂骂咧咧，那这条就没问题。

她下午的戏份结束，终于能歇口气，回车里吃口沙拉，优哉游哉地看其他演员提心吊胆。

好景不长，从天刚擦黑开始，应白就又紧张起来，也不知道是因为紧张还是吃太少泛胃酸，胃里就跟有兔子跳似的。

偏巧她晚上还是感情戏。

应白是一个称职的演员，她换了衣服，理了头发，连香水也喷好，最大程度让对手演员入戏。

李舒看见她过来时就吹了声口哨，他在电影里演的是带匪气的警察，嘴上没边，吊儿郎当，这声口哨倒是符合“人设”。

应白大方接了这间接的赞美，十分痛快地和他打招呼：“一条过，你我早收工，师兄没问题吧？”

女生都这么爽快了，李舒自然没说的。

这场戏是作为律师的女主角假装色诱负责案件的男主角来套话，导演天马行空，直接让他们第一遍自我发挥，在自我发挥的基础上他来改。

应白没多犹豫，在镜头前把包身裙拉高一寸，然后推开门款款地走进去。

警局里没人了，凌乱的办公桌上，昏黄的台灯照着摊开的档案，应白半靠上桌沿，说着台词："警民一家亲，接受群众慰问吗？"

"不好意思，不拿群众一针一线。"李舒头也没抬，敲着电脑。

"没给你针头线脑，咖啡。"她轻轻顿了一下，别有意味地说，"Double shot（双倍浓缩）。"

"别拽洋文，谢谢你的咖啡。请吧，陈律师，警局办公室非请勿入。"李舒接词。

"吃人嘴软，怎么就你吃了吐呢？"应白翘起嘴角，打着机锋。

"不就是来套话的吗？没戏。况且这案子和你的客户也没关系，你来凑什么热闹？"李舒一边耍嘴皮子，一边状似随意地抽回挨着她的一份摊开的档案。

应白却拽住那档案的边缘："欲盖弥彰。这么看来，和我客户确实有关系。是这本档案？"

"不是。"李舒臭着脸继续往回抽。

"那看来就是这本了。"应白笑得更深，然后一下松手，让他抽回了那本档案。

她绕到办公桌后，俯下身去，贴着李舒的耳朵，手隐在桌面下。桌面下边从机位正面拍不到，引人遐想。

"该看的我都看到了，不该看的，下次你给我看啊。"她的指尖顺着李舒的衬衫中间的缝隙一路向上，在就要贴近锁骨的时候，她起身走了，发丝一甩只留下余香。

"Cut（停止拍摄）！不错。"林导今天第一回露了笑脸，臀部坐住档案和俯身的动作都是应白自己设计的，恰到好处。

应白松了口气，这头，就算是开好了。

然而她很快就笑不出来了，因为一个错眼，她看见应苍林站在不远的阴影处，似笑非笑的，不知看了多久。

这表情，不对劲儿。应白面无表情地想着。

其实应白现在进组了，之前的轻微脑震荡观察了一段时间也没大事儿，住剧组安排的酒店或是回自己家都行。可应苍林第一天就来剧组抓人，助理小唐笑得跟偷鸡的黄鼠狼一样，到点就贴心地自动消失，还连带着司机一起，连个躲开或者缓冲的余地都没给应白留。到停车场后连保姆车的尾气都瞧不见了的应白，只能上了应苍林的车，心里暗暗决定要扣掉小唐这个月的奶茶专项基金。

回去的路上，应苍林开着车，也看不出情绪怎么样。应白瞥了他一眼，明知道不该管这人的脾气，可她心里就是一阵不得劲儿。

他俩现在什么关系都不是，按理说应苍林没理吃醋。而且哪怕就是有关系，这是她的工作，他也没理吃醋。

可男女之间的事儿，哪里有道理可讲？

一路上应苍林没围绕这事儿多说什么，应白的心里也就松了口气，打算一进屋就躲进房间休息。

进了门，她弯下腰脱鞋，门在身后被关上，发出闷响，黑暗中身后多了些压迫感，人体的温度隐隐透过来。应白动物般的直觉亮起警告，但她什么都没来得及做，一只手臂就横过来抱起她弯折的腰，将人一下子举了起来。

应白下意识地叫了一声，在失去平衡的瞬间被迫抱住他的手臂，如紧握溺水时的浮木。

"就会气我是吧？"他哑着嗓子问。

应白的心跳在黑暗中放大，她有些慌乱地揪住他的西装，只能颤着声音回答："那是工作。"

这答案没让他满意，应苍林抓住那只放在自己肩上的手，愤愤咬了一口："我也和你一起工作，怎么不见你这样对我？"

应苍林大概越说越气，唇一下子贴上她的颈部。

"不行，会留印子的。"应白挣扎起来，她还要拍摄，不能留下这么明显的把柄。

"偏要！"他狠狠地说，箍住腰的手收得更紧了，让她整个人反折，更深地嵌进他的怀里。

嘴上再狠，他还是放轻了力度，转手将眼镜摘了下来扔到一旁，露出锋利的眉眼，看着眼前的应白。

可应白实在会治他，既有经验，又有天赋。她悄悄凑近，轻轻地吻了下应苍林，模糊不清地说着话，每一个字伴随着一个吻："别生气了，林林。"

这个久违的称呼，和这些吻，无一不是让人无法拒绝的示好。

应苍林呼吸不稳地问道："还要我等多久？多久你才能释怀？"

应白沉默下来，然后推了一把他的肩膀："谁要你等了？"

可惜力度不软不硬，没多少效果，她推完又抓着他的肩膀，似乎是怕他真的就此离开一样。

应苍林自然知道这人的言不由衷，感受到肩膀上欲拒还迎的那只手，心里面不知道为什么一阵发软。哑着嗓子说道："我等了这么久了，还差这几个月吗？"

"不过，总得让我收点利息吧？"

他一下子回吻起应白，叫她再也没法气人。

许久之后。

"还生……生气吗？"应白追着问，有些许撒娇的意味。

应苍林低垂下眼，突然松开了她，有些无奈地叹息道："我有什么资格生气？"

他嘴里说的是丧气话，但这样的态度，让这看似自轻的话反而多了挑衅和惩罚的意思。

可应白却怔愣了下，捂住眼，带着自暴自弃的颓然，说了句："你有资格，是我不配。"

应苍林愣了一会儿，大脑才迟钝地接收了这句话的言外之意。他太阳穴位置凸起的青筋跳了一下，然后唇角涌起一点笑，冷得跟刀片似的，眼里是浮起的讥讽和掩藏着的心痛。

"配或不配，都得我说了算。"应苍林的嗓音哑得过分，压制着极大的怒气，"你以为还是以前吗？你以为我还会让你逃吗？那时候我让你逃，是因为除了这个我没有什么能为你做的了，但现在既然我要把你收回来，谁都不能阻止，包括你，尤其是你。"

他扯着应白的手腕，将她拽到了客厅的沙发上。

应白陷进柔软的沙发垫里，棉花团包裹住她的脊背，让她一时难以挣扎起身，而还不等她继续动作，应苍林就压了上来。

他手臂撑着沙发靠背，一双眼睛在黑暗中亮得像匕首刺过的锋芒，而他眼里的坚定，也如利刃一般划破她任何的矫饰和伪装。

"说，你是我的，你永远都不会再离开我。"应苍林冷着眼色，不带半点温情地说着，迫使应白看向他的双眼，不容她躲避。

应白咬着唇没有说话，只是在他更用力地握紧她的双臂时，轻轻抖了一下。

"说你是我的！"应苍林不放松，依然迫着她。

"说！"他毫不留情。

"是你的。"应白终于屈服。

"谁是我的？说清楚。"应苍林眯起眼睛。

"我是你的。"应白的眼睛里闪着点亮光，她绝望又安心地承认。

"乖。"

应苍林终于心满意足，在黑暗中看着她，然后落了一个吻在她的发间。

这个吻无比温柔。

那晚，应白就这么躺在沙发上，积累了那么多年的疲惫，在这终于到来的片刻心安下，终于倾泻而出。她觉得累，太累了，累到一根指头都不想动。

她被牢牢抱着，两个人就这么荒唐地挤在一张沙发上，几乎不留任何余地。

应白太瘦了，这她自己也知道。可是没办法，圈里男的女的似乎都喜欢减重，不瘦成纸片，上镜就会被羞辱。应白入这行前没节食过，入这行后没停止节食过。

她早就习惯了饥饿，胃里空荡荡的，是再安心不过的熟悉感。

但这一刻，她忽地生出一点无端的担心，自己的背，会硌到他吗？她身上嶙峋的骨头那么讨人厌，他会不会觉得她也一样讨厌。

可应白不知道，在他们相遇的第一年，那个男生背起她去医务室时，也曾无端地有过一样的担心。

“睡着了？”身后传来他的声音，发声时胸膛上的微微震动顺着脊背透了过来，应白突然有些无措，不知道怎么回答，也不知道怎么反应，只能将自己更深地埋在沙发垫里。

“还是在生气呢？”这次的声音带上了一点笑意，他故意逗着她。

应白还是没说话，只是手扭到背后，狠狠拧了他一把。

结果她没拧动，他身上全是结实到掐都掐不动的肌肉。

这次应苍林是真的笑出了声音，他捉住了她的手，贴上自己的腹肌，尽情耍无赖：“想掐就掐，我不怕疼。”

耍无赖还不够，应苍林还要再臭美一把，他不怀好意地说：“这都是练搏击练的，像李舒那些圈里的，肌肉看着好看大块，一打准虚。”

应白刚刚的那些雨雾样的心思，被这人的自恋吹得没影了。她觉得好笑，反驳道：“我们剧组不仅请了自由搏击教练，西洋拳击、泰拳、咏春甚至连枪械都请了专家手把手训，师哥练得挺好的。”

这话可堵着应苍林了，他环住应白腰的手臂一下子收紧，将她抱进怀里，下颌埋进她肩窝里。他有点气又有点委屈，低声说：“不许这样。”

“哪样？”应白的声音里也隐隐压了点笑意，透出些快活，她心里头的太阳要出来，再厚的乌云也挡不住。

“不许冲别人这样笑，不许勾引别人，不许叫别人师哥。”他说得理所当然，丝毫没有察觉自己这样有多无理取闹。

应白越发止不住要笑，身体微微颤起来，应苍林察觉了，干脆将她扳了过来，专拣痒痒肉挠，嘴里说着：“只许叫我哥哥。”

放肆的笑声响起，应白气都要喘不过来了，身体抖得和花枝似的，等察觉到她气喘得急了，应苍林才收了手。

两个人面对面躺在沙发上，离得只有那么一点距离，喘息声渐渐平息了，只剩下安谧的气氛在一片温暖里酝酿开，如同一粒微小的白糖粒溶化在水里，淡淡的，却又有一丁点的甜滋味。

应苍林望进她眼睛里，她的目光亮亮的，颧骨上还有刚刚因玩闹而飞起的薄红，此时的她看上去又有些像十几岁时放肆的模样。他生出点心痛，小心地将她搂进怀里，下颌抵着她的发顶，微不可见地叹了口气。

“别的不许，你不听就不听吧。但有一件事儿，必须答应我。”他的呼吸扑在应白发间，吹动了她的发丝，也扑进了她的心里。

“什么？”应白有些蒙，但不知为什么心脏缩了一下。

“再不许说你不配，不许说不值得，不许说不好。”应苍林无比轻地吻了下她的额，“不许这么糟践我的宝贝。”

应白埋在他的怀里，没有说话，也瞧不见表情，只是过了很久，久到应苍林以为她睡着了，才猛地抱紧他，死死抱着。

她最近力气练得大，猛地来这么一下让应苍林差点没哽着，他觉得气又觉得好笑，更多的，还是心软。

应苍林回抱住她，两人一起度过漫漫长夜，共迎微微天光。

第二天，应苍林费了些劲儿才叫了应白起床，不是费劲儿在叫她，而是费劲儿地按掉闹钟。

他家离剧组近些，而且一出小区就能直接上高架，省去了许多堵在路上的时间，所以应白能多睡一会儿。

可是应白一直有个习惯，一进组就会固定在早上设八个闹钟，绝不让自己迟到。在他们这行里，迟到的代价是惨重的，不仅全剧组会等你一个人开工，还可能会被传出耍大牌的黑料。

而应白天生懒散，所以她进公司的第一天起，当时的经纪人也就是现在的公司高管李云生，就让她被迫养成了这个习惯。

但应白昨晚很晚才回房睡下，今天早上在被子里听见第一声闹钟时脸皱得不行，正好被进房间看她的应苍林看见，于是他抬手就给那闹钟掐了，让应白又陷进睡眠。

他本来想去继续做早饭的，可刚要转身，那闹钟又响了，应苍林只得又给掐了，然后带着手机去准备早餐。

他进厨房围了围裙，手机就放兜里了。应苍林正煎着蛋呢，那破手机又响了，他以为还是闹钟，顺手拿起来就摁了，结果摁了才发现是电话。

“是我，起来没？不许再睡了。”电话里传来男声，语调极为熟稔。

怕给她惹什么绯闻，应苍林本打算直接挂断的，可听着这口吻，他不自觉挑起半边眉毛，看了下来电显示——云哥。

左一个师哥，右一个云哥，她哥哥还真多。

应苍林二话没说，直接接了电话：“她还睡着呢，有事儿吗？”

他比那人还横。

电话那头的人静了一下，冷冷地问："应白呢？让她接电话。"

可惜李云生碰上的是应律师，应律师拥有多年诉讼经验，专治各种不服，用淡定又不经意的语气回道："刚说了，她在睡觉，有什么事儿直接说吧，我是她的全权代理人。"

"我是她的老板，她的代理权在公司，由我直接负责。"那边见招拆招。

"哦，公司代理公事，我代理私事，现在是上班前的私人时间，归我管。"论嘴上功夫，应苍林怎么会输？他一边夹着电话一边悠闲地把煎鸡蛋倒进盘子里。

那边的人似乎不愿和他再多纠缠，也不想透过他转达什么，索性直接挂断了电话，估计是直接去找工作室的人发火去了。

应苍林大获全胜，也挂了电话。

李云生是应白的经纪人，这他早就知道了。应白是公司成立不久就进去的，算是股肱之臣，所以虽然只是艺人，却也有股权。现在应白和公司的合约还有一年到期，她不久前做了大额股权转让，其中大部分股权的接收方就是这个李云生。

李云生是带她出道的人，直到现在名义上还管着应白的项目。但从这段时间应白的动作来看，她大概是不打算续约了，可能要单干也可能挂名工作室实际上独立出来，应苍林这样直接，也是摸准了脉的。

等第四个闹钟响起的时候，应苍林终于做好早饭了。他忍无可忍地把闹钟掐掉，看见屏幕上浮起的"下一个闹钟将在五分钟后响起"，忍不住有些想笑，进了卧室叫应白起来。

她还躺在床上不肯动，小腿都从被子里露了出来，脸挨着枕头，睡得红扑扑的。

应苍林放任自己看了十秒钟，他已经有快十年没看过她早上这样赖床的样子了。

十、九、八、七、六、五、四、三、二、一。

他收回目光，毫不留情地把应白从被子里抱了起来，带去洗手间。

应白睡得和小猪一样，正暖和和的，却被掀了被子，好在她马上入了带着体温的怀抱，迷迷糊糊地靠着他继续眯着。

等到了浴室，应苍林换单手把她托在手臂上，另一只手拿起杯子上挤好牙膏的牙刷，哄道："张嘴。"

她也就真的闭着眼张了嘴，傻透了，智商骤掉。

直到带着清凉味的牙膏进了嘴，应白才终于清醒过来，她看着这姿势，又下意识转头看了下镜子。

鸡窝一样的头发，熬夜的黑眼圈，还有皱巴巴的衣服，以及脸上的枕头压痕。

她一下子用手扒拉着头发想把自己的脸盖起来，嘴里还叼着刷了一半的牙刷。

应苍林心里乐得够呛，一只手强势地把她那蓬乱草拨开，抬起她的下巴，不客气地说："该看的早看了，十年前你早上就这副德行，真以为自己仙女下凡啊？"

转眼他又笑着说："再说了，王母娘娘下凡，睡觉也指不定流口水呢，别遮了，够美的了，给其他凡人留点活路吧，仙女。"

"说清楚，是七仙女的仙女，还是王母娘娘那种仙女？"应白臊着脸也不忘捍卫仙女的仙权。

应苍林被逗乐了，接了包袱："是紫霞和织女加七仙女再添个嫦娥绑一块都比不上的那种仙女，成了吗？仙女，快点吧，不怕迟到吗？"

说起这个，应白果然就认真刷起牙来，只是催的那个和被催的那个都忘了把人放下来。应白就这么坐在他手臂上，被他抱着刷完牙，又被他抱出去吃早饭。

要不是出门怕被人偷拍，应苍林大概能抱她进车里，让她到剧组前脚都不沾地。

去剧组的路上，应白接了个电话，全程只“嗯”了几声，其余全是电话那头的人在说。

等挂了电话，她似笑非笑地瞟向应苍林，问：“你早上接我电话了？”

“是啊，怎么了？”应苍林回得理直气壮，手上没停打着个方向盘。

“你还有理了是吗？”应白呲了回去。

应苍林啧了一声，半真半假地说：“和我住一起的人，一直喊别人哥，我凭什么没理？”

“你说清楚，是住在一间房子里。”应白忍不住辩道。

可应苍林根本不搭理她，开了个头就没完了，噼里啪啦一通发泄：“从小时候到现在，就会冲我撒野，别人面前挨呲也乖得和猫儿似的，怎么回事儿呢？仙女怎么还搞区别性平易近人？”

应白可算是明白律师生涯对应苍林嘴皮子上的改变有多深刻了，放到之前，让他亲口说句仙女比登天都难，那时候稍微逗下他他就憋着，逗急了就红着耳朵跑走，现在光这二十四个小时就不知道喊了她多少回仙女了。

可应白是谁啊？她生来就是专治他的。她轻轻飞了个眼神，然后收回眼光不看他，若无其事地说了句：“他们又不和我住一起，当然得客气点。”

这句话可让应苍林从头发丝舒坦到指甲盖，在开车的百忙之中抽空看了她一眼，发现她说完撩人的话正装没事人呢，让他手有点痒痒想捏一下她的脸，发泄一下此刻过剩的情感。

不过应苍林到底还是没下毒手，心里哼着小曲一路将车开到了剧组，照例停在五分钟路程外。应白刚想下车，被他一把拽住手腕，有些强势地拉了过去。他直接说：“收工前半个小时发信息。”又带着警告地补了一句，“不许忘了。”

应白的手一挣，从他的钳制下挣脱出来，指尖反客为主滑过他的手背，松松地握住，上身前倾靠近他的耳畔，落下若有似无的一个吻。

“不会忘的。”

应苍林进律师事务所的时候精神抖擞得仿若要去走T台，每根头发都透着“我得意”仨字。

律师事务所的老大看不惯他这德行，再加上今天有例会，他掐着点到的还这副样子，一散会老大就逮着他痛心疾首地教育。

“昨晚让你早走了，今天反而差点迟到，你就这么报答我啊？还想不想今年升高级合伙人了？”

应苍林心里头正飘着，毫不在意这点数落。其实他出门挺早，只是剧组和律师事务所方向相反，等送完应白再回来就差点晚了。

“老大，这还不是看您吗？您推我上去我当牛做马，您先按下我也绝无怨言。”他漫天跑马。

“得了吧啊，我养了几年的猪，来个白菜一勾，就着急忙慌地去拱，瞧你这出息！”老大昨晚还在恨铁不成钢，今天就生气于猪只会拱白菜了。

“猪吃白菜，那也是为了更好地转换为生产力，为律师事务所服务，鞠躬尽瘁，死而后已。”应苍林比他还会跑火车呢。

他不是没出息，他曾经比任何人都在意自尊，比任何人都清高，可经历那么痛的教训，在律师这行磨了那么多年，他早学会分清楚，什么才是最重要的。

“老大，以后我不会迟到的，您放心吧。”做了保证后，应律师总算被放了一马，开始为之前欠下的工作忙碌的一天。

应白刚进剧组，昨天可耻地带着司机一起消失的助理小唐就一脸“我是功臣，但我要低调”的脸色凑过来了。然后小唐仿佛地下党接头一样地小声问：“姐，我特意等在外面，和你一起进去，就没人怀疑了。”

应白有些无语地看着她，心想这么会想，昨儿怎么就先跑了？留下她一人面对狂风暴雨。

她用这形容词时，全然忘了今早自个儿是被“狂风暴雨”抱在怀里刷牙洗脸吃早饭的。

“下次别再自动消失了。”她交代道。

小唐终于后知后觉地感觉到一丝不对劲儿，这马屁没拍到马腿上吧？于是她小心翼翼地问：“姐，那今天……我还要消失吗？”

刚刨的坑，应白就自己掉进去了，真是原汤化原食。

应白沉默了一会儿，想起今早对应苍林的信誓旦旦，才吐出一字：“嗯。”

然后她就看见助理笑得一脸不怀好意，透着满脸的“我懂”的神情。她张口想解释，又觉得确实问心有愧，以前还能嘴硬，但自从出院以后，她不得不承认自己和应苍林，越来越像……做了亏心事还偷偷摸摸的人。

身边小唐那兴奋且刺激的表情，也佐证了这一点。

等应白进了组，李舒正在那儿默词，她上去打算顺便对个戏。

词对完一遍，两个人都还算满意，李舒顺嘴和她提了下，组里的演员都定了，估计这两天会全部进组。

他们边等戏边聊着这事儿，其实总共也就几个配角还没定，还是由于剧本变动后来才找的，据说今天女配角和同一条支线的男四号就会进组。

“师哥不用担心，男四号我之前合作过，演过我弟弟，人不错，公司也不会坏事儿，不会有什么不愉快的。”

“我本来也不担心，何况有你罩着我呢，现在咱俩这条线和角色上的问题都被改得挺好，咱俩这条船，翻不了。”李舒优哉游哉地说。

应白也不知道自己算不算罩了李舒，也不知道自己这样算不算利用了应苍林，她心里不太痛快，尤其想起早上应苍林温热的手腕。

就因为这样，她才不想招惹应苍林的，她欠他的，本来就乱成一团麻了。

执行导演在叫人了，应白按下心里头那些乱七八糟的心思，专心拍戏去了。

应苍林从早上八点忙到晚上，接电话、见客户到嗓子冒烟，就这样了还不忘每半个小时检查一下手机，看有没有信息发过来。

结果到了晚上十点他手机还是没有任何动静，他下拉设置面板看了好几次，有信号、没勿扰、没静音。等到了十点半，平时屁股坐在凳子上就能连看十几个小时案卷不挪窝的人，沉不住气了。

文娱工作者怎么比他们这种劳工阶级下班还没谱？应大律师化身正义使者，打算自费驾车去剧组做一回义务法律援助，重点普及《劳动法》，却也丝毫不想一下自己平时压榨自己和下属都毫不手软。

已经过了下班高峰期，否则平时堵路上的时间都够接送的家长督促孩子做套卷子了。应苍林运气不错，一路绿灯一口气开到剧组，但在进不进去上犯了难。

昨天直接过来剧组，说是第一天作为法律顾问来盯盯场也还行，连续两天还这么晚过来，次数多了，大家也不是瞎的，更何况在娱乐圈里混的人，鼻子比狗灵，眼睛比鹰都尖。

应苍林默默叹了口气，还是把车停在剧组不远处没进去。应白想干什么他知道，犹豫些什么、顾忌些什么他也知道。

他劝不了，也不想劝，只希望到那个时候自己能在她的身边，不再像以前那样让她独自一个人。

应苍林坐在车里，拿出手机，刚要按下语音键，又停了下来，切换了输入框开始打字。

做律师这行的，按小时计费，时间最是宝贵，平时和客户、同事沟通都是打字，一求白纸黑字，二求清晰明了。而出了工作，代偿心理下他通常都是发语音，快捷简单。

可他怕应白不方便在剧组听，所以又耐着性子打字。

应白正在等夜戏。

等戏，是一个演员最基本的自我修养。清早来了妆发弄好，半夜还在等开拍，是最常见不过的体验。资历越浅等得越久。入行几年，演员就都练就了在简陋的折叠椅上倒头就睡的技能。

应白没睡，她倒不是在等自己的戏，她的戏刚刚已经拍完了，正坐在旁边专注地看着前方的拍摄。

镜头前，穿着俗气又浮夸的女孩染了一头半褪色的红毛，发尾褪成黄色，顶上长出了黑发，看上去非常可笑，眼睛上的烟熏妆花了，在眼底留下暗色。

但她的脸是白皙而年轻的，有种莽撞的无知，混合着这些俗气，冲撞成一幅极矛盾的画面。

她转头对着旁边的猥琐男人道："我没钱了。"

男人比她更粗俗，头发剃得只剩层黑茬，眉毛中间被疤隔断，他嚷着："没钱你不晓得去做你那老本行啊？"

他语气平常，仿佛再理所当然不过，却更让人心惊。

女孩沉默了下，用从嗓子里挤出来似的声音干巴巴地说道："我不想做了。"

他嗤笑了下，咧嘴露出牙齿："你要什么脸？"他伸手抓住女孩头顶的头发，扯到身前，狠狠地盯着她，"老子养你，是来赚钱的，你以为你是个什么东西？"

女孩子死死地看着他的眼睛，没有哭，也没有多少伤心的痕迹，就这么看着他，然后眼里暗淡下来。她乖巧地说："晓得了。"

"Cut！"导演喊了停，虽然没夸，不过从他的反应看，显然是比较满意的。

这是女配角和男四号进组的第一场戏，一个不学无术的社会青年，和他以“养”的名义来让她按照自己吩咐做坏事儿的女生。

应白看得专注，姚千千，这是个好苗子，二十二岁，满脸的胶原蛋白，演技虽然还有些青涩，但这种青涩在导演的调教下反而带有一种直接而生猛的意味，算是恰到好处。

她倒没有嫉妒，摸爬滚打了这么多年，应白自然也有自己的优势，换言之，如果想的话，应白能演姚千千的角色，可姚千千现在演不了她的角色。

不过，有这么个潜在的对手在，对她而言不是件坏事儿，会让她时刻保持警惕、保持清醒，随时处于战斗状态，她很满意。

口袋里震了下，应白掏出手机，屏幕上的微光将黑暗中她的脸照亮的那一刻，应白专注了一晚上的神色瞬间柔和下来，如同被润开的一杯茶，温暖又清新。

屏幕上只有几个字。

“我过来了。”

不知道为什么，她浑身的疲惫都在此刻涌了上来，本来打算再看两场接下来的拍摄，现在却一下子不想看了。

她就想去他的身边。

应苍林在车里看着资料，他没开顶灯，看了一天的文件，眼睛也有些吃力。黑暗中盯着屏幕久了，他禁不住摘下眼镜，轻轻揉着睛明穴。

然后他的车窗被轻轻敲响。

应苍林眼睛还有些模糊，也看不太清楚，可还是凭直觉按下了车窗。

回报他的，是轻轻搭在车窗上的应白。

她散着头发，发丝顺着夜风飘进他的车窗，背后的路灯在她的身后投射下昏黄的光晕。

她的唇上挂着笑容，小小的酒窝现了出来，眉眼间没有忧愁，只有他的倒影。

“你来接我回家吗？”

应苍林就这么看了一会儿，才记起来回答：“我带你回家。”

应白垂下眼，静了一会儿，然后抬起眼看他，笑着说：“快带我回家吧，我等你好久了。”

回了家她也没消停。

她见到应苍林之前，一点也不饿，一整天都没吃什么东西，可不知道为什么，见到应苍林以后，肚子就擅自产生了食欲，叫了一路。

这简直是对她的公开处刑。

两人本来还在聊着拍摄的事儿，突然她的肚子就轻轻叫了起来，好死不死，车里放的《自新大陆》正停了一拍半，那声腹鸣被听个正着，随后背景乐就响起了最为雄壮威严的主调。

与宏大的背景乐不同，两个人不约而同地沉默下来，只剩下圆号和小号恢宏的声音在封闭的车厢里回荡。

两个人僵在那里，直到肚子叫了第二声，应白才有些绝望地闭了眼。应苍林忍了下笑，悄悄按了方向盘后的按键调大了音量，然后说：“先不回家，带你去个好地方。”然后他踩了油门，加快了速度。

应白当鸵鸟埋了一路的头，等到地方下了车，应白才发现，应苍林带她去了他的母校。

她曾经偷偷来过的地方。

深夜十二点半，校园里空下来了，没有多少人，只剩下热闹后残存下来的余韵。

这是在市中心的老校区，房子建得都不高，学生宿舍有些老旧，教学楼更是只有四层，里面教室没有中央通风系统，夏天靠大三匹的立式空调，冬天靠墙边铺的暖气片，连跑道都是这几年才换的塑胶跑道，以前还是扎人的煤渣跑道。

但有一个好处，就是绿化做得好极了，学校建校百年有余，这个校区也用了四十多年了，最开始栽下的梧桐早已参天。

路上没什么人，应白就没有戴口罩，只用丝巾稍稍遮挡了下，和应苍林一同走在校园里。

路灯孤独地亮着，昏黄的光将一切染成一种过时的颜色，走在老旧的建筑中，连时间都似乎错乱了。

他们的面容随着光影时明时暗，如同隔了一层凹凸不平的雾玻璃，两个人被关在错乱的空间里，旁人都介入不了。

应苍林一边走，一边用有些轻松又有些怀念的声音给她介绍着。

“这里是数学系，他们基础学科建得早，就一个系，也占了这栋小楼，当时学校不少院系都觊觎得很。”应苍林指着旁边一栋爬满了藤蔓的红顶灰墙小楼说道。

“那边是学生中心，现在叫大活，和食堂就上下楼，我们当时打辩论赛，训练完就去食堂点吃的，然后打包上去边吃边侃，胡侃一晚上，什么都聊，就是不聊辩稿。”他眉眼间染上淡淡的笑意，仿佛想起什么趣事儿。

“还有那是操场，小得够可以的，旁边篮球场就圈了那么点地，所以那时候常常都要‘斗牛’，没办法，场地实在不够。”眼神里浮现出一点熟悉的意气风发，他好像还是当年那个男生。

他们一路走到了草坪，旁边是大礼堂，说是大礼堂，其实小得不得了。大礼堂前面栽了棵长得极其茂盛的玉堂春，玉堂春在暗夜里开着花，在夏夜里落了一场带香的雪。

应苍林今夜明显有些兴奋，经过树下时轻轻跳起，摘下了一朵将将要坠落的玉兰。他被西装包裹着的身体在跳跃中舒展，落地后转手将玉兰插在了应白的耳畔。

应白下意识地去扶了扶要坠下的那朵玉兰，有些恍惚地看着他。没等她反应过来，应苍林就牵了她的手腕，牢牢地握在掌心，手的温度在凉夜里算得上滚烫。

他们两个人就像一对普通的学生情侣一样，漫步在深夜的校园中，享受着宵禁前最后的时光。

应白不知道为什么脸上浮起一点温度——大概是被他传染的，她偷偷将脸埋进丝巾里，心里这样想着。

再往前走就进了草坪，草坪长得郁郁葱葱惹人喜爱。草坪不远处是学校的塔楼，在那个年代算高的，旁边延伸开两排矮楼，全是灰色泥砖砌的。

令人错乱的是，就在塔楼的后面，就是极高的摩天大楼，极富现代感设计的玻璃高楼散射着荧光，顶尖投掷下的影子就这么倒置在古朴的校园里。

他们同时望向这幅错置的景象，荒诞的撕裂感让过去和现在交叠，应白无端地回忆起好多年前偷偷来这个学校时的那夜，她是否也曾看过这样的景象。

“我当时晚上最爱来这儿，就躺草坪上，有时候和人聊天，有时候自己来。”应苍林突然说道。

应白知道。

她记起来了，自己偷偷过来的那次，就看见应苍林一个人躺在这儿，望着外面这座高耸的楼。当时她还在想，这有什么好看的呢?

“因为往那边望，是你们学校。”他转过头来，望着应白的眼睛说道。

应白的方向感很差，差到来这边高等学府念书的第一天，在火车站都走错了南北广场，没碰到接新生的学长学姐，一个人扛着行李坐了一个多小时的公交去的学校；差到进学校后一个多月才终于记住了各个教室和练功房的位置；差到第一次去兼职，转错了车，走了半个小时才走到摄影棚，因为迟到被扣了一半薪水。

她那时候想过自己就这么消失在世界上算了，却又怕这些不好的消息打扰到他们一家，最后鼓起勇气，偷偷地第一次也是最后一次跑到他学校来看他，却根本连路也找不到，一个人迷路到了晚上。

可偏偏那天，偏偏她偷偷来的唯一一次，应白在这么大、这么多人的学校里，在内心绝望到想要放弃的时候，碰巧看到了草坪上的他。

她看到了他，就再也不想消失了，心里面生出无望的贪婪，总想再往前路走着看看，万一她能求得光亮，再去见他呢？

何况，她到底不是这样懦弱的人，所以就嚼碎了苦，一路走到现在。

她一直把这当作命运最后的仁慈。

“你知道我学校在哪儿？”她尽可能平稳地问。

应苍林望过来的眼神里满是坦然，平静下面仿佛有夜晚涌动的海，黑沉沉的，却又藏着夜风。

“我知道。

“你去B市报考戏剧进修学院的时候，我就找了地图用尺子测算过，不管你考戏剧专业还是电影专业，我自己理想的学院中，这所是离你学校最近的，所以我后来直接选了这所学院。

“我当时想，等一起上了进修学院，我还像以前那样，每天骑自行车接你，记得那次毕业学长回校交流时，我光记得问这附近小吃一条街什么最好吃了，打算到时候带你一家家吃过去。

“你老是不好好吃饭，就喜欢吃这些乱七八糟的。”

说到最后，应苍林叹息地笑着，低下了头。

应白的鼻腔里涌起一股酸意，可她不能哭，不能这样软弱，就用力眨了眨眼，把热意逼了下去，半天，才用带着一点鼻腔的声音说道：“我早就不吃零食了。”

这是实话，她后来再也没有吃过零食，甚至连饭都没怎么好好吃，开始是因为没钱，后来是因为减重。

可今晚她很想和应苍林好好吃些东西，去吃她错过的那么多年里，应苍林一个人吃过的那些“她爱吃的乱七八糟的东西”。

应苍林又牵了她的手，往西门那边去，絮絮叨叨地说着些无关紧要的话，带她走向烟火沉重却温暖平凡的人世间。

艺术节正在如火如荼地展开，现在班级里的每节体育课都被挪用来练习交谊舞了。

最后一次练习时，三班的活动负责人已经把正式比赛时要穿的裙子和舞鞋买好了。因为费用有限，衣服和鞋子都是去动物园那片批发的，买齐后装在超大的蛇皮袋子里。这袋子太大了，活动负责人还是专门找的十一班的一个男生去扛的。

两人前前后后往批发市场钻了几回，又哼哧哼哧共同扛了几次大包，在汗水和劳动里浇铸出不一样的革命友谊，到后来，就是点针头线脑，也要两个人臊着脸一起去拿，醉翁之意不在酒。

体育课正好是下午第一节课，女生们上午第四节课后就在教室里分好了衣服和鞋子，约好了下午换好了之后再去操场，当作比赛前最后一次彩排。

这风十分及时地通过两班活动负责人的私下联系从三班传到了十一班，那个年代的男生还保留着一点生猛的纯情，对自己舞伴的新模样总是抱有羞涩又憧憬的幻想。

应白中午和同学在食堂吃着饭，手机震了一下，她不动声色地往桌子下扫了一眼。

“听说我们班的活动负责人把舞裙拿到你们班上了。”

应白看着短信发送者上的“林林”，笑了起来，还是那个倔样子，心中明明想要什么，嘴上就偏偏不提什么，说话也只肯说一半，可她已经给过林林足够多的优待了，得换林林一步步向自己走近才行——走进她的陷阱。

所以应白没有理那条短信，继续吃着饭。

出食堂的时候，应白还在和同学说着无关紧要的俏皮话，抬眼就正好看见前面柳树下站了个人，那人穿着白衬衫，肩背舒展，将衬衫撑得齐整。

他什么时候长这么高了？应白忽然有些恍惚地想，然后看见陶苍林望了过来，于是她轻轻地笑了，连她自己也说不清为什么会笑。

同学看了看陶苍林，又看了看笑得别有意味的应白，似乎明白了这段时间她为什么老是犯蠢。同学无奈地撇了撇嘴角，毅然决然地表示自己瓦数太高，要去降降温。

应白等同学走了才往树下走去。柳条在艳阳里辟出一方短暂的阴凉，光线漏下来洒在男生白净的脸庞上，她知道这双眼睛会望着自己，也能容得下自己，可还不够，她要完全的臣服。

“怎么了？”她笑得平常，轻声问道。

陶苍林没有立刻回答，过了一会儿才说：“我给你发短信了。”

应白轻呼了声，有些意外的样子，掏出手机来好像是第一次看到一样，甚至将那句短信重新念了一遍：“听说我们班活动负责人把舞裙拿到你们班上了。

“然后呢？”她笑眯眯地问，等待着陶苍林的回答。

男生望向她的笑眼，她的眼睛弯弯的，好看又明亮，连唇角都翘得恰到好处。她明明什么都知道，却又把什么都不知道的模样装得这么好。

“你们下午要换的吧？”陶苍林憋了好久，才憋出这么一句。

“对呀，怎么了？”应白游刃有余地应对着。

陶苍林再不说话了，就这么看着她，眼神干净得和他的白衬衫一样，透着光亮和无言的诉求。他只是想看看，想在班上那群只会起哄的小子之前，想在操场上那些爱凑热闹的同学之前，想在所有人之前，看看她穿舞裙的模样。

可他说不出口。

所以陶苍林伸出了手，借着树荫的遮掩，悄悄地握住了她的手腕。手腕细细的，腕骨伶仃突出一点点，硌在掌心里，让他忍不住心微微动了一下。他轻轻揉了下掌中的手腕，撒娇一样。

应白最受不了他这样，太赖皮了。

陶苍林不爱说话，尤其不爱说软话，以前只是硬扛，可总有扛不过去的时候，每当这种时候，陶苍林最多也只会像这样，轻轻揉揉她的手腕。

这对他来说，就已经算示弱和撒娇了。

可偏偏应白吃这套。她凑了过去，停在极近的距离，两人都能看得清彼此的睫毛。然后她眨了眨眼，问道："你是想先看吗？"

陶苍林闭着嘴没有说话，应白的手腕从他的掌中挣脱出来，她轻轻地问："是不是呀？"

他终于败下阵来，悄悄点了下头，就一下。

即便他们的关系已经拉近，可这么幼稚又霸道的占有欲，还是令陶苍林觉得难以启齿。

应白笑了，凑到他耳畔，呼着气说道："十五分钟后，七楼广播室外面，等我。"

风吹过柳枝，将所有的秘密都藏在风里，只有他们两个人知道。

七楼的广播室门关得好好的，没有人，也没有声响。

学院塔楼的大时钟指到十二点四十五分的时候，才有人站在了那道门前。他没有钥匙，停在那里，有些犹豫地举手敲了下门。

咔嗒，门开了一条缝，没有看见人，却只见从那边的缝隙中伸出一只手，握住了停在门前那人的一点点衬衫下摆。那只手没有用多少力气，可站在门前的男生似乎没有反抗，一点点地被拖进了门里。

虽是艳阳高照的中午，这里却始终被阴凉掩盖。室内没有开灯，所以更多了分昏暗，一只蜻蜓从半开的窗台外飞了进来，这只从晚夏中幸存下来的不合时宜的飞虫，在白蒙蒙的窗帘上顶出一点痕迹。

“你……”陶苍林望着应白，只说了一个字就住口了。

应白一步步地逼近过来，步伐放得很慢，可陶苍林却不由自主地后退，直到碰到椅子，下意识坐了下来。

“你想问，我为什么还没换舞裙？”她主动开口问道。

陶苍林答不出话来，他的眼神不自觉地下移，却被应白唤了一声，强迫着他对视。她继续问道：“嗯？”

陶苍林有些不适应地移开了下巴，半天才含糊地吐出一句：“你答应我的。”

小小的、清脆的笑回响在狭小的广播室里，应白眉眼弯弯地说道：“我确实答应你让你先看，可我还有一个要求。

“叫姐姐。”

陶苍林猛地移开些距离，有些错愕地看着她，直到确认她玩味的眼神下面是再认真不过的神色，放在腿上的手才一下子攥紧了，将裤子都弄皱了。

“你要叫吗？”她眼里闪着恶意的光，故意问道。

“不叫。”

他回答得干脆利落、毫不犹豫，捎带还把她的膝盖一起顶开了。

应白被他气得发笑：“就这么不想叫？”随即她用一种讲道理的大人口吻开导起他来，“我比你大，是你姐姐，你叫一声又不吃亏。”

可不知为什么，她琥珀色的眼珠里没有光，反而充斥着暗色，她就这样盯着陶苍林，仿佛狩猎一样等待着他将那两个字说出口。与话里透着的亲热劲儿不同，她的脸上隐隐透着戾气，藏在漂亮极了的五官下，把她衬成了一柄薄刃，利得足以划破所有温情。

只是此刻陶苍林正倔头倔脑地偏过头犯浑，因此正好错过了她的表情。

应白的话像点燃了炮仗，他克制不住自己的反应，一下子站了起来。半大小伙子最是不知惜力，他起身的力道将椅子带得摇晃，他虽然伸手去挡，椅子却还是撞了下桌脚，连带着让桌面上的保温杯也啪的一声倒了下来，暗红色的茶水流淌开来。

陶苍林又手忙脚乱地抢救杯子，可无论他动作多快，放在旁边的红裙子还是被浸湿了一大块。

他有些懊恼地抽了纸巾去擦，但染了茶水的裙子哪里能轻易擦干净？他搓得手都发红了，可等展开裙子查看时，还是多了一大片脏污。

做错了事儿的人，自然心虚。

他的唇线轻轻抿起来，眉梢眼角都是肉眼可见的懊悔，可即便这样，他还是不肯松口，只盯着身前的一小块地板，挣扎了一会儿，既没办法大方道歉，也无法坦诚内心，最后还是硬邦邦地说："裙子我来处理，如果坏了我赔你。"

他再抬起头来时，那双亮极了的眼睛里倒映着应白的影子，亮得仿佛里面燃了火光。他脱口而出的话也变得直白又热烈，仿佛整个人都被眼睛里的那团火带得一同烧了起来。

"但我不叫你姐姐，因为你不是我姐姐。我不是小孩，我不需要姐姐。"

他说得颠三倒四、语义不通，可应白却似乎能看穿他眼底最深处的那些情绪。她静静地瞧着陶苍林，有一种浮皮潦草的安静，浅浅浮在面上，仿佛一戳就会破。

"那我是什么呢？"

陶苍林张了张口，却不知道说些什么，他直觉有些不对劲儿，两个人仿佛频率不同的两只鲸鱼，在同一片大海相遇，却无法互相理解，只让孤独感变得更深了。

可他偏要勉强。

“你不是，但你……”

没等陶苍林说完，她就用一个苍白的笑容阻止了他接下来的话：“我也不想的。”

应白轻轻松松地将比她高半个头的陶苍林推开来，故作轻松地冲他笑了一下，轻轻眨眼道：“记得处理好裙子，你答应过的。”说罢她转头就离开了。

陶苍林站在原地，徒劳地伸出手，却只轻轻地擦过了应白的衣角。

后来陶苍林才知道，当时应白脸上的表情是悲伤，只是那时候他太年少，理解不了，也什么都不能做。

那条红裙子没有出现在下午的体育课上，而是在半夜十二点半，湿答答地搭在了四楼的阳台上。

肇事者悄悄潜进浴室里，借着洗澡的工夫将裙子搓干净。

这是他第一次给人洗衣服，还有些不熟练，怕力气太大，只能有些笨拙地、小心地洗着，把自己弄脏的地方一点点洗干净，连拧干也不敢完全使劲儿，于是湿漉漉的裙子挂上去后，凝聚的水珠顺着裙摆间或落在下层的遮雨棚上，滴滴答答，让人心慌。

他又将裙子收了进来，在浴室用毛巾仔细吸了几遍水，然后挂在架子上开了暖风。尽管知道母亲晚上很少会来二楼，可他还是自己站在浴室门口守着，每半个小时就进去确认一下。

裙子的主人则早就睡了，一觉睡到天亮。

等到第二天交谊舞比赛正式开始，陶苍林还在那里不得劲儿，下课就跑去了三班门口，守在那儿也不过去，也不说话。

直到女生们打扮好一个个出来，才发现除了吊带裙，每个人在外面都穿了开衫，连胳膊都没露出来。

应白走在最后，看着有些呆了的陶苍林，目不斜视地走了过去，在离他只差一寸远的地方轻轻飞了个眼神，带着一点笑，裙摆荡过他的裤线。昨天短暂展露过的脆弱已经完全看不见踪影，她又变成了那个爱笑爱捉弄人的应白。她轻巧地点了他一句：“你真以为我们就穿个吊带？傻子。”说完，她连陶苍林的反应也不看就转身走了。

他愣在原地，半天才失笑地低下头，再抬起来时，眼里也染上了笑。

操场上渐渐热闹了起来，各班都搬了椅子坐在自己的方阵，有不老实的干脆坐上了围栏，还有坐在单杠上的，同学们三三两两聊着天。

老师也懒得管人了，教育了两句，让他们从栏杆上下来，结果一错眼他们就又上去了，跟猴一样。老师干脆拎了桶水把围栏全泼湿了，谁都不让上，不高的单杠就算了。

这里面最烦人的就是应白。

人家一窝蜂玩的时候，她不稀罕，等大家被老师赶得没兴致了，她偏偏要去。

她也不想想自己穿着裙子，还不自量力地打算撑上去，可她的体育太差劲儿了，八百米跑到缺氧才能擦着四分三十六秒的及格线过的那种差劲儿。

所以她在单杠上刚撑了一半就落下来了，眼看要摔，被看不过眼的陶苍林接了个正着。

他老早就在旁边看着，早知道这人是心血来潮和不自量力的集大成者，心血来潮不要紧，不自量力也不要紧，两样混一起还要上杆子就是找罪受。

于是陶苍林一直胆战心惊地在旁边守着，等她落下来，赶紧上去扶好，让应白饱受折磨的脚踝不至于再遭一次罪。他心里有些气，想说说她，可还没开口，数落的话就被这人不知罪的灿烂笑容堵了下去。

她还嫌不够，一点没察觉一样，对他信口开河地提要求：“我要上去，扶我上去。”

她笑得那么好看，陶苍林就拒绝不了了。

应白撑着他的肩，他快速环顾了下周围，飞快地握住应白的腰，轻轻一举就把她抱上了单杠。

应白上去了，却不让他走，死死抓住他的肩做着支撑，稍微一动，就低下眼睛看他，小声问道："你要走了吗？"

他当然得走。这里是操场，同学、老师，那么多双眼睛都可能看到角落里的这一幕，这样说不过去的。

可当应白用黑釉一样的瞳色看着他，放下一点姿态，用小小的声音再一次轻轻问他"你要走了吗"，他就再也走不了了。

咔嚓！

亮光闪醒了对视的两人，陶苍林极警觉地看了过去，是同学王然拿着家里带来的相机拍了一张照。

见他看过来，王然快速地眨了下左眼，挑着眉毛打了个招呼，然后就溜了。

这天，他们就这样阴错阳差地留下了第一张合照。

不是起舞时的漂亮模样，也算不上亲密，更没有什么特殊的含义，只是一张姿势有些尴尬，神情略带错愕的抓拍照。

最后，第十六届交谊舞比赛，三班和十一班获得了第四名，这个中不溜的名次正好错过前三名的褒奖范围。

没有奖状，没有奖品，最后留下的，只有一张存在别人胶卷里的合照。

夏天总是过得格外快，炎热将感观拉长，人处在其中，在察觉之前时间就飞快地流走了。

在学习、舞蹈比赛和各种艺术节活动中，天气迅速凉了下来，连秋老虎都没有嚣张多久，一眨眼就到了冬天。

南方水汽重，阴凉透进骨头里，又没有统一供暖，所以房间里放了取暖的油汀，但应白皮肤薄，靠得近了就容易脸红，离得远了手脚就冰凉。

所以她到了冬天，不自觉地变得更烦人了。

陶苍林体温高，跟个暖炉一样，手心永远都是暖的，好像不知道冷一样，只要靠近他，应白就觉得整个人都变得暖和了一些，因此也更加爱招惹他了。

她自己没有察觉，陶苍林却发现了，他不动声色地利用了这一点。

晚自习下课后，两人回家没有再骑车。冬天骑自行车风太大，吹得应白耳朵疼，她皮肤娇贵，容易生冻疮。自从那次骑车完回家，他发现应白的耳朵有些红紫的痕迹，像是要发冻疮的样子，就没再骑过车了。

他看着应白冻红的耳朵，心里不是滋味。应白倒没说什么，她早习惯生冻疮了，每到冬天都这么来一回，根本不当回事儿。

那晚他下楼找了借口，拐弯抹角地问妈妈要治冻疮的药，可家里人除了应白都没这毛病，所以没有备。反倒他被妈妈拉着转了一圈，仔细看是不是他突然生了冻疮。

陶苍林想了借口搪塞了过去，落荒而逃。

但他没回房间，就这么站在二楼楼梯转角，静静等着。

冬天真冷啊，哪怕窗户关实了，冷风也会从楼梯窗户缝里透进来，他这么不怕冷的人，站久了，手脚也有些麻。他没跺脚，就这么站着，怕声响太大被妈妈察觉。等到楼下浴室里终于传来响动，陶苍林才飞快而小心地下楼出了门。

他在冬日的夜里奔跑着，将冻麻的四肢都跑得热了，头上一盏盏的路灯掠过，投下来的光影在眼底飞快地滑过。

这样冷的天，他的心脏却怦怦跳着，热血从心脏处跳动着奔向身体的每个角落，刀子一样的风刮过脸也察觉不了，他心是热的，血是热的，身体也是热的。

等跑到小区外面的药店时，陶苍林连气也喘不过来，终于赶上了闭店前最后的营业时间。

店老板看着男生似风一样跑过来，然后俯下身撑着膝盖喘了好一会儿。

老板颇觉好笑地说："你好生喘喘再说，今儿不着急关门，等你买完我再关。"

"老……老板，预防冻疮，要……什么药？"他却来不及平复，喘着粗气问。

老板给他推荐了几种药，陶苍林特意接过闻了闻，味道有些大，应白估计不爱涂，他犹豫了下，还是买了效果最好的蛇油，然后掐着点跑了回去，总算赶在母亲洗漱完之前回了房间。

等到楼下完全安静下来，他敲开了应白的门。

夜里静悄悄的，只有北风被关在玻璃窗外，呜呜声从窗缝里泄进来一点，月亮都被吹得发凉。房间里很暖和，与冬夜隔开温差，水雾结在玻璃上，划出狼狈的泪痕。

敲门声虽然轻，却持久得很，就这么不断响起。应白终于还是烦了，起身开了门，脸上是一片红，一看就是和油汀离得很近，被生生烤出来的。她怕冷，所以烤起来也没有节制，一味地把开关拧到最大，一会儿就觉得颧骨都隐隐发烫，有些难受，于是脸上连带着也没有好气。她有气无力地问他来干吗。

陶苍林却没有回答，只是沉默地从怀里掏出了个袋子，然后打开袋子里的药，递了过去。

可应白不接，光拿那双眼睛瞧他。

陶苍林没有办法，舌头和被猫叼了一样，也不懂得解释，反而有些笨拙地打开盒子，用指尖从里面挖了些药膏出来。

应白像嗅食的小猫一样，凑到他的指尖上闻了闻，然后鼻子微微皱了起来，抬眼瞪着他，挑剔又难搞。

陶苍林却觉得有些可爱，很像小动物。

没救了。

他笨嘴笨舌的，也不会说什么好听的话哄她，只能对着药盒上的说明照本宣科，再加一两句药店老板那学来的话。

“这个是最有效的，涂上去之后就不会那么痛痒了，味道是不太好，不过我可以帮你……我帮你吹吹。”他说到最后，自己都磕巴了起来。

应白简直要笑起来，觉得他傻，又觉得他傻得有些可爱。

所以她难得老实一回，让林林小心地将自己耳鬓的长发撩到耳后。他的动作不算熟练，偶尔还有一缕发丝漏了出来，挠在耳朵上，混着冻伤，更加痒了。

她下意识就要去抓，却被陶苍林抓住了手腕。他笨拙地劝着她：“涂了药就不痒了，马上就好，就一下下。”

他没有食言，一会儿就有什么软软的东西轻轻沾上了她的耳郭，还带着些暖意，大概是被他用掌心温热过了。他指尖一路滑下，停在红紫的痕迹那轻轻地揉了下。

那滋味说不清楚，又痒又麻还有些疼。

陶苍林的动作很老实，接触到她皮肤的都是药膏，他的手指并没有用力到实处，只是将药膏轻轻推开。

等涂完了，他往旁边侧了侧身，避开应白的视线，收拾起东西就打算走。

她倒是老老实实进了被子，可刚被焐热的脚触到冰凉的被窝就不自觉地蜷缩起来，放在床旁的手，握住了他的无名指。

应白没用多少力气，也没用那双会说话的眼睛看他，更没有做什么多余的动作，她只是窝在被子里，身体蜷曲，闭着眼睛躺在枕头上，睫毛都在颤着，握着他的手指迅速凉了下来。

陶苍林看了一会儿，他该走的，在应白房间留太久终归不合适，晚上妈妈也可能上来看他们有没有睡。

应白闭着眼在黑暗里等了一会儿，只等来他松了的手和离开的脚步声。

她没睁眼，也没抬头，心里说不清什么感觉，不是生气，不是失望，也不是伤心。他不过是自己的玩具，玩具不听话，丢掉就好了。

她本来就没有动真心，只是突然有些觉得冷，被子里太冷了，大概是这个原因吧？

被子里开始有些温度，她自己的体温烘得被窝终于不那么冷了，但还是凉凉的，脚伸过去都分不出脚和被子哪个更冷。

应白躺在一片冰凉里昏昏欲睡，她早习惯这样的温度了，直到被子里窜进一阵风，她才下意识打了个冷战。

然后被窝里就多了个热乎乎的东西。

陶苍林去楼下灌了热水袋上来，接的滚烫的水。他就这么将热水袋捧在手里，三两步就跑上了楼，手被烫红了一大块，他都没发现。

等到要打开应白房门时，他才后知后觉手里的热水袋似乎还太烫了，于是把身上的外套脱了下来在上面裹了一层，才将热水袋塞进应白的被子里面。

“这个还热，所以裹了层衣服，等待会儿凉些了你用脚把衣服踢开就行。”

他还没学会说好听的话，这句有些多余的叮嘱就已经是此时的他能说出的最接近温柔的话语了。说完他就安静地走了，还替她把门关上，把初冬的寒意都隔在了外面。

后来很多个冬夜里，陶苍林总是会记得在睡前给她灌热水袋，然后再一大早起来去她房间拿走，以防被妈妈发现。

这样的日子持续了很久，直到应白去参加艺术集训。

第七章

YINGBAI

深渊

新学期开学没多久，应白去了B市集训。

她打算报考更专业的戏剧进修学院。

这个决定来得有些突然，应白并没有底子，之前也浪费了不少时间，每天都在浑浑噩噩地过日子，毕业后要怎样，她从来没有想过。

可是家长不能不想，应白的父亲在老师的催促下，终于在期末抽空去了一趟学校。老师语重心长地和他陈述利弊，目前学院里的大多同学都打算毕业后继续报考更高领域的进修学院，而应白目前成绩一般，估计只能正常毕业。基于她优秀的外形，老师综合之下，还是给她推荐了表演专业。

虽然表演这条路竞争最大，但回报也高，何况她的外形是一等一的出挑，她可以先往这条路培训试试，要是不行，再转音乐剧表演这种竞争小一些的也来得及。

老师说得认真，应父也听得认真，唯独应白无可无不可，家里和学院都这么想，她也就点了头。

可她从头到尾都忘记告诉一个人了。

恰好这段时间应父接了工程很少回来，陶阿姨也被单位派去出短途差，所以阴错阳差，到头来真没人特意告诉他一声。

直到应白要离开的前一天，陶苍林还傻乎乎地照例按时给她灌好热水袋送过去。

只是这次开门时，应白并没有像平时那样撑着疲惫的眼皮熬夜，也没有昏昏欲睡地半躺在被窝里打盹。她立在房间正中，弯着腰往摊开的行李箱里扔衣服。

看见陶苍林进来，应白只是短暂地瞥了他一眼就移开了视线，目光比窗外落进来的月光还要轻。

“我要出门一段时间。”她只简短解释了一句，又补了几个字，“明天就走。”

陶苍林有些说不出话来，不知道为什么，这一刻对他来说似乎不那么意外。

尽管他们之间已经靠近了不少，可对陶苍林而言，应白从来都像风，即便短暂地从大海上吹拂而来，即便海风吹满怀，可只要紧一紧手臂，他就会徒劳地发现她从来没有停留过。

他没有办法留住风，可他早把自己变成了风筝，风筝无法落地，只有在风里才是自由的。

“你会回来吧？”陶苍林听见自己问，语气里藏的是他自己都觉得可笑的一点希望，可他抑制不住地继续追问，“一段时间是多久？多久才回来？”

在他说话的时候，应白从没停止动作。她赤着脚站在木地板上，自顾自地收拾着，直到听见他的问题，才终于回过头来看他。

他还是那副倔头倔脑的模样，心思都浮在眼睛里，再好懂不过。

应白在心里想着，眼前这个人，大概终于被她完全驯服，再也不是当初那个骄矜自持的男生，成了被她握着线的风筝，她往哪里扯，他就往哪里飞。

她终于要达成目的了，可这一刻，应白却不觉得喜悦，图谋已久的真心就这样落入她的手里，她却只觉得血淋淋的，叫她光看一眼，就觉得负压开始挤压起胸膛，叫她的内脏也一片郁结酸胀。

应白有些狼狈地移开视线，胡乱点了点头，就想打发他走，可她蹲下自顾自地继续收拾了一会儿，再站起来时，发现陶苍林还是站在原地。

只要她望过来，陶苍林就觉得从身体里开始冒起小小的水泡，不受他控制地咕噜咕噜往外钻。

他既想像每个能尽情发脾气的小孩一样埋怨应白，又觉得该表现得成熟大方些，还混杂着一些他说不出口也还不愿承认的情绪。

他想了许多，最后却只是伸出手，把手里还暖乎乎的热水袋递给应白，嘴巴和蚌壳一样闭得死紧，只在应白看过来后，才十分简单地解释了一句。

“你的脚会冷，记得带去。”

然后他就看见应白似乎愣了下，接着低下头，乌黑的发丝瞬间垂落下去，如云朵遮住星子一样掩盖了她的眼睛。

她半蹲在地上，又垂着头，因此动作看上去倒有些像初生的婴儿，回归了最原始的自我防御姿态，她的肩背太单薄了，在散了满地的行李中间显得那么瘦。

陶苍林发觉她似乎在轻微颤抖，可还不等他抓住脑海中一闪而过的直觉，应白就抬起了头，神色如常，还有余力地笑他一句。

“怎么？这算是送个纪念物给我，让我带在身边别忘记你吗？”

陶苍林没这么打算，可他听见应白说时，却并不讨厌这样的说法。

看他默认一样没有说话，应白站了起来，语气轻松地和他说道：“别送这个了，我另外挑一个当纪念物吧。”

陶苍林不晓得应白又想了什么办法捉弄他，眼前这个人漂亮的外表下，总有太多他无法理解的怪想法和新主意。

可这次应白的要求十分朴素，朴素到不值一提。

“送一块你的橡皮给我吧。”

陶苍林简直怀疑自己听错了，可应白的神情却非常笃定，所以他只能转身回房拿了橡皮过来。

当他把东西放进应白摊开的掌心时，陶苍林依然不明白应白的心思，可应白既然要了，他自然会给。

但应白对待这个已经有些旧了的橡皮，态度却比他想象中要珍重得多。

她翻转掌心，将那块橡皮藏进手心里，然后今夜第一次直视起陶苍林的双眼，一个字一个字地保证。

“我会一直带着它的，我保证。”

她的语气认真，那股在他面前从来没卸下过的嬉笑作乱的劲儿全然不见了，反倒像静静发酵的醪糟，甜里藏着一点酸涩。

那时候的陶苍林还听不明白，也想不明白，更不知道，应白许下的形形色色的好听话里，只有最后这一句她做到了。

拍摄进行得很顺利，只是应苍林总算见识到了剧组日夜颠倒的时间安排有多离谱。

他自觉他目前职业生涯的工作时间已近乎极限挑战，结果应白上下班比他还没数，早上还能送送，晚上什么时候收工简直没个准点。

应苍林本来想去接送，可前段时间放纵的代价，就是现在被那位老大当机器使。老大给他安排的行程从早上八点到晚上十点，每一分钟都有活，他去上厕所，他的助理都恨不得站在门口掐个秒表计时。

而且他怀疑，如果不是因为助理和他的性别有别，在老大的指示下，助理是真做得出来进厕所守着他这种事儿的。

应苍林痛定思痛，没有得出以后不耽误工作的正确结论，反而反省自己的脸皮太薄，应该干脆翘班不来。同时他对应白心生怨恨，她的心里还有没有他这个前男友了？怎么同城还谈出个异地恋的效果了？

可是他也不想想，自己根本没正式和人确立关系过，顶多算个单相思的棒槌，连个前男友的头衔都混不上，怎么还好意思让人家心里有他？

可应苍林就好意思，不仅心里这么想，口头上还要表达出来。

这天应白又是凌晨三点才到家，她灯也没开，直接去了客卧。妆容已经在剧组卸了，她即刻就打算睡觉，可大概是过了困劲儿，她躺在床上半睡不睡的。

迷迷糊糊间，身边塌陷下去一块，然后身后拥来一个温热的怀抱，她单薄的背陷进去，正好嵌了满怀，仿佛天造地设。

应白却有些耳热，嘟囔着“热”往旁边挪，应苍林本就是来算账的，立刻将她抓了回来，抱得更紧了，质问道：“你以前那么怕冷，我天天给你灌热水袋的时候你适应得很，跟我躺一块就开始嫌热了？”

“那是冬天。”她不和幼稚又难搞的人计较，尽显大人本色，语气平稳地回答。

“所以现在到了夏天，就用完丢一边了？回来得越来越晚不说，信息也不回，现在还敢推我？”

“太晚了，不方便。”她把头埋进枕头里，声音闷闷地传来。

低低的笑声从身后传来，他灼热的呼吸喷在脸颊旁，让人听了就心里痒痒：“不方便？你给我添的麻烦还少？”

“方不方便，我说了算，再敢有一次让我独守空房，立刻就地正法。”

他如今说起这些话来简直没个节制，手也收紧了握着她的腰，过了一会儿，动作却缓了下来。他将手抽出来，将应白转向他这边。

“怎么瘦了这么多？”他这些天最多早上送她时与她见见面，其他时候应白回来倒头就睡，他知道她瘦了，可今天抱在怀里，才发现她瘦成这样。

应白三言两语想岔过去：“我本来就瘦，而且女演员里我算有肉的了。”

“这叫有肉吗？”

他有些气地拎起应白的手腕，她的手腕细到腕骨都凸了出来，硌在他宽大的掌心里，显得格外可怜。

应白正犯着困，不想花时间和他论证女明星保持身材和事业发展潜力的正相关性，也不想费力气给他翻手机，让他看看今天微博上她的“路透”下面还有人嫌她的脸有些肿，叹了口气就用了劲儿想要转身。

可应苍林把她困在怀里，手滑过她有些现出来的肋骨、瘦削的锁骨，最后绕过去停在她突出的蝴蝶骨上。

“我知道你拼命，但这样拼，你真不要命了？”他将她抱得紧了些，下巴抵着她的额头，声音柔下来。

“不许虐待自己。”

“好好养着，一两肉都不许再掉了，否则小心我以侵害我个人权利为由起诉你。”他最后轻轻吻过她的唇，温柔地警告。

应白闭着眼，半天没说话，却在他要离开时，凑上去亲了他一下，最幼稚的那种亲法，发出一点响声。

幼稚真的是会传染的。

“我知道了嘛。”应白明明在心里骂他小气鬼，唇边却挂了一点点笑。

应苍林看着她眼下连在昏暗的夜灯里都十分明显的青色，和怀里瘦得轻飘飘的身子，认命一样叹了口气，把她的脑袋往自己怀里一按：“快睡吧，明天早上我叫你。”

他又不甘心地狠狠补了一句：“不许不和我睡一屋。”

可惜这事儿不归应白管，之后只安生了一星期，应白就随着剧组去了外地拍摄。

这下应“宝钏”时隔十年，真苦守寒窑了，可谓有求必不应的乌鸦嘴。

上次两人也正是好的时候突然分开，于是应苍林又体会了一把应白当时上表演培训时的两地分居的凄惨境遇。

寒窑的日子不好过。

回家冷冷清清的，连个人声都没有，应苍林干脆死守律师事务所。

至少律师事务所里每天都有为了事业、前途和客户奋斗到很晚的同僚，以及一只不知道哪一届前同事留在那儿的肥仓鼠。

晚上办公室的灯亮着的时候，看看同样面无人色游荡在办公间的同仁和实习生们，以及那只懒得要死的肥鼠时，应苍林就觉得自己也不是很惨。

但他非常不满的一点是，都信息时代了，地球这头和地球另一头手虽不能拉着手，心都能连着心了，封建社会的不闻不问的薛仁贵作风怎么还存在于二十一世纪的今天呢？

他说的就是应白这个应“仁贵”。

剧组去了南州拍外景，外景条件自然没有影视城成熟，是真正需要钻山过河的，住的地方条件也一般。

他在知道应白要走的第一天就憋了一通邪火，想随剧组一起，被应白给哄回去了。当然，应白也为此答应了不少不平等条约。

开始应白倒还算乖，一到了地方就和他发信息，可应苍林看了她拍的住宿环境和工作环境，脸就黑了

他知道，应白吃过苦，也吃得了苦，这些外界因素对她来说不值一提。

可他的心里不好受，原先没有重逢的时候就算了，可应白现在回了他身边，却还要继续受苦，他说不清什么滋味。

虽然应白很坚强，很独立，什么苦都能吃，可既然来了他身边，他就应该把她保护得好好的，让她不吹一点风，不淋一滴雨，每天唯一要担心的，就是是不是长胖了，而不是像现在这样一个人在外地打拼，熬

得只剩把瘦骨头，他抱着都硌他的心。

可是他不能，因为那是她的事业。

应苍林往椅背上一倒，有些疲惫地闭了眼。他以为以前的自己没能力护着她，现在的他可以，结果还是那么无力。

他又检查了下手机，电话、短信，什么都没有，又怀着希望点开微信的红点，果不其然全是客户的消息。

应苍林耐着性子回完所有的信息，终于忍不住点开和应白之前的对话，一条条翻。

应白刚到南州的时候还有些兴奋地给他拍山山水水，可山水有什么意思？他想看的是她。

他当时磨了好一会儿，应白面上没答应，后来还是给他发了照片，不过不是自拍，而是剧组拍的花絮剧照，她在里面多数都没有看镜头，而是看山、看水、看月亮。

应苍林最喜欢的一张，是晚上等戏的时候，大家围坐在一起，山中夜里凉，虽然是夏天，可半夜温度很低，所以生了把火在中间。

应白的头发随意地、松松地扎在脑后，侧着头在听身旁的人说些什么，额前的发全部散着，被夜风吹了起来，于是她伸手将发撩到耳后，半张脸被火光映成暖色，正轻轻笑着，嘴角微微抿起来一点。

月亮在她背后，亮得正好。

他从这张照片里窥见了那些年错过的应白，在一个个剧组熬着、孤单又坚强的应白。

他看了好一会儿，才继续往下翻，前面还有语音，后来慢慢就变成文字，话也少了许多，照片也没了，不说有她自己的照片，连山水照也没了。

他又往前翻看之前发的花絮照，一张张仔细对比着看，应白基本都穿着戏里的衣服，看不太出身形，可他总觉得，衣服越来越大了。

他越看越觉得不对，连着看才发现，最近的信息里，说得最多的，就是“没事儿”三个字。

真要没事儿，她怎么会这么强调？

他没有什么证据，可做律师这行的，最讲究的就是文字之间的游戏，练了这么多年，他早练出一双利眼和动物般的直觉。

应苍林当即要拨电话，可输完号码，却迟迟没有按下通话键，就这么僵了一会儿，才改拨了另一个号码。

虽然已经半夜，可剧组里机器还在工作。

林导要求逼真，所以夜景都是实打实的，连光都不能明着打，全用的国际上新开发的隐形灯源，几百个极小的光点汇集成隐秘又自然的光。

即便这样，一场戏有时也要折腾好几遍，才能有满意的效果。

戏拍得不顺利，导演脾气也就差，大家都躲着不吭声，生怕惹得这尊大佛发火。

助理小唐抱着外套守在旁边，突然身上响起铃声，她手忙脚乱地赶快躲到一旁接通，直到电话里传来一个低沉的男声，她才有些奇怪地看了下来电显示——“老板对象”。

她小心翼翼地“喂”了一声，那边没多客套，单刀直入地问道：“你好，我是应苍林。打电话来是想问下最近应白怎么样？”

小唐明知道应白还在拍戏听不到，却还是做贼一样悄悄往那边看了一眼，才偷偷开始告状：“应律师，应白姐最近给我下了死命令，不许我找你，您懂我的意思吧？”她语气中带着强烈的暗示。

“是她让你别告诉我的。”肯定的语气，应苍林一下就猜到了，“所以她状态真的不好。”

“应律师，做演员这行的，少一餐没一餐很正常，瘦正常，减重也正常，但体重哗哗掉，靠打营养针维持，就不正常了，您懂我的意思吧？”她继续拐着弯告状。

“还有呢？”那头的人沉默了一会儿，继而传来低沉的声音，听不出情绪。

“拍摄不顺很正常，卡戏也很正常，但卡戏卡到下戏后吐得一塌糊涂，戏也往后面延了，就很不正常，您能体会吧？”小唐说到后来，语气明显也透出担忧。

“我明天早上到，地址发给我，先别告诉应白。”应苍林在电脑上点下购买飞机票的确认键，挂电话前补了一句，“以后不许再听她的，有事儿第一时间告诉我，她要是扣奖金，我双倍发给你，要是辞你，我给你做劳动仲裁的法律援助。”

挂了电话，他即刻下楼开车去了机场，在深沉的夜色里，等去南州的第一班飞机。

巨大的玻璃窗外，只剩下草坪上起起落落的飞机，天边一点红降落下来，又顺着延伸到黑暗里的跑道起飞，重新成为夜空中闪烁的红光。

候机大厅里惨白的光投下来，照得人脸上的疲惫遮掩不住，应苍林正在发着信息，将工作日程顺延或安排至线上处理。

然后他开始看小唐发来的拍摄行程单和剧本，一场场仔细对照着看。

等他终于告一段落，才抬头有些疲惫地摘了金丝眼镜，闭眼皱着眉，不知在想些什么。

去南州的飞机并不算多，何况时间这样晚，他半夜十一点去的机场，赶上最后一班凌晨一点四十分的飞机，在早上四点半落地南州。

到了南州后还要转车，他在高铁站旁的街边门面摊子上吃了碗米粉。早上有些凉，老板娘揭开大铁锅盖，蒸腾的白雾大团大团扑出来，又一丝丝消散在空气中。

老板娘拿起竹篾勺子搅了搅，舀起一团米粉，倒进放好哨子的汤里，撒上葱花，端到应苍林那桌。

时间太早，摊子上几乎没什么客人，老板娘便和这个衣着讲究、不太寻常的客人顺口搭起话来。

“你不是本地人吧？是不是来转车的？不晓得你吃不吃得惯我们这儿的粉，怕你吃不惯，所以就没给你放折耳根。”老板娘边擦桌子边热情地招呼道。

应苍林边吃边回道：“我不在这儿生活，不过也算半个本地人，折耳根我也能吃的，小时候常吃。”

“那看来和我们这儿口味蛮接近的，这次来出差的吧？不愁吃饭不香了。”老板娘看他穿得西装笔挺的，笑着套近乎。

应苍林静了一下，用平常的口吻说：“不算出差，我是来陪我爱人的。”

然后他在老板娘“这么早就成家啦，不过定下来也好，早生贵子啊”的感叹声中，应了一句“承您吉言”，三两口吃完了粉，赶第一班的高铁去了。

坐了四个小时的飞机，两个小时的高铁，三个小时的包车后，应苍林终于到了剧组拍摄地。

快到中午饭时间了，他避开了去集体用餐的剧组工作人员，绕了些路。剧组拍摄的地方是山里，小道多，不好走，等他终于到助理小唐约好接应的地方，皮鞋已经沾满了红泥巴，裤脚也脏了。

小唐虽然知道他要来，可真见到他还是吓了一跳，昨晚半夜打的电话，今天上午人居然就到了。她是跟着剧组进山的，知道来这地方有多不方便。

她磕磕巴巴地还打想打个招呼问候下，可应苍林直接抬手止住，直接问道：“应白呢？带我去见她，记得避开人。”

小唐这时候还不忘打听八卦，试探道：“哥，你和咱姐是地下恋情啊？”

应苍林没什么反应，半天才露出个近似苦笑的表情，转眼就用正常的语气回答：“等拍摄结束吧。”

“我懂，我懂，现在公开怕剧组那边有人乱想嘛，低调，低调。”小唐擅自解读完毕，偷偷带着他往里走。

她把应苍林带到一排矮房前面，悄悄和他说：“这边是女演员休息的地方，现在大家都去吃饭去了，可小白姐最近一直都不怎么吃东西，今天也是，休息时间就在房里一个人待着，受不住了就打营养针。”说到后来她面上也带上了忧色。

应苍林垂在身旁的手默默握紧了，骨节都凸了出来，但还是面不改色地和小唐说：“我知道了，你也去吃饭吧，我照顾她就好，记得先别和其他人说我来了。”

小唐不太懂，应苍林既然来了剧组就不可能瞒下去，为什么还要特意先保密？不过她没多问，先走了。

应苍林站在门口，久久不动，吸了口气，才终于推开了门。

房里静悄悄的，他往里走，才看见墙边的小木床上应白闭眼躺在那里，盖着一床花被子，似乎睡着了。

他没有弄出一点声响，悄悄走了过去，看着应白。

她瘦了很多，连身上全被被子盖着都能一下看出瘦了许多，眼下有顽固的青色。她露了一截手臂在外面，腕骨凸得分明，手背上的血管现着淡淡的青蓝色。

怪不得微博上面再也没动静了，之前她就瘦，可有应苍林在身边，总能哄她吃点碳水下去，偶尔她吃了夜宵第二天被拍了传到网上，就老有不长眼的说风凉话。把应白气得半死，但还得忍着不回击。

每到这时候，应大律师总会默默开了小号去义正词严地反驳并大肆吹捧一番，往往还会在无形中进行拉踩。好好一个准男友，活得跟个粉丝一样，他被应白后援会的反黑站开除粉籍好几次了。

可现在谁也说不了她肿了，应苍林心里有些酸涩地想着。

她似乎累得很，他坐下时，木床发出轻微的声响都没有吵醒她。

应苍林伸出手，却又停在离她脸庞一厘米远的地方，不敢碰她，只隔着些距离轻轻滑过，用这种方式触摸他想念了这么久的人。

或许是目光也有重量，应白在他的注视下，睫毛动了动，终于睁开了眼。她瘦得过分，一双眼睛便格外动人，蒙着雾，隔着纱，仿佛还坠在睡梦里。

“你是真的吗？”她突然发问，还带着不清醒的鼻音，眼里涌出一点水汽。

应苍林没有说话，只是低头吻了她。

等这一吻结束，应白的脸上带了些红晕，看起来终于不那么苍白了。

“现在相信了吗？”他又吻了吻应白的额、眼睛、鼻尖，一路吻到她的唇，轻轻亲了下。

“既然这么辛苦，既然想我，为什么不说？”他神情有些复杂地说道，“直到现在，我对你来说，还是那个会在疲惫的时候，第一个被舍弃的选项吗？”

应白看着他，没有回答，可眼睛里藏着的水汽越来越浓。她偏偏硬睁着眼睛，不让眼泪落下，只剩一双眼睛憋得通红。

这双眼睛让应苍林觉得心里有个地方塌了下去，又痛又酸。他不想再追问答案，于是半躺了上去，将应白抱在怀里，一下下轻轻拍哄着，打算说些软话。

应白却突然紧紧抱住他的肩，将自己的头埋在他的肩上，像抓住溺水的浮木，紧到应苍林都没办法扭头看看她。

“不是。”她声音里终于忍不住带上一点哽咽，“我只是怕，怕你看到我这个样子，我都讨厌自己这样子。”

乱糟糟的呼吸全被埋在他的肩膀上，应苍林咬紧下颌，轻轻地抬起手帮她顺着气，在她耳边轻轻哄：“没关系，我都喜欢，你怎么样都是我的宝贝。

“别怕，现在有我在了，我会一直陪着你的。别怕，不管之后怎么样，我一直都在，不会走，也不许你走。”他一遍遍说着别怕，轻轻拍着她的背，直到应白终于在他怀里变得呼吸平稳。

在应苍林以为她睡着了的时候，她仿佛筋疲力尽地说梦呓一样道：“我好想你。”

然后再没了声响。

这次她是真的睡着了。

应苍林把应白哄睡了，确认她睡熟了才又重新给她盖好被子，把她的手好好放进被子里，在她眼睛上落下轻到不能再轻的一个吻，才小心地起身，带上门出去了。

他在去见导演的路上，好好打量了一下周围的环境——他知道这里艰苦，却没想到这么苦。

这里举目都是山，进来只有一条不宽的水泥路，剧组租了附近村民的平房供器材存放和人员休整，众人吃的是大锅饭，从山下搬来，饭菜基本也快凉了。

应白是主演，也只分到一间又老又旧的小平房，里面除了张床，什么都没有，保姆车就更别想了，平时要喝口热水都困难。

他想到应白躺在那间湿冷发霉的小房间，连身上的被子都又潮又旧，心里就说不出的难受。

导演对他过来这事儿有些意外，毕竟之前什么招呼都没打就突然过来了，不过导演对于顾问这类知识型专家一向还算尊重，于是和他单独出去聊了聊。

应苍林用的借口是自己来南州出差，律师事务所转了个这边的案子给他，他需要留在这儿一段时间，所以顺便来剧组看看，也发展下娱乐圈的客户。

两人站在山坎上，远处一片连碧至远山，天色荒凉。林导与他有些忘年交的意思，叹了一句：“到底年轻，正是好时候啊。”

这话一出，应苍林就知道林导看出了他和应白的关系。也是，放着好好的大城市不待，跑到这路都不通的山里来，办案子？发展客户？太过明显的借口。

沉浮多年，导演的眼睛就是最毒的，应苍林哪里瞒得过？

既然不是为了利，自然就是为了情，不是应苍林自卖自夸，放眼整个剧组，不，放眼整个演艺圈，只有应白值得他这么折腾，那这趟到底为了谁，自然就再明白不过。

不过他也知道瞒不过林导的，所以才特意先来找林导，编个林导一眼就能看穿的理由，就是想请他帮自己在剧组打掩护，也探探底，摸摸应白的情况。

他没废话，直接把话题引向应白的情况，林导直白地说：“倒是个好苗子，有天分，也努力，之前磨得挺好，但最近状态不行。

“要入戏，最蠢也最有用的方法，就是将全部身心都投到戏里面，戏如何，人如何。这样当然损耗大，但效果也好。”

“虽然这次不是顺拍，但也大致是按人物阶段分的场，之前那段戏让她提前准备进状态就出问题了，卡戏不说，回去好像还吐了，这样影响到进度就有点麻烦了，你来了也好，处理下她的问题。”

导演要统筹的是全组，每个小时都是在烧钱，自然没那么多耐心来做演员的心理保姆，他们要的也只是结果。

应苍林听懂了林导的意思，眼神藏在镜片后越发让人难捉以摸，口中则认真回答道：“您放心，现在有我在。”

林导瞥了他一眼，笑着叹了一句：“你们这帮小年轻啊。”

过了导演的明路，接下来应苍林便以导演邀请的名义出现在剧组。他之所以来的时候避开人，然后先去见了导演，也是不想给应白压力。

山里条件差，拍夜戏条件艰难，所以收工也早一些。工作人员按收工顺序分批下山，应白的戏最近不少都往后延了，所以她收工得早。

应白到了简易停车场，正看见应苍林等在那里，两个人默契地没有说话，只是到底忍不住彼此低头露了个笑，也不知在高兴些什么。

天气这样坏，环境这样糟，一个瘦成把骨头，一个从昨天起就没合过眼，可在漫山的烟云下，两个人的眼神交错一瞬，就有温情迸发。

他掐了时间，装作偶遇的样子，总算不枉费这番心机，顺理成章和她同坐一辆小巴回去。

车上没多少人，只有助理小唐和几个道具师、灯光师，两个人坐在后排，山路颠簸，弯弯绕绕，大家也都累了，没多久就睡倒一片。

应苍林想揽了她靠着自己休息，可手都搭上了肩膀，又停住了。他知道她暂时没打算让大家知道，他不想在这时候和她怄气了。

她瘦成把骨头的样子，硌得他整颗心都痛，他不忍。

但应白反倒闭着眼，静静地靠上他的肩，握住了他要离去的手，用自己的指缠上去，与他十指交错，指尖轻轻磨在他的骨节上，留下凉凉的触感，像秋日打下来的雨。

应苍林曾经几天几夜没睡，看资料写文书，靠咖啡过活；曾经在酒桌上陪客户喝酒喝到胃出血，还要撑到结束后才能去医院，以免扫兴；也曾尝过用尽所有努力但最后成果被他人截取的苦涩。

可遇到这些，应苍林丝毫不觉得苦，因为他迫不及待地要成长，要成为一个优秀的律师，一个富有能力的成年男人，去保护他想保护的人，去做他想做的事儿。

应苍林从来运筹帷幄，处于再难堪的境地也没吭过一声。

可现在，应白冰凉的指搭在他的手背上，他连叹息都不能，只能默默咽下心头的血，咽下所有心痛和对自己无能的愤怒，让她靠得再稳些，多些心安，少些苦痛。

这便是此刻，他全部的愿望。

应白闭着眼，静静地靠了应苍林一路，不知道睡着没有，但快到酒店的时候，她自然就睁眼坐了起来。

其他人都下了车，他们两个才从后排往前走。迈出车门阶梯的时候，应苍林守在阶梯下，像是看小孩学走路一样看着她。

应白冲他笑了下，极小声地说："没那么夸张，我没事儿。"

应苍林没笑，只是就这么看着她，叹了口气才说："就当我多事儿好了。"他依然站在原地，寸步不离。

应白望了一眼前面，工作人员已经走远了，她伸手握住了他的袖口，轻轻摇了摇，放软声音哄他："别生气了，我愿意被你管，你不能不管我的，林林。"

应苍林脸色还沉着，却也被她这难得的示弱弄得心软下来，任她牵着自己的袖口，往酒店里带。

说是酒店，其实和招待所也差不多，要不是山里那点平房住不下那么多人，他们估计连这招待所都住不了，全一股脑窝在山上了。

应苍林另外开了房间，不过他那房卡压根没用，直接进了应白的房。

应白还想在门口拦住他，自己先进去收拾，可应苍林直接将她横抱着困在怀里，单手拿过房卡开了门。

一进门他就知道应白为什么拦他了。

她过来也有段时间了，但行李箱就这么摊在地上，东西也没拿出来，就放在里面堆着。

这地方本来就简陋，只配了最基本的家具，唯一的优点大概是空间大，所以显得应白那点东西更加潦草可怜。

他一看就忍不住上火，可考虑到应白目前的状态，他不想冲她发火，所以按捺住火气，把她抱上了床。

应白似乎知道他有压下去的火，整个人也沉默下来，有些怯怯的样子。

应白的本性傲慢又懒散，她从不觉得需要向任何人交代什么，可看着应苍林咬紧的下颌，这些天被刻意关闭起来的感观像开关被扭转，她终于迟钝又清楚地意识到，她让他担心了。

趋利避害是动物的天性，无论人类进化多久，也仍然残存在血液里。她轻轻揽住应苍林的后颈，将自己的头埋在他的肩上，让应苍林也顺势一起倒在了床上。

她没有多说话，也没有狡辩，只是这么软软地，如同小动物一样蹭了蹭他，毛茸茸的发顶磨在他的颈上，有微微的痒。

应苍林便说不出狠话了，只能叹一声，抱住她，抬起手想要打下她，可惜手却高高抬起，轻轻落下。

不过该问的还是要问，应苍林用下巴抵着她头顶，用平稳的口气说："既然知道来这儿要拍这段戏，为什么不让我陪你？"

应白沉默了很久，才在他怀里闷闷地说："这是工作，而且这部戏风格更适合体验派，我方法派的底子不深，走那条路很容易飘，要体验，要入戏，变成这种状态很正常。"

应苍林强势却温柔地将她的下巴抬起来，强迫她看着自己。他虽然不懂什么体验派、方法派的理论，可他读得懂应白的一举一动、一言一行。

她说的或许是实话，可也最多只是一半实话。

"你四年前演《如烟》，为了演好离家出走、染上坏习惯的骨肉皮，干脆住到了棚户区的半地下室里把自己关了半年；两年半前演从十六岁到五十岁的女企业家，把这里的工厂都跑遍了，还找关系在加工厂做了几星期的经理，每天下车间；一年前演运动员，几个月内增肌再减重地折腾，这大概是你说的体验派了吧？

"可有哪一次你把自己弄得像这次这么糟的吗？那时候你在的环境再恶劣，探班照片里的你眼睛里藏的全是不服输的劲儿，可你现在呢？”他不想激动的，可说到最后，每句话都带上了血，仿佛从心头呕出来的血，沾上每一个字。

“你知道今天见到你，你说让我别生气，其实我不是生气，我只是……我只是害怕。”

应苍林进了律师这行后，总是无往不利，一针见血，这样的踟蹰和挫败，全浪费在她身上了。

应白是没想到的，她大概已经知道应苍林对自己这么多年来的情况并不是一无所知，可这一句句、一字字，全透露着刻骨的铭记。

她没有办法再敷衍下去，只能用那双雾蒙蒙的眼睛看着他的下颌，筑了那么多年的防线在分崩离析，她说了实话，如同一点点地吐出心脏里藏着的带血的碎块。

“我想你在我身边的，又怕你在我身边。”她轻轻地说，仿佛自言自语，“一直都是这样。”说完这句话，应白终于抬头望向他的眼睛。

“那就当作逃不掉吧。”他语气里有些温柔的无奈，他把她抱得紧了些。

应白躺在他怀里，应苍林身上的气息和体温围着她，像一朵云包裹住了她，她知道这朵云不会下雨，不会消散，她终于能够歇一会儿了。

应苍林的到来显然是有帮助的，他成为应白的锚，将她的情感固定在相对稳定的阈值内。

同时，应苍林处理刑事案件和与各类受害人接触的经验，对应白来说也是参考。

深夜，应苍林一个人去了阳台吹冷风，他现在需要保持清醒，同时压抑住自己的情绪。

酒店建在高处，阳台对着背后的山，黑夜里似乎连那些绿影里都要长出东西来，偶尔开来车，远光照出树枝上鸦羽的影子，又飞快淡去。

应苍林松了袖扣，领口开了小半，借着身后窗户里的灯，翻着手上的剧本和资料。

他就这样站了不知道多久，等到天光终于转亮，阳台的玻璃窗终于被再次打开，窗帘被风吹起一角，然后又安然落下。

从第二天起，应苍林就开始了给应白的私下辅导。

应白一直过不了的剧情，是应白所饰演的女主角陈之宁被男人侵犯的戏份。

也是这段时期应白一直无法进入状态的戏份。

羞辱戏份并不会拍得太露骨，而且这是女主角性格转变的关键点，所以重点放在了事情发生后的人物心理的变化。为了让剧情有说服力，林导花了些笔墨描述陈之宁的煎熬以及陈之宁在心理阴影的驱使下滑向黑暗边缘的挣扎上。

堕落与挣扎，才是最富有戏剧张力的。

林导甚至刻意放大了对陈之宁阴暗面的表现，这种情节设置为人物的转变提供了充分而足以令观众理解、共情的理由。从这个意义上来说，她成了在保持整体基调正面的前提下，展现人性挣扎和复杂性的一颗绝妙的棋子。

这也是对应白挑战最大的地方。

她需要不断地从内建立人物，需要在每时每刻沉浸在一个受害者的心理中，需要不断地剖析自我和拥抱痛苦，需要去放大心中产生的每一点负面情绪。

应苍林的到来让她的精神好了一些，就像久病的人回光返照，可她的大脑和身体依然无法完全适应。

这体现在当林导再一次试图重拍这场戏的时候，应白虽然没有再喊“Cut”后推开搭戏的演员跑去厕所吐，可她的表演依然没有过关。

陈之宁此时最直接的情绪应该是恐惧和绝望，而应白的表演有太明显的自我厌恶以及试图封闭这种厌恶的逃避式的自暴自弃。

女主角陈之宁是名校毕业后一路顺风顺水的新人律师，有能力、有志气也有热情，她的这种性格在与老油条刑警张千相遇后，发展成了既彼此针对也互相欣赏的关系。

而女主角之所以遭遇这种事儿，也是因为在更深地卷入案子后，被与犯罪集团勾结的上层伤害并拍下照片加以威胁。

按照更为理性和正确的逻辑，此时的情节应该是陈之宁在挣扎过后，不惧威胁，依然将找到的线索告知男主角，与男主角共同渡过难关。

但林导选择了更具现实主义的处理方式，陈之宁是一个在相对简单的环境里成长的富有自信的女性，可这份自信在事发后成了煎熬她的利器，她无法面对可能出现的周围舆论对她的苛责，而几次试图坦白的努力，也在达成之前就被察觉、打断。

她在绝望之下选择了妥协，将找到的线索交给了反派，甚至被迫配合他们销毁了一些线索。可这样的选择过后，她反而陷入更深的自我厌恶和挣扎当中，最后在这种情绪中自杀未遂。

男主角同样也被设置成了这样复杂、懦弱又矛盾的人物，他在事发后隐约察觉到了什么，却不敢确认，直到女主角自杀未遂，才成为男主角真正转变的导火索。

故事的最后，照片被销毁，勾结犯罪集团的上层也死于混战当中，但由于女主角宁愿认罪也不愿意说出照片的存在，另一方又已死无对证，无法提供她是被胁迫的有力证明，因此她因当初毁灭证据的行为，被判入狱。

这样的剧情设置十分微妙，尽管罪恶得到了惩罚，可正义的一方也早已面目全非。

当你在凝视深渊时，深渊也在凝望着你。

好在结局总算保留了一抹暖色，故事结尾，张千站在春天的一棵柳树下，等着陈之宁有朝一日跨出那道铁门。

这样的故事，演绎难度自然是大的，因此导演也以为应白是入戏太深，以至影响了自身的心理状态。

真正的艺术片导演，对于这样拼命的演员自然是多一分宽容的，因此林导尽管骂得厉害，却还是一边让应白好好放松调整，早日进入正确的表演状态，一边再次调整顺序。

应白回酒店的时候已经接近精疲力竭，身体上和心理上都是。她进去便摔了门，可一只手有力地撑开了门缝，有人在她身后进了房间。

应白不想说话，也没力气阻止他，只想一头倒进床里到天明，如果有酒就更好，她就能稍微睡得好一点。

但应苍林比她快，俯身在床边，握住了她的两只手腕，蹲了下来，将她半圈进怀里。

他的一双眼睛再没有半点遮掩，担心和诚恳全写在里面，他认真地问她："你害怕的究竟是什么？"

应白整个人一下子竖起了防御，如果说之前她只是无力而放弃的状态，如今便像鼓起全身仅剩的怒气，保护着自己。

可应苍林这次没心软，也没让步，非要问出答案。

"你究竟害怕什么？我原来以为你只是厌恶这件事儿，可今天我亲眼见了，才发现你厌恶的不只是这件事儿，你甚至更加厌恶被害者这个身份，是吗？"

她应激一样颤了起来，死死咬住嘴唇，眼神空洞地望着地下。当应苍林再次试图触碰她时，她甚至剧烈地推开了他。

应苍林也咬紧了牙，非要把她抓住，强迫她看着自己的眼睛，他的情绪也再不能掩饰，他如逼问一样，冷酷无情地继续追问着。

"说啊，为什么？你为什么厌恶？又为什么害怕？"他接近怒吼。

"因为懦弱和愚蠢也是罪！"应白终于崩溃，和愤怒的真相一起流出的，是她通红的眼睛流下的泪。

"为什么不报警？为什么要妥协？为什么要从被害者变成加害者？为什么要这么脆弱又无能？"她发泄一样问着，又好像自言自语一样看着虚空。

应苍林紧紧盯着她，直到此刻，他才明白，应白最恨的是什么。

爆发之后的沉默，混着一触即发的紧张，应白低下了头，脖颈和脊背一起弯折了下来。她似乎耗尽了力气，再也不愿意说什么，也没什么可开口的了。

应苍林觉得喉咙里藏了肿块，咽不下去，也吐不出来，堵了他心头涌上来的血。他闭了眼，眼角微微浮现出细小的纹路。

半天，他终于找回自己的声音。

“应白，我来告诉你为什么？

“你知道被侵犯这类的报案率是多少吗？在M国，这个数据是百分之十。

“而这百分之十里，只有百分之三十的犯罪者真正上了法庭接受审判。

“这些审判中，宣布指控成立的比例，只有三分之一。而这甚至已经是乐观的数据。在另一些非官方或地区性调查中，起诉率甚至只有百分之一点五，定罪率则是百分之五①。

“现实中，大部分的侵犯案件并不是发生在陌生人之间，反而是在熟人之间，而且不一定伴随着激烈的暴力和外伤，因此在判定中有时很难指控成功。

“受害者需要冒着名誉被毁与隐私暴露的危险，一遍遍地在警方和法庭上剖析自己的伤口，最后却依然可能得不到想要的结果。”

他说着这些冰冷的数字，没有顾忌应白的眼睛已经红得要滴出血来。

直到终于将这些冷酷又血淋淋的事实全部摆在她的面前，应苍林才再一次俯下身来，神色复杂地看着她。

---

①此处数据参考了来自2012年美国司法局和联邦调查局的数据，2019年3月公布的英格兰与威尔士的调查数据。

“我明白你为什么演不好这段戏了，因为你本质上无法认同和共情戏中陈之宁的选择对吗？”

应白放在身侧的拳握紧了，下意识地反驳：“我没有！”她也不知是在说服他还是在说服自己。

应苍林轻轻出了口气，放缓了声音：“你记得剧本上的那段话吗？陈之宁对同样如此追问的张千说的话。”

她记得。

第一百二十六页，第二段至第八段。

——为什么？你问我为什么？因为我一旦承认，我的名字就不只写在辉明律师事务所办公桌的铭牌上，更活在别人的舌尖上。

——那些人，会一边安慰我，一边郑重其事地在审讯室那扇看不透的玻璃后面讨论着，一遍遍地看着那些作为证据的照片。我要在一层层手续下，要在众目睽睽的法庭上，在对方律师的刁难和质疑下，回忆和复述每一个令我痛苦的细节。

——我要辩解自己是如何被迫的，又蒙受了多大的耻辱，在每一个细节上证明我的反抗是否拼尽全力，证明我不是在做戏，证明我不是一个下贱的女人！

——可即便如此，对方依然可能平安无事，或许被判有罪，但没几年就会争取到减刑或保外就医。

——而我呢？我要永远活在别人的唇舌上。他们会在每个无聊的茶余饭后，将我的痛苦作为谈资说起，直到许多年后，依然会是这样。

这些词自动出现在应白的脑子里，她记得那么清晰，清晰到她逃避不了。

应苍林看着失魂落魄的她，声音低沉却透着坚定：“你知道我为什么做律师吗？”

应白没有反应。

他继续说道："因为我知道了很多事情有多么让人不甘，也知道了有时候受到伤害都能变成一种罪过。

"我不敢保证每件事情都能得到正义，但我希望，至少当他们决定勇敢的时候，其他人能因为我的存在，给他们多一点点公平和宽容。"

应苍林望向她的眼睛："我知道，这也是你想做的，否则你不会坚持走到今天，不是吗？"

应白终于闭上了眼睛，一滴泪落在他的手背上，发出啪嗒一声。

林导提了个歪点子，让应苍林来做施害人的身替。

这个级别的导演，演员一根眉毛的变化都能被看出心思。

对于应白表演情绪的不到位，林导以为是她过分沉浸在角色中，导致在面对共演者时产生过度性防御，也就是她的情绪放得太多、太浓，以至失去了理性上对表演层次的把控。

因此，换一个她更熟悉、更放心的人，或许能让她更有余力地处理情绪。

应白没有拒绝的余地。

因为她的关系，这几场戏已经卡了很久，不断往后调度，不用林导说什么，应白自己也能从剧组里偶尔漏出的一两句闲言碎语里感受到压力。

还能多糟呢？

她自己也在心里这样想。

应苍林当着应白的面没表态，没说同意也没说不同意，不置可否的样子。

待大家都休息后，应苍林安抚了下应白，让她先好好休息后便往二楼拐角的露台走去，想去独自吹吹风，却在露台上发现了林导。林导见到应苍林，慢悠悠地开口："替身这件事儿，你是个什么意思啊？"

其实应苍林等这句话很久了，当律师从来需要耐心，否则如何在海量的文书里捕捉到关键信息？他明明是为了这个来的，却还得做到让林导先开口。

这事儿如果后期被爆出来了，对电影来说，反而是多了个吸引眼球的谈资，能获得不少不要钱的版面和讨论度。

能成，拍摄进度能加快，还多个可能的舆论引爆点；不成，对剧组也没什么损失，无非是再多试次戏而已，所以林导自然乐见其成。

甚至对应白来说，也是不亏的。毕竟有热度对明星来说从来不是坏事儿，说不定团队还能发散下，发发敬业、入戏的通稿。

可唯独对应苍林来说，说不上是好事儿。素人出镜，当然是有风险的，还是这样敏感的戏码。更关键的，这是对他专业形象的损害。对客户来说，自己的律师给大导电影当顾问，是加分的点，可要是自己的律师和女明星拍侵犯的戏份，他的专业建议似乎也一下子蒙上了八卦的粉色滤镜。

所以应苍林知道为什么林导会当着应白的面提议而不先找他，无非是看出他和应白之间有些事儿，希望能通过应白让他同意。

只不过，他没担心自己的专业形象，心里也没林导想的那些顾忌。

如今他装模作样，为的就是把这个人情算在应白头上。

林导这样的人精，是能想到这事儿给他造成的隐患的。应苍林是他请来的法律顾问，不仅尽心尽力从洪老师那里挖了不少密档给他，连草拟审核全剧组的法务合同，也只要了非常低的酬劳。

林导这样算计应苍林，心里自然也是有数的。

导演是统筹全片的，考虑的从来不只月亮和风，每多耗一天，都是从上到下那么多张口，这部电影成本控制超标，下部电影就多一分投资上的风险。

再爱才，林导对应白最近的不佳状态，也肯定是有想法的。

所以应苍林哪怕装，也要装作不情愿，也要点一点自己的苦，这样，他才是为了应白勉强答应的，这份人情才能为应白谋取更大的空间。

“别露脸，工作需要。其他随您。”他不咸不淡地说，痛快又干脆，却也点明了自己的损失。

林导眯起眼，深深吸了口，声音变得和缓：“放心，这种戏全清场的。何况，剧组所有人签的保密协议都是你起草的，对自己没信心？”

听到这样半开玩笑地反将一军，应苍林就知道林导这人精是真信自己不乐意了。

谁说只有演员会演戏？做律师这行的，日常便是“戏如人生，人生如戏”。

应苍林转移了话题，有一搭没一搭地和林导扯起其他的事儿来。

他的“同行”应白，此刻正在房间补觉，睡得和猪一样，并且直到上映期结束，都不明白为什么林导突然对自己骂得不那么狠了。

阳光从百叶窗的扇片里漏进来，洒下参差的阴影，将空气里的浮尘照映得鲜明。屋子里静极了，只剩下胶片一格格滚动发出的轻微响动。

所有的光和影都被投射进反射着流光的镜头里，随着静谧的刺刺声被刻进暗处的胶片。

这是一间隔开的档案室，往里的内室，阴沉沉的铁门锁着无数被尘封的文件，外间是陈旧的办公室。

镜头被藏在了进门处的隔断后，透过方形的空格圈住这片光影。

轨道和镜头马上就要调试好了，导演和摄像都藏在看不见的隔断后，这半间屋子里，只有她和应苍林在沐浴着满身的热。

应苍林穿了戏服，身上的金属扣子反射了点光，刺进躺在桌子上的应白眼里，她下意识闭了眼皱着眉，抵御着眼睛的刺痛。

一只干燥又温暖的手伸了过来，帮她遮住了后方投下来的光。她感觉到身上有压力隐隐传来，应苍林伏到她的上方，隐约的呼吸拂过，像蝴蝶扇着翅膀。

这有些荒谬。镜头在看不见的地方，头顶的太阳亮得让人心慌，导演的视线正紧盯着监视屏。

而她和应苍林在相拥。

事情是如何变成这样的，应白突然有点反应不过来。

可没给她多少反应的时间，应苍林刻意压低的声音钻进她耳朵里，带着颗粒感，麻麻的，让她心烦意乱。

“别把她当作你自己了，也别把我当作我。”

应白猛地睁开眼，只看见他离得极近的瞳孔被白得要化开的阳光照得变成琥珀色。

他的眼睛像万花筒似的，蛊惑着她的心神，她被那双眸裹住，过了一会才问道：“什么意思？”

“你的挣扎、痛苦、怜悯、厌恶，那些都是你的情绪，是应白，而不是陈之宁。”他眼中复杂情绪翻涌，还是狠着心继续说。

“放弃你的傲慢，不要再用你的情绪取代她的。”

然后应白感觉到自己冰凉的指尖被应苍林藏在她腰侧的手轻轻握了下，他在耳侧吐露了一句话，或许是声音低到极限，给了她细沙一样温柔的错觉。

“没关系，你可以把一切都展现出来，可以失控，可以宣泄。”他顿了下。

“我永远都会接着你的。”

她定定地看着身上的人，似乎有什么东西要从体内翻涌出来，陈年的、腐朽的伤口被暴露在太阳底下，好似见了光的腐虫四散乱爬，愈合了一半的新肉被扒开来，等待剜除。

“Action（开始拍摄）！”

戏份正式开始。

那只握住她指尖的手抽出，狠狠抓住她的衣襟，啪嗒几声，扣子飞快地弹起，在空中划出黑色的痕迹。

正午的太阳是白亮的，可照到人身体上时反而有些发凉，应白皮肤上的毛孔迅速收缩起来。

应白身上的白衬衫卡在肩头，勒出一道道痕迹，他的动作并不温柔，叫人看了都痛得发慌。

应白的大脑一片空白，她彻底失去思考的能力。

前一秒还在她耳畔温柔低语的人，现在却在肆无忌惮地“表演”着。

她终于后知后觉地感受到疼。

第一个涌上来的情绪是无措，她从来没有预想过他会伤害自己，哪怕在自己伤他最深的时候，她内心深处也知道，他不会舍得报复。

可现在他是在做什么？他毫不怜惜，也没有耐性，似乎只是在称量着一块肉，想知道能从里面榨取多少好处。

“不要。”她空着眼神，如同砧板上离水的鱼，抖着嘴唇，笨拙又迟钝地说出这两个字。

这无力的抗争没有一点用处。

“不要。”她越发颤得厉害，呼喊的声音更大了些，可那只手却没有停下。

“不要！不要！走开！”悲鸣爆发出来，她甚至想不到台词，也想不到骂人的狠话，只是本能在促使着颤抖的牙齿张开，从喉咙里发出濒死一样的声音。

眼泪聚集在一起，一半是黑暗的玻璃面，一半是参差的光影，一切被反射得光怪陆离，她终于开始尖叫起来。

“走开！走开！”她发出的声音凄厉无比。

“救命，谁……来救救我……”她肉眼可见地剧烈颤抖起来，急促的呼吸里漏出几个字。

可没人来救她。

“不要！不要！”她整个人沉下去，然后突然疯了一样尖叫着，全身都剧烈挣扎起来。

可都是徒劳，她的背被沉沉压着，她的手腕被死命地擒住，连头都被按在冰凉的玻璃上。

她越是痛苦就越是挣扎，越是挣扎就越是痛苦。

没有人会来救她了。

“让我死吧！杀了我！”她以为自己在尖叫，可喉咙已经哑到只能从身体里发出低哑的声音，仿佛自言自语。

“怎么舍得让你死？以后还要让所有人都看看你这样子。”他居然笑了起来，仿佛谈论天气一样，语气平常地说着这些话。

她已经答不出话来，只将唇咬出了血。

她渐渐沉默下来，丧失了五感，如同一条死鱼一样，被动而绝望，只偶尔才反射性地抽搐一下，甚至没有察觉到身上有闪光灯亮过。

终于停下来了，那人离开了她的身体，慢条斯理地整理着衣服。

“想明白了的话，来找我。”他仔细抚平了衣服上的褶皱，又成了道貌岸然的样子，“不过，你要是想的时间太长，你这个样子，可就不只我一个人欣赏了。”

随即他离开了，只留下满室肮脏的气息。

“Cut！”

演戏结束。

林导喊了停，眼里满是欣赏和惊喜，他原本只是指望应白能放松下来表演，结果居然拍到了这么真实的一幕。

尽管知道两人都只是表演，应白实际上也没有被拍到什么，只露了肩而已，连衣服都还半裹着，血也是提前准备的血包里的，可应白所有的情绪都太浓烈太真实，让人看了都因恐惧而战栗起来。

和导演不同，一喊停，应苍林就想过去，他知道应白现在一定很痛苦，可他上前到一半，就又停住了脚步，踌躇地停在她身旁，不敢靠近。

应白还在闭着眼颤抖，趴在玻璃上没有动。

应苍林快速脱下身上的衣服，轻轻地盖在她的肩上，又快速地退到原来的位置上。

一滴眼泪掉在玻璃上，反射着微光，她终于睁了眼，就这么静静地望着站在旁边的应苍林。

他的手攥紧了，骨节凸了出来，可他还是不敢靠近，也不敢说话。

直到应白的指尖动了动，有些艰难地试图抬起来，指尖朝向的，是应苍林的方向。

他终于得了救赎，上前去拥抱他易碎的宝物，只敢吻着她的发顶，连抱着她的手臂都在发抖。

应白躲在他温暖的怀里，终于抖得不那么厉害了。

“对不起。”

良久，头上传来他的声音，与之相应的，是一点凉凉的东西落在她的额头上，应白反射性抬手想摸，却还是放下了手。

最后，她轻轻回抱着他。

两个人就这么抱着取暖，互相舔着伤口。

第八章

YINGBAI

真相

应白去参加报考戏剧进修学院前的专业表演培训，一走就是两三个月。培训的强度似乎很大，平时她都不怎么回信息，陶苍林只能每天等晚自习下课之后才能和她打一会儿电话。

最开始一个月没有经验，他迅速用光了所有的短信和通话额度，导致月末时，一直负责缴费的陶母发现电话费的激增，差点要去营业厅拉通话记录查是不是搞错了。

陶苍林拼死拦住了，以同学借自己的手机给在远方的父母打电话为由糊弄过去了。陶母半信半疑，但儿子一向听话懂事，她就也没有再多问，默认他大概迷上了什么用话费充值的点卡游戏，只委婉地要求他不能沉迷在这些乱七八糟的东西上，然后给家里电脑装了绿坝，严格监控他的使用。

陶苍林没沉迷点卡游戏，他新办了张电话卡，每天晚上偷偷用卡针换卡，给应白打电话。

她倒还是那样没良心，总是漫不经心地调侃着，话里没有一点挂念的踪迹，只是她偶尔会恶意地逗弄男生。

电话听筒里的声音总是有些失真，应白蜷缩在窄小的被窝里，散了满枕的发，用快要睡着的声音有一搭没一搭地和他说着话。

“会很累吗？”他忍不住问。

“怎么，你心疼啦？”她带着笑的声音从听筒那头传来，听得他耳朵忍不住痒痒。

陶苍林没有回答，应白也没有催他，她知道这种直接的问题对林林来说有些刁难，索性她也不需要什么答案，只要想到电话另一头，他大概率愣着说不出话，应白便忍不住想笑。

就在应白打算揭过这茬时，电话里传来一点轻轻的声音。

“嗯。”只有一个字，语气却坚定。

被窝里没有透光，手机屏幕发出淡淡的蓝色光线，微微映照着女孩笑得弯弯的眉眼。她举起手，用指尖在电话听筒处轻轻叩了一下，当作回应。

嗒的一声，伴随着一点点刺刺的电流声，像是彼此心照不宣的暗号。

“培训都做些什么？”陶苍林轻轻咳了下，转了话题。

“正音、形体、无实物综合练习、声乐，解放天性，还要写小品和看经典文学，一堆无聊的东西。”她的抱怨中带了一点鼻音，有了微微撒娇的意味。

“这肯定不是那么容易的，这次没人看着你，不要偷懒了。”

陶苍林本性里的认真严谨发作了，想起应白上上个假期的作业还是抄他的，还抄错了，上个假期的作业则干脆是他手把手教着做的，他就不禁有些担心，这人只有一个人的时候会不会偷懒。

“小夫子，老古板。”应白不以为意，取笑着他，“我够努力了，我的同班同学个个都是小姐少爷，平时没事就打游戏，我都无聊死了，只能学习。”

就像此前很多个夜晚一样，两个人躲在被窝里，讲到电话都发烫，直到应白不知不觉地睡着。在他的声音里睡着的应白并没有意识到，自己的唇角在睡梦中轻轻翘着。

她太过于自负，没有察觉这本该是由她开始的单方面游戏，已经变成两个人共同的游戏。

陶苍林没挂电话，听着那头渐渐安静下来，最后只剩下平稳的呼吸声。

“晚安。”

他轻轻说完，才终于放下这个只剩下他一个人声音的电话。

直到开学，应白也没有回来过。这个假期，陶苍林并不需要再去学习与自己无关的课程，也不需要在暑假的最后一晚体验彻夜帮人补作业是什么感觉。

不过，他感觉似乎也没有松口气。

好在升入新年级后，学业任务骤增，陶苍林继续按自己的步调在走。

王然带着满身汗一屁股坐到前桌，顺手拿了陶苍林桌上的矿泉水喝了个爽，本以为这个有洁癖的人肯定要翻白眼，结果转过去才发现他根本头都没抬，不知道在搞些什么东西。

“大佬，今天第一天开学，你至于吗？给我们留点赶超的希望成吗？”王然翘着个凳子，痞子一样，哪有一点班委的样子？

陶苍林没理他，继续看着桌上的东西，王然也凑了过来，发现是一张B市地图，上面画了几道线，陶苍林正在用尺子仔细衡量。

“你是已经学习上瘾了，还是此刻就在谋划进入进修学院的美好生活了？”王然一脸认真地开玩笑，“或者说学霸都是通过这种神秘方式来选学校的？”

可惜，应苍林一点回复都没有，连眉毛都没动一根。王然一边感叹着学霸的世界果然难懂，一边传达老师指令，让陶苍林去找老师。

到了办公室，老师果然是找他商量升学的事情。

“我看过成绩，你五月份已经参加过高等数学的预赛了对吧？开学不久马上就是初赛，你假期有没有准备过？”老师问道。

“嗯，从暑假开始我就有在准备了。”陶苍林回答得很平静。

“那看来是想好要走这条路了，家里有没有商量过？这当然是条不错的路，拿奖的话可以争取保送，就算不是一等也能加分。”

“不过老师建议你还是要和家里人再商量确认下。”

他的成绩相当稳，不管是保送或是正常升学考试，都能走得顺畅。

“我要参加。”

他上节课时戴的眼镜还没有摘下，面上还有些稚嫩，但神情逐渐有了大人的痕迹。

他看起来淡然而坚定，又用平常的语气重复了一遍：“参加高数比赛，然后进入QH进修学院的数学系，我已经下定决心了，请您放心。”

班主任看着他镜片后明亮的眼神，忽然笑起来，感叹道：“年轻人啊。”

直到十月份，应白才短暂地回了家。

她有些瘦了，以前脸上还有些婴儿肥，现在下颌线条分明不少，整个人跟细细的柳条一样，漂亮又精神。

可惜长辈总是很难欣赏这种美，陶阿姨准备了一大桌的吃的，心疼她一个人在外面这么久。

“怎么这么长时间？中间也不回来啊？你一个人在外面，吃住肯定是对付过去的，再有不久就要考试了，听你们老师说还要加训，你看你瘦成这样，怎么撑得下去啊？”

陶阿姨一边给她盛炖了一下午的鱼汤，一边絮絮叨叨，语气中带着些亲近的不客气。

他们这个半路组建的新家庭相处也有一年多了，人心都是热的，谁对谁好，是做不了假的。

应白看着碗里熬成奶白色的鱼汤，睫毛动了下，到底没说什么，只是低头喝汤，将一碗汤喝了个干净。

她喝完抬头，正好和陶阿姨的眼神撞上，陶阿姨看着她喝汤的样子，笑得眉眼弯了起来，露出和林林一样的梨涡。应白愣了一下，又垂下眼去。

应父一向严肃，饭桌上更是奉行食不言的规矩，只是今天眉心间从来浅浅现起的纹也舒展了开来。

以前，家里总是钟点工过来打扫卫生和做饭，应父常常在外面应酬，就是回来，也是常带着饭店里打包来的食物。有什么吃什么，应白从没抱怨过，他也就不知道应白喜欢吃什么，不喜欢吃什么。

但应白当然也有喜好，她喜欢吃鱼，也喜欢吃刚掐下来的鸡毛菜，还喜欢吃嫩嫩的鸡蛋炒菠菜，喜欢吃做得有点甜的土豆炖肉。

现在桌上全部都有。

满满一大桌子菜，她最喜欢吃的那几个却总是正好在她面前，林林刚刚转过去夹了块肉，陶阿姨就悄悄地想要转回去，却正好和应父默默伸出的手碰在了一起。

两个人默默交换了个笑，应父松开了手，让陶阿姨把炒鸡蛋转到了应白那边。

应白长了眼睛，也都看到了，却没有反应，只是没再动过那盘鸡蛋。

饭桌上主要是父母在闲聊，陶母看两个小孩都不说话，就随口起了话头："林林，你在二楼，最近晚上有没有看见猫？最近妈妈晚上老是隐隐约约听见猫叫，叫到半夜都不停。"

不料这样一句闲话，却叫一直都在老实扒饭的陶苍林差点被呛着。他硬生生地把嘴里的东西都咽下去，艰难地说出两个字："没有。"

陶阿姨嗔怪他一句："慢点慢点，这么大人了还被饭呛着。"随即她又顺口带上了旁边的应父，说道，“我们在一楼都听见了，你们二楼倒没有，还真是怪了。上次我白天叫小区保安来看，哪里都没发现野猫。现在应白也回来了，我怕吵到你们休息，你今晚再听听看，要是很吵，妈妈再去想想办法，现在还是冬天就这样吵，要是春天发情了会叫得更厉害，这样下去可不行。”

陶苍林胡乱点点头，应白若有所思地看了他一眼。

接下来陶苍林在饭桌上都十分老实，一本正经地扒着米饭，看不出来任何情绪的波动。只有饭后帮忙收拾的时候，陶妈发现他后背湿了一块，已经是十月份的天气，并不算太热，他却汗湿到吃完饭都还没干。

偏偏他还没有解释，只是闷着头抢过碗来洗，陶母笑着感叹儿大不中留，现在都有小秘密了，就没有多追问。陶苍林红着耳朵洗碗，他总不能说，自己是因为下午知道了应白今天要回来，今天的课上完后就把自行车蹬成风火轮，后来又被妈妈无形中质问了一遍，才出汗出成这样的吧？

不过明明急成这样，可到真上了楼，陶苍林却又迟迟没有去敲那扇门。

他在等应白。

她总是这样，决定去培训、要去外地时没告诉过他，如今回来也没说过，他总是最后一个知道的。

这次，总该换应白来找他了。

可应白不在楼上，饭后，她先去了书房，出来后就去好好泡了个澡，泡的时间那么久，把皮肤都泡红了。

陶苍林最近一直在准备高数比赛，下个月就是决赛了，是否能顺利去QH进修学院，在此一举。一方面要准备高数比赛，一方面要跟上第二、三轮大复习，即便是他，也把所有时间花在了学习上。

可今晚，他头一次不再勉强自己去看那些看不完的试题，只坐在桌前，看着手机上的时钟一点点走动。

当时针指向十点的时候，他松了僵了一晚上的脊背，往后靠在椅背上，认命一样叹了口气。

冤家，连哄人都不会的冤家。

他正这么想的时候，桌上传来了微微的震动，倒扣着的手机屏幕悄悄泻出一点光，发出喵的一声响，陶苍林没有立刻拿起手机查看，却还是偷偷翘了唇角。

他最近手机不离身，但是习惯设置成静音，可唯独只有一个号码例外。陶苍林甚至偷偷摸摸地用家里电脑下载了这个铃声，再每个月花五块钱彩铃费把它设为那个号码的专属铃声，每次等回了房间就悄悄打开音量。

可怜的陶母哪里知道，作怪的可不是猫。

不过，再多的困窘，在陶苍林看到应白信息的那刻都变得不值一提。

“我回来了，过来。”

应白一如既往地没有解释，没有歉意，没有好话，没有商量，天经地义，理直气壮。

晚上十点半，小楼里各家还亮着灯，星星点点，正是早秋一个静谧的夜。

风从楼前的树梢掠过，带起一阵温柔的浪，连带着灯影下的波光也轻轻地荡漾起来，小楼的窗户前投下一抹温柔的光，让人看了都忍不住心醉。

陶苍林站在房门口，禁不住轻轻地叹了口气。他明明都决定了要晾着应白，让她再也不敢不说一声就走、不说一声就回来。

心里明明是这么决定的，可应白什么都没做，只是发给他一条再简单不过的信息，陶苍林的决心就作废了。

毕竟应白过段时间就又要离开了，这次回来只是正式开始申请学院前的休整，她本来就不会在自己身边停留太久，何必再把时间浪费在斗气上呢？

陶苍林自己都没有察觉，他在应白面前，不知从什么时候开始已经学会了让步、体谅和几乎无底线地妥协，他将那些并不深刻的埋怨全部都压了下去。

他推开房门的时候，应白似乎正在整理东西，看他进来，眼锋轻飘飘地从他身上滑过，若无其事地把手里的什么东西丢进了抽屉最深处。

陶苍林不禁多看了一眼，可应白的身影有意无意地挡在了桌子前面，她问他："你来干吗？"

然后她就看见陶苍林一怔，接着他的下颌线就因发紧而微微凸显。他低垂下头，有些长了的额发半遮住那双亮得和刀子一样的眼睛，然后他没多说一个字，转身就要走。

可应白比他的动作更快，只见她轻软的薄棉裙摆荡漾起来，接着她就越过他先握住了房门的把手，而他伸出的手，则正好落在她的手背上。

冬日里干燥，这样轻微的接触都有微弱的静电在肌肤之间炸开，陶苍林条件反射一样松了手，握紧掌心藏在身后，虽然还是不说话，却也没有拔腿就走了。

应白看着他把拳头死死攥着背在身后，几乎觉得自己是在哄小孩，她在心里暗暗叹了口气，打起精神哄人："翻脸就要走？"

陶苍林大概十分容易满足，应白几乎不算哄他，不过是问了一句，就让他破功开了口。

"你叫我来的。"

说完这句话，他就又移开了目光，只是眼睛里那种带着倔强的亮色却直直地撞进了应白的心里。这大概就是占了年少的好处，尤其是他还生得好，因此连那股倔头倔脑的傻劲儿都显得那么令人欢喜。

应白轻轻地笑起来，有些无奈地继续哄："我是十点发的信息了。”她指了指墙上的时钟，此刻已是十点四十五。

陶苍林一下子抿紧了唇线，想要解释，可要他把自己刚才如何纠结最后却无法抵抗应白召唤的心情，全部剖开摊在她面前，他的脸皮还不够厚。

应白看着他脸色变换，不知为何，总觉得此刻的陶苍林在她面前似乎是透明的，她甚至能看见他的大脑里那些奇怪想法正如何碰撞在一起。最后，陶苍林还是没有解释，只憋出来一句：“那我不怪你了，你也别怪我。”

这番没头没脑、笨嘴拙舌的结论，却让应白不自觉地翘起了唇角。她明白，陶苍林不怪自己没有提前告诉他要回来，也不许自己怪他今晚迟到。

“一言为定。”应白笑着伸出手，尾指轻轻翘起，在半空中等待着。

陶苍林看着她的手指，在半夜昏黄的灯光下，反而显得更加纤细白皙。他看得有些出神，直到应白似乎有些不耐烦地要收回手，他才有些慌忙地伸手钩住了她的尾指，感受到应白带着他的手微微晃了晃，两人的指缝相互摩挲着。在他还来不及产生留恋之前，应白的指就离开了。

“你说的，不许怪我哦，以后也不许。”

应白看着他，说出了这句话，唇边还挂着一点清浅的微笑，漂亮又干净。只是不知为什么，陶苍林却觉得站在他眼前的应白和他之间好像隔了层雾。

这次，轮到他伸出手，莽撞又坚定地重新钩住应白的尾指，用力地摇了一下。

“不怪你，以后都不会怪你。”

应白在家里待了足足有一个星期，两人每一天都过得很快乐。

要靠近年尾了，大人们都忙得一塌糊涂，所以只剩下两个小鬼自给自足。陶阿姨最近常常加班回不来，干脆给他们在小区门口的小饭堂存了钱，让两个人就在那里解决吃饭问题。

他们俩的大部分时间都用来打游戏了。

陶苍林买了新出的游戏机，这支出对他来说不算小，在母亲再婚以前，家里情况虽不窘迫，但也不算多宽裕，因此这些钱他存了整整三年。

他没忘记应白在培训时随口说过周围人都有游戏玩，她在一边待着无聊死了，第二天他就毫不犹豫地把从小攒到大的小猪存钱罐敲碎了。可怜的“小猪”，到底没活到新年。

放假的第一天，两个人打了一天的怪物猎人，连中饭都省了，直到下午三点，咕噜咕噜的饥饿感才终于压过了游戏瘾。两人没有去常吃的馆子，应白指使着陶苍林跑腿去买了一堆路边摊，从炸串儿到麻辣烫再到炸鸡架，把陶苍林仅剩的一点“板油”都榨干净了。

这些乱七八糟的东西支撑着两个人又玩到了七点，应白又想打发陶苍林去跑腿，可这次他却有些犹豫，当她的眼光有些纳闷地看过来时，他才抿紧唇站起身来出门了。

这次陶苍林去得有些久，应白等了半个小时，屏幕上的“GAME OVER（游戏结束）”闪了几次，才终于等到浑身带着寒气的陶苍林回来。

他皮肤生得白，被冷风一吹更是冻成了豆腐一样，唯独那鼻子上了彩，像是玉里点了胭脂红。被风吹乱的头发落在眼睛上，衬得眸子在这昏暗的冬夜里更加熠熠发光。

陶苍林外面套了个宽大的黑色羽绒服，手里却没拿东西，等进了房间，才把拉链拉下来，然后从内兜里掏出个圆乎乎的东西。他低头检查了下，一点懊恼浮上眉间，本来伸出递给应白的手，也有些犹豫地收了回去。

“什么呀？”应白却没容许他退缩，飞快将那东西抢了过来，拿到手里，才发现是塑料袋包的手抓饼。可是不知道为什么饼似乎弄得有些邋遢，饼皮散开，里面的煎鸡蛋和烤肠都掉出来了，落在塑料袋里，油也溢了出来。

“你买这个给我吃啊？”应白轻轻歪着头，看着陶苍林问道。

他的耳根一下子红了，眉毛皱得紧紧的。他也不解释，只说了一句“我去重新买”，伸手就想把饼抢过来，带着冲动的意气浮在眼睛里。

瞧他这么不禁逗，应白连忙转了手腕，把手抓饼藏在身后，眼睛笑成了月牙，甜声哄人：“买得好，你怎么猜到我爱吃这个？”随即她立刻拆了袋子，直接咬了一大口。

看应白确实吃得开心，不似作伪，陶苍林才暗暗舒了口气，坐回她的旁边，默默拿起游戏机替她通关。

应白吃到一半，才记起来一件事儿，转头问陶苍林：“怎么只买了一个，你的呢？”

他正忙着打通关，手下按键不停，随口答了一句：“我太饿了，在路上就忍不住吃了才回来的。”

“哼！一个人先吃独食。”应白象征性地谴责了一句，就专心和手抓饼战斗起来。

陶苍林手上的按键声噼里啪啦地响个不停，喉咙却轻轻地动了下，努力把腹中被勾起的饥饿感全部咽下去。

他的零花钱在中午全花光了，买游戏机是瞒着家长的，所以妈妈也没多给他钱。到了晚上，身上的钱几乎见底，要是像中午那样买串儿的话肯定买不了多少，可是要不贵又管饱还好吃，陶苍林只能想到广场旁边的手抓饼摊，物美价廉味道好，唯一的缺点就是离家远，所以他几乎是全程跑着回来的。他在门厅喘了好一会儿才上楼，把唯一一个手抓饼给了应白。

到了晚上，应白照例要熬夜，但有陶苍林这个小古板在耳朵边絮叨她马上要回去集训，得调整好状态，所以应白决定阳奉阴违，等会儿再自己躲在被子里好好玩游戏，不打到通关誓不罢休。

她把被子蒙到头上玩得正欢，突然觉得脚下一热。应白本来不想管，她知道是陶“田螺”来给自己送温暖了，可赤裸的脚趾上的触感似乎有些不同，毛茸茸的。

于是隆起的一大团被子古怪地扭了起来，应白别别扭扭地伸手够着了脚下的热水袋，拿出来一看，才发现上面套了个毛线袋子。

她静了一瞬，然后探出脑袋，笑着问陶苍林：“你买的啊？品位可够差的。”

是挺差的，十分恶俗的粉红色，配上脖口处串的一圈白毛线，还坠着两个毛线球，活似九十年代遗留下来的古董库存产品。

陶苍林的脸瞬间涨红了，他在这方面的品位确实一般，说了句“那我拿去退货”，就伸了手想把这丢人的礼物取下来，却被应白一下子收了回去。

“给了我就是我的了，你怎么能抢我东西呢？不要命了？”应白伸出一根手指，点住陶苍林唇边抿出来的那个梨涡，用劲儿把他推远了些。

陶苍林先被应白呲了一顿，又被她指甲顶得生疼，可心里却暗暗生出些雀跃和欢喜。他怀抱着一点羞于启齿的秘密，高高兴兴地回房睡觉去了。

走之前他还不忘把应白被窝里的游戏机给捞出来没收。

等房门关上，连脚步声也彻底消失以后，应白脸上的笑容如同见了太阳的泡沫一样消散殆尽。她躺了下去，用手盖住眼睛。

应白不瞎，她轻易就看穿了陶苍林愚蠢的秘密，配色难看就算了，左差一针，右缺一针，绕线都绕不整齐，毛球的线还没剪齐，哪个商家会卖这么拙劣的半成品？何况他房间里那本《编织花样入门指南》藏得实在不算好。

她知道这是陶苍林自己织的。

想一想这个从来心高气傲的男生，用握钢笔的手笨拙地拿着棒针，织了又拆，拆了又织，在每一个为高数奋战的深夜里，抽出时间织一个这样不像话的毛线套。

“丑死了。

“真傻。”

她的口气和冰一样，冷漠又疲倦，可是手却更加用力地按在眼睛上不肯放，另一只手里还握着那个热乎乎、毛茸茸的暖水袋，仿佛握住了一颗跳跃又温热的心脏。

直到墙上的时钟转过了零点，应白才终于起身，从抽屉深处拿出了一个东西。

啪的一声，她的秘密被丢进了床底最深的地方，然后应白将自己抛向被窝，怀抱着陶苍林的秘密安静地睡去。

至少这一夜，她是温暖的。

之后，应白就又去了外地集训，陶苍林再次过上了每天晚上偷偷换卡发短信的日子。

不知道是不是他的错觉，应白似乎变得有些冷淡。

她依然会回他的短信，可口气却客气起来，不会气他，不会说难听话，也不会同他抱怨平时的辛苦。

陶苍林的心底隐隐起了不安，但他知道现在的应白正是最辛苦的时候，他要成熟一点，不在这时候打扰她。

等到她回来就好了，一切都会好的，陶苍林反复这样告诉自己。

好不容易盼到她回来，已经是一个月后。此时已经放寒假了，她回来的那天，家里的大人也都特意回了家，所有人一起吃了个饭。陶阿姨特意准备了热腾腾的锅子，大家围坐在一起，袅袅的白烟将食物的香气蒸腾得充斥整个屋子，叫人食指大动。

在大人的眼皮子底下，陶苍林找不着机会和应白说些什么，只能一边埋头吃着羊肉锅子，一边打量应白是不是又瘦了些。

她似乎没有察觉，可这目光像春日里抽芽的草，足以顶开沉重的石块。

叫她难以回避。

于是应白隔着那层氤氲的白烟回望了他，只这一眼，她就觉得自己好像被烫了一下，麻麻地发疼。

她没有给予任何回应，只是低下头来用筷子扒拉着碗里的满成尖儿的羊肉，全是陶阿姨给她夹的。

应白抬起头来，桌上一副天伦之乐的景象。

父亲虽然还是那副寡言的模样，可是眉间却是完全舒展的，连皱纹都透着放松。

陶阿姨只顾着照看两个小的，主要是顾着应白，捎带顾一顾自己的儿子，把应父撇在一边。

可偶尔两人的手臂碰在一起，就会极为默契地互相淡淡笑一下。他们还算新婚，可彼此之间早已有日久天长养出来的默契。

应白说不清自己是什么感受，她好像被放在热水里煎熬着，可是又感觉不到痛。

这时，陶阿姨突然起身，嘴里边念叨着“差点忘了”边往厨房走，等再出来时，手里还端了盘菜。

刚刚放下，应白就闻到一股冲鼻子的味，或许是她的表情有些明显，陶阿姨搓了搓手，解释起来：“这个是折耳根，味有点大，但是拿辣椒拌了之后，吃起来特别爽口清脆，林林喜欢吃这个。”

应白有些想笑，陶苍林看上去不食人间烟火似的，平时吃个零食都拉个长脸，还爱吃这么有味道的东西呢。

她看向陶苍林的目光有些戏谑，让他有些不自在地找补：“小时候吃惯了，算家乡菜吧。”

“我们是同一个家乡，我怎么没听过这菜啊？”应白随口调笑。

“我小时候在南州长大，这是南州那边的特色。”陶苍林解释得很认真。

但应白的脸色似乎突然白了些，她静了下来，一会儿才问：“你小时候在南州长大？”

此时恰好锅子开了，热气喷涌，陶苍林隔着白烟，有些看不清她的表情，只能简单地点点头，说道：“妈妈以前在南州工作，我也是在南州出生的，小学以后妈妈的工作调回来，我才跟着回来的。”

之后应白只轻轻“嗯”了一声，就没再说过话，安静地吃完了这顿饭。

晚饭后，父母在楼下看电视，应白先上去了，陶苍林陪着看了一会儿电视，心却往楼上飘，好容易熬到“燃烧、燃烧、燃烧，用我的生命燃烧”的主题曲响起，才总算找到借口上楼去了。

应白的房门没关，只是轻轻合上，他敲了敲门，推门进去时看见应白正跪在床边，手里似乎握着什么东西，正要站直。

看见他进来，应白的脸色却并不热烈，她只是目光复杂地看了陶苍林一会儿，就说自己太累了想好好休息。

陶苍林的脸皮薄，在这样委婉的逐客令下，他实在做不出赖在这里的行径，只是安静了一瞬，就向她道了声晚安离开了。

当房门合上时，应白看着他的背影，目光里满是告别前的眷恋，手里死死握着那个从床底重新找回的东西。

假期这种东西对于临考生来说，就是用来阳奉阴违的。

放了没两天假，陶苍林就被高数班加训给召唤去了，应父提议应白在家也好好温习一下培训内容，被她敷衍过去了。

每次高数班下课后，陶苍林就会踩着自行车狂骑回家，因为他要替应白带校门口的炸串，要是晚了，炸串会被水汽焖软，应白嘴刁，稍微不对味就不爱吃。

这次他又创下了最快回家的速度新纪录，等把炸串儿拿出来时，连土豆片都还是脆的。

不过即便如此完美，应白今天也吃得心不在焉，好半天才记得拿一根新的起来，嘴边全是胡椒和小葱。

爱干净的陶苍林有些看不下去，微皱着眉头拿了纸巾就要去擦，他的手上不知道如何收劲儿，应白笑着抱怨起来："好疼啊。"

这下轮到陶苍林不知所措起来，他举起手又放下，最后只问出一句："真的疼吗？我没……"他的辩解只说了一半就停了，最后他只轻轻举起手，很小心地擦了擦她的唇角，眼睛里满是认真。

应白仰头看着他，不待陶苍林说话，她就问了一句话。

"你喜欢我吗？"

这个明里暗里被应白无限拖延敷衍过去的问题，此刻被赤裸裸地摊在了两人的面前。

陶苍林的心脏瞬间被紧紧握住了，那种窒息感涌上太阳穴，他甚至觉得此刻自己的身体只是靠本能在运转，而他的理智，已经如同气球一样在无限膨胀，最后在爆裂的边缘摇摇欲坠。

他的牙关咬得紧紧的，在一种奇异而美好的晕眩中开了口。

"我……"

可他立刻被应白打断了。

"你不要喜欢我，永远都不要喜欢我。"

应白的眼圈突然呈现出一种干涸的红，整个人像是被暴晒过的玫瑰，呈现出一种诡异又枯萎的美感。

"为什么？"

陶苍林花了好一会儿时间才找回自己的声音，他的神志似乎完全飘出了身体，悬在半空中，看着自己问出这句话。

可应白只是答非所问地回了他两句话。

"只要不喜欢我，你就是安全的。"

可陶苍林无法接受，他脸上是一种豁出去的犟劲儿："什么意思？"

他似乎固执起来，非要把这个问题说清楚。

应白有些恍惚地笑了，然后低下头轻轻叹了一句："你就没有想过我们真正的身份吗？"

他太阳穴的青筋反射性地跳了一下，仿佛有一根针从那里刺下，脑子里有灼热的空白在烧，心跳的动静被放大，一下一下撞击着脊骨。

"什么意思？你……"

他才说了几个字。

"怕了吗？"她的声音微弱又幽暗，透着丝丝缕缕的恶意，钻进人的耳朵里。

他移开些距离，定定地看着应白的眼睛，大脑逐渐清醒过来，好像从乱麻里无意发现了一根线头，拽动它，可能抽丝剥茧，也可能彻底变成死结。

"不要胡说！我们以后还要去同一个城市，我还要给你买好多你喜欢吃的……"他的声音里还带着一点受到冲击的喑哑，他却强行压抑下去，看着应白的眼睛，认真地说。

应白呆了一下，然后笑了出来，笑得身体都微微颤抖。

"怎么？你连以后都想到了？"她的玩笑话一点也不好笑。

陶苍林不明白发生了什么，所以他只能本着真心，鼓起勇气。

"我们会有以后，你也只能和我有以后。"他讲得认真。

应白的表情有点古怪，既不是欣喜，也说不上生气，她只是低下头笑了，露出一点尖尖的虎牙，可笑容没到眼里，反透着一股心酸。

"傻子。"她的声音无端端软下来一些，鼻音重起来，透着些伤心。

这时候，门厅传来纷乱的脚步声和发泄一样的关门声。

“你们两个给我过来。”应父回了家，身后跟着忧心忡忡的陶母。

他从燃尽理智的迷蒙里醒来，第一眼看到的就是身旁的应白，她的那滴泪落了下来，然后，她无端端地笑起来，像有毒的曼陀罗。

应父和陶母片刻就走到了客厅，惨白的荧光灯照在顶上，让所有人都没了生气，气氛僵得像冷掉的油脂，密密地粘在每个人的毛孔上，让大家呼吸都变得困难。

应白还是那副样子，独自走在前面，陶苍林落在身后，低着头看不出表情。她走到大人面前，丝毫没有顾忌他们的脸色，径直坐下，甚至带着几分游刃有余，观察着所有人的表情。

“这是怎么回事儿？”沉默了一会儿，应父才终于开口，将一个文件袋甩到了桌上，语气里的疲惫掩都掩不住，眉心皱得厉害，拉成一个长长的川字纹。

陶苍林将文件袋打开，发现里面是学院论坛帖子的截图，他仔细看起来，越看越惊心。这些帖子里全是各种照片和短信记录，截取了他和应白的来往信息并且断章取义地进行了拼接。还有一些照片——有他和应白一起回家的照片，有他背着应白上楼的照片，更重要的是，里面还有一些，不知道是什么时候拍下的照片，大概是精心设计过的错位角度，让他们看上去十分亲密。

下面的留言的人先是震惊，随即立刻开始探讨起来，因为照片里的他们似乎在同一个地方进出，因此后面的猜测开始渐渐离谱起来。

帖子是昨晚发的，等到老师们发现的时候已经发酵开了，老师们连忙找了家长来学校，并且迅速让学校信息处把所有的内容全部删除干净，家长在最初的震惊后，立刻就回家找他们俩了。

陶苍林看完照片，没有看应白的表情，他也不想去看，似乎怕多看一眼就会击溃他坚持至今的勇气。他只是抬头望向父母，抿了抿唇，声音不大，语气却坚定：“我喜欢……”

他没说完，就被应白的声音打断了。

“你们不都看到了也知道了吗？不就是那么回事儿罢了。

“哦，还有件事情你们不知道，这些帖子，是我发的，有些照片也是我想办法拍的，我藏在U盘里面，陶苍林可真够蠢的，即便摆在他面前，他都没有发觉。”

她甚至还在笑。

应父的太阳穴跳了一下，他在这巨大冲击下显得无措，同样的表情也出现在陶阿姨的脸上，她眼里的泪快要包不住了，顷刻便要落下来。

陶苍林顾不得是在父母面前，他拉住了应白的手腕，逼迫着她回头看自己。在看到这些照片的时候，他就知道能有这些照片的只可能是应白。

同时，他也瞬间就明白了那时候应白状似无意藏起来的那个东西是什么了。

可直到现在，他也依然看不得应白这样故意糟蹋自己的行为。

可应白看也不看就甩开了他，只盯着自己的父亲。

应父再开口时，声音像一下老了十岁：“你到底想做什么？当初我再婚前，也是问过你的，这个家里没有人对不住你。”

应白像听了一个极好笑的笑话，她眉眼弯起来，眼神像淬了毒一样，阴沉沉的。

“是啊，没人对不起我，你有你的前途要奔，有你的不甘要完成，我和妈妈早就成了你这么多年想甩都甩不掉的包袱了吧？”她口气里的怨毒越来越浓。

“你的那颗心是心，别人的心就活该被糟践，活该被当作恶心的垃圾一样被唾弃。爸爸，您现在应该很幸福吧？幸福到甚至都懒得敷衍我，懒得把私生子藏好！”

说到后来，应白已近乎歇斯底里。

这话一出，应父震了一下，陶阿姨的面色一下子白了起来，她的嘴唇抖得厉害，想往陶苍林那边看，又不敢。

而站在她身侧的陶苍林，整个人沉浸在巨大的震惊里，如同暴雨突至，让人只能靠本能麻木地抵御。

“你什么时候知道的？”长久的沉默后，应父疲惫地开口。

“什么时候？”应白涌起一个古怪的笑，眼里似乎有亮光涌动。

她咽下喉中的硬块，说道：“让我想想。”

“可能是看到你见到陶苍林时，露出那股遮都懒得遮掩的兴奋劲儿开始。爸爸，你知道你看他的眼神，是多么露骨的欣慰和关心吗？

“也可能是你从没参加过我的家长会，连我读几年级都分不清，我却在抽屉里看见你藏着他的升学成绩单的时候。

“也可能是我发现，连你给的存着家里生活费的卡，密码既不是我的生日，也不是妈妈的或你的生日，而是一串莫名其妙的数字时。

“这些都不算什么，我都可以忍耐，可以理解。即便妈妈在你眼里，是个只靠呼吸机维持生命的植物人，你毕竟还是供养了我们不是吗？你喜欢别人，惦记别人，那都是你的自由。

“可你为什么不藏好一点呢？我十岁的时候，就发现了你和这个女人的合照，落款时间甚至是你和我妈结婚的头两年，你们看上去是多么般配又恩爱的一对。你说要再婚的时候，我才知道，原来是她，原来一直都是她，连照片上的时间都和陶苍林的年纪对上了。

“我本来都打算收手了，连那个U盘都被我丢到了床底。可就在前几天，我知道了原来陶苍林出生在南州！

“也是那个时候，我才知道，妈妈为什么是在去南州的路上出的车祸。

“你们珠胎暗结、破镜重圆的破烂故事，为什么要我和妈妈的人生做陪衬？你喜欢这个女人，喜欢她给你生的儿子，为什么当初不坚持到底？

“如果你只想做他一个人的父亲，为什么不干脆把我掐死！”

应白说到后来，整个人已经完全失去控制，只靠一腔义愤支撑着单薄的身体。

应父看向她，眼睛里全是血丝，整个人似乎都被击溃了。他喃喃道：“所以你要报复？”

应白笑了起来，她固执地不去看陶苍林的表情，只盯着父亲，说道：“对，所以我要报复，我要让你最得意的儿子被人议论、被人暗中耻笑。我要让他和我一样，只配生活在阴暗的角落。

“你知道吗？这只是第一波帖子，我只把这些丑陋的事情中最无害的部分放了出去。只要我想，那些躺在草稿箱里的帖子就会立刻把这一切全部捅穿，到时候，所有人都会知道你视为骄傲的儿子，也不过是个见不得光的人！”

她疯了。

“那你为什么不去做？”

一直沉默的陶苍林终于开口，他嗓子哑得不像话，如同撕扯着血肉一样艰难地说着。

“从开始到现在，有一年的时间，你为什么不去做？既然要报复，为什么不彻底些？为什么拖拖拉拉到现在？”

他的口气并不激动，但强行压抑的平静下，暗涌的情绪已经快到底线，顷刻便要崩裂。

应白没有转头，没有看他一眼，只是握紧了拳，半天才说：“不为什么。”

这四个字，似乎点燃了陶苍林的情绪，他表情扭曲得厉害，要冲上来和她说个明白。

可应父的话止住了他。

“应白，我再说一遍，没有人欠你的，尤其是林林，他也不是你的弟弟，他没有罪。”

他直视着应白的眼睛，疲惫又坚定地说。

接下来的三十分钟，是应白人生最耻辱的时刻。

直到多年后，那依然是她最深一层的梦魇，让她哪怕只偶尔在黑夜里窥见一隅，也想要将自己的脊骨咬碎。

人的大脑就是这样奇怪的物体，明明是同样的线索，却总是在无意中挑选着组成想要的模样，为自己的欲望辩护，为恶意遮掩。

所以当这些线索从另一个角度被重新串联，被挑破的时候，过往的一切如同障目的叶子，格外令人羞愧。

在应白仅有的记忆里，母亲总是温柔的，带着一点淡淡的笑，手很软很白，总是把她抱起来轻轻地哄着。

后来的母亲是苍白的、柔弱的，躺在病床上，周围永远充斥着医院的味道，以致她后来想起母亲，总是想到浓浓的药味。

可在应父的叙述下，她才第一次了解到，妈妈在成为妈妈之前，作为女性的模样。

她的母亲，白敏心，从小生得美，出生在小县城，父母离异，和奶奶一起生活，到了上大学时才第一次出了省，来了大城市，小心翼翼地探索着新的生活。

天真温柔还有些内向的她，理所当然地喜欢上了高她两级的学长应天耀。

只因为在迎新时，他在一众家长的环绕中，主动靠近了孤零零的她，没给她客气的机会就抢过她的行李健步如飞地把她送进了女生宿舍。

他穿的白衬衫，他额上落的汗，他握住她寒酸的行李箱的好看的手指，从此以后，全部成了白敏心的梦。

和她不同，应天耀就是本地人，一路顺风顺水地长大，无论交际还是学业上都是佼佼者，他像闪亮的发光体，无可救药地吸引着敏感又害羞的白敏心。

可这样的人自然不会孤单，大学四年，应天耀的女朋友就没断过，白敏心只能小心地守着自己的心，默默地等着，连靠近也不敢。

他们都是建筑系的，应天耀早两年毕业，进了建筑设计院。校园恋爱总是难以经受住社会的考验，在白敏心升大四那年，应天耀重新成为单身。

她花光了这辈子全部的勇气，主动找到了应天耀，希望他能给自己介绍一份院里的实习工作。

白敏心漂亮柔弱又天真，看着他的时候，她耳尖都会微微变红。应天耀不是傻瓜，不久就察觉了这个小学妹大概是喜欢自己，所谓的实习，大概也是为了接近自己。

他并不讨厌她，尽管说不上喜欢，可对着这样的女孩子，人总是容易生出好感的。他如约给白敏心介绍了自己单位的实习岗位。

让他刮目相看的是，白敏心比他想象中认真得多，也能吃苦，设计院开大夜、跑工地是常事儿，因此好多女生都嫌太过辛苦，可白敏心从没抱怨过，总是老实又认真地跟在各位前辈后面学习。

应天耀看在眼里，对她多了几分真正的欣赏。

原本由他来带白敏心自然是最好的，不过他设计的项目马上就要动工了，这是他进院以来自己独立承接的第一个案子，虽然只是个小案子，对他的意义却不同，于是他去了外地，亲自守在工地上一点点钉着完工。

他恨不得住在砖头堆上，工期完了后整个人黑得跟煤一样。虽然累得半死，他心里却高兴。

可等过了几个月再回来的时候，他才发现白敏心早已悄悄辞去工作。他回学校找她也没找到，试图联系她的双亲，可她早已各自再婚的父母，甚至是接到电话时才知道她不见了。

等应天耀终于从她的高中同学那里辗转知道她奶奶的地址赶过去时，看到的，是偷偷躲在乡下老屋，只有傍晚才敢出来的白敏心——大着肚子的白敏心。

那一刻他觉得无比荒唐，这一切都是如何发生的？

而等到他捉住慌乱的、笨拙地试图逃开的白敏心后，才知道什么叫作真正的荒唐和残酷。

应天耀走了之后，白敏心就跟着院里的同事到处帮忙，有一次同事们和客户应酬，她去送文件，也就一起留在酒桌上了。那是个大客户，几乎所有人都喝了个烂醉，只剩下实在不会喝酒的白敏心还算清醒。

去厕所吐了三回的同事，让她负责送前辈回去，酒几乎都是同事帮她挡的，白敏心有些愧疚，所以二话没说接下了这个任务。

然而，这个夜晚，却毁了她的一生。

她被前辈侵犯了。

那个夜晚成了她一辈子也没办法摆脱的噩梦。

她想过报警，可她不敢，不敢承受那些非议和流言。

年轻的女学生遇到这样的事，会有哪些难听而充满恶意的揣测，活在小县城，生了这副样貌又没有父母庇护，从小在三姑六婆的闲言碎语里成长起来的白敏心再清楚不过了。

而她最害怕的，就是被应天耀知道这件事儿，知道她已经坠到污泥里。

所以她逃了，慌不择路地逃回偏僻的老家，躲在去世的奶奶的老屋里，过着不见天日的阴暗生活。

可命运对她没有一点仁慈，让她掉进泥坑里还不够，非要她连尸骨都不存才满意，她吃了事后药，却还是怀孕了。

她不甘心，又试了药流，明明出了血，可居然还是没能打掉。她没有做手术的钱，况且在这种小地方，做这种手术，立刻就会传遍整个村，她那些嘴上长刀子的亲戚，会一个不落地知道这件事儿。

拖来拖去，月份就大了，再动手术她本人甚至有生命危险。

而如果她生下这个孩子，不仅连孩子的出生证都办不了，孩子上不了户口，甚至连自己的毕业证都拿不到。

应天耀站在破落的木屋里，看着泪流满面却连哭出声都不敢的白敏心，看着她瘦成把骨头的身上顶着个突兀的肚子，只觉得有钉子一点点地楔进他的太阳穴，把脑髓都搅碎，让他要吐出血来。

“我娶你，我来成为这个孩子的父亲，我会照顾你的。”

最后他这么说道。

后来，应天耀真的和白敏心结了婚。他从设计院辞职，依靠家里的帮助，组建了个小小的工程队，成了包工头。

凭借和应天耀的婚姻关系，白敏心顺利生下孩子，给孩子落了户口，也有惊无险地拿到了毕业证。她没有去外面上班，只是帮着应天耀的工程队做事儿。

但这段婚姻并不健康，他们俩都知道。过去的事情像恶瘤一样横亘在两个人之间，哪怕住在同一个屋檐下，也是如此。

她清楚地知道，应天耀不是因为爱，而是因为愧疚和可怜，才和她结婚的。

应天耀说不清楚自己对白敏心是什么感觉，他对她有过好感，可这份好感还没有真正生根发芽，就被现实折断了。

但是，无论如何，是他把白敏心带进了那个地方，也是他把白敏心一个人留在那里，自己去了外地。如果他当时没有出于私心推荐白敏心去设计院实习，或者能一直负责到底地把她带在身边，也许她的人生就不会被毁。

他们的婚姻，是靠愧疚和噩梦捆绑在一起的，两个人越是想修补，婚姻就越没有救，连原来至少有的单方向的恋慕，都变得扭曲。

应天耀不是没有试过，他也曾想说服自己，和她当一对真正的夫妻，可每当他试图真正靠近白敏心时，她就会止不住地发抖，甚至尖叫。

后来，他也就放弃了，两个人心照不宣地分房睡，像一对客气的邻居一样，在同一个屋檐下当着点头之交。

本来日子可能也就这样过去了，直到应天耀遇到了陶慧。

陶慧长得并不如白敏心美，只是清秀，可她小小的梨涡里总是酿着笑，开朗大方又明慧。

她太可爱了，像一只小鸟一样，叽叽喳喳地落在他的掌心。

面对她的时候，应天耀想笑就能真心地笑，不用考虑自己的表情是否又会在无意中刺伤她，不用把所有的情绪都压成一潭死水，不用连每一口呼吸，都被愧疚和沉重遏制住。

他就像在深夜的密林走了太久，终于见到了光亮，几乎出于本能地向她靠近着。

鬼使神差一样，应天耀隐瞒了自己已婚的身份。他试图和白敏心提离婚，可她越来越糟糕的精神状态，让他不敢轻易开口。

可陶慧还是发现了，他不好说出白敏心以前的事儿，只能结结巴巴地说自己有苦衷，要她多给自己一些时间。

这听起来太像有妇之夫敷衍情人的借口。

陶慧外表看起来娇小可爱，内里却有一股火一样的执拗，她第一时间在私下里找到了白敏心对质。

当时白敏心的精神状态已经相当差了，她呆愣在那里，半天才消化掉这个消息，喃喃道："是他说的要和我结婚的，要照顾我和孩子的。"

这句话彻底击溃了陶慧，她爱的人不仅结婚了，还有了孩子。

接下来白敏心的话更是火上浇油，她自言自语了很久，突然看向陶慧，用无措的语气小声求道："求求你，不要赶我走好不好？他是你的，只要别赶我们走好不好？"

陶慧在愧疚中又催生出愤怒和不堪，这对夫妇把自己当成什么？

她有生以来第一次说了许多难听的话，有对白敏心的，也有对应天耀的，她痛恨他对自己的欺骗，也不齿白敏心的自轻自贱。

没再给应天耀任何解释的机会，陶慧直接消失在了应天耀的人生里。

直到她消失，应天耀都不知道陶慧见过白敏心。

这大概是白敏心痛苦的人生里，第一次生出懦弱的恶意，她没敢告诉应天耀，保持了沉默。

父母有近于无，连从小相依为命的奶奶也去世了，没有亲人，看不到未来、只剩下痛苦的人生，白敏心只剩下应天耀这最后一根握在手里的稻草了，她几乎是出于生存的本能，死死抓住不放。

可自欺欺人只是饮鸩止渴，她怀抱着巨大的愧疚，每夜陷入噩梦，梦里都是陶慧鄙夷的眼神，和那些刀子一样的话。她意志消沉下来，话也不愿意说。

应天耀不是没有察觉，可他也沉浸在痛苦里，两个人常常对坐一天，彼此却连一句话都没力气说。

这样的日子本来可以静静过去，直到有一天，白敏心再次经过和陶慧见面的那家餐厅时，门口迎客的经理追了过来，说那次她落了钱包，因为有钱和重要的证件，他们一直不敢丢，也联系不上她，这次好容易看到了，就要还给她。

白敏心接了过来，才发现那是陶慧的钱包，而且里面还有一张验孕单。

她的愧疚在那一刻达到了巅峰，几乎要压垮她，她不堪的人生已经拖了许多人下水，现在还要加上一个无辜的孩子吗？

她有什么资格剥夺应天耀做父亲的权利？他那样好，本来就该有属于自己的幸福。

那一夜，白敏心没有一瞬合过眼，第二天，她决定去南州找陶慧。

她知道应天耀也去找过，可他没有陶慧的具体住址，只能在茫茫人海盲目找寻，而她凭着证件上的信息，或许能顺利找到。

白敏心把小小的应白放到亲戚那里照看，一个人默默地踏上了去南州的路。

可白敏心懦弱人生中的第二次勇敢，让她在半路因为车祸，变成了植物人。

后来，应天耀猜到了白敏心去南州是做什么，他没再想过离婚，只是一边照顾着她和应白，一边在生意里逃避着这一切。

再后来，应天耀终于和陶慧重逢，两人也知道了当年的种种，可白敏心是在去南州的路上出事儿的，是为了让他俩和好才去的南州，这条人命横在那里，他们什么也不能做。

直到白敏心去世，两个人才终于鼓起勇气走在一起。

这里面，没有人是完完全全的受害者。

应天耀并不爱白敏心，却因为愧疚而娶了她，这样的关系，怎么能生出希望？他后来又爱上了别人，到头来，反误了卿卿性命。

陶慧虽然不知情，但她到底是介入了别人的婚姻，她当时对白敏心的羞辱，也是对自己的愤怒的宣泄，她爱应天耀，却不愿相信他。

白敏心，她脆弱的一生，充满了无数的痛苦和逃避，她不够勇敢，不够坚定，没有鼓起勇气报警，也稀里糊涂地拆散了别人。

讽刺的是，她的人生中只有两次勇敢的决定，一次是试图追求爱情，一次是试图弥补错误，到最后，一次让她失去了正常的人生，一次让她丧命。

没有人，是完完全全的受害者。

每个人都在人生的岔路口上走错了一步，然后便彻底偏离，再也走不回来。

痛苦如同一轮巨大的月，随时低低地悬在空中，让人一刻都难忘。

唯独作恶的人，逍遥自在，毫发无伤。

当这些陈旧得落土的回忆终于完结的时候，应白低着头，呆呆地看着地板上的木漩纹，突然伏下身抱住自己，尖叫起来：“我不信！你在骗我！都是你在骗我！”

她叫得那么凄厉，似乎要以此抵御从身体里戳出来的刀子。

陶苍林的眼睛也全红了，他也同样艰难地在消化着这些信息。

这一切都太荒唐了，就在一个小时前，他还觉得自己是最幸福的人，不过短短一个小时，一切都变了。

他一直以为，自己的生父早逝，所以他才跟着母亲姓，可原来他确实是有一个不那么光彩的身份。

甚至，他只是应白报复家人的一件工具而已。

即使到现在，他都忍不住想绝望地问问她，有没有喜欢过自己？哪怕一点点。

但他的自尊心，让他不可能问出口。

可他的情绪还是本能地被应白所牵引，她的痛苦，也像镜像一样刻在他身上。

陶苍林下意识地伸出手，想要碰一碰她颤抖的肩膀，可他的手到底没落下，只徒劳地停在空中。

等到应白终于平静一点，应天耀带她看了一直锁着的白敏心的遗物，包括一本日记，和一条脏污的白裙子。

那天，白敏心就是穿着这条纯洁的白裙子，暗暗期望过，喜欢的人能早点从外地回来。

后来白敏心一直保存着这条裙子，既是心魔，也是她最不愿意放弃的那点不甘，她渴望有一天自己能够足够勇敢，去让真正有罪的得到惩罚。

陶苍林站在客厅里，扶着哭得没了力气的母亲，然后，他听到了书房里传来的撕心裂肺的哭声，隔着这样远，那哭声闷得压抑，却也能听出泣血的绝望。

他终于落下泪来。

后来，应白躲进了房间里，也不出门，陶阿姨也只敢定时将饭放在门口，怕她看到自己更受刺激。

好在应白虽然吃得很少，好歹也都动过几口饭食，让人放心了些。

靠近十一月，天气渐渐有些冷了，夜里玻璃窗结了一层比白霜还单薄的雾，浅浅覆在冰凉的玻璃上，轻轻一碰就会留下一道泪。

房子里静悄悄的，一点声音都没有。

应天耀和陶慧连续守了好多天，精神上也有些顶不住了，终于睡熟了。

门咿哑地响了一声，应白从门缝里小心地钻了出来，悄无声息地隐身在阴影里。

“你要走？”

听到突如其来的声音，应白的瞳孔一下子放大，心脏都停跳了。她猛地往旁边望去，才发现陶苍林坐在门旁的地板上。

“你要走。”他重复了一遍，语气肯定。

这几乎是那天之后，应白头一次见到陶苍林。

他的下巴上生了一点点的青色，眼下也有憔悴的痕迹，整个人看起来狼狈不堪，却也一下子成熟了许多。

他大概早猜到了应白要走，所以每晚，他都这样沉默地守在她的房门外。

应白从来是带着刺的，可现在，她却好像放弃了一切自我保护，坦诚又自暴自弃地把一切都摊开。

她放松地坐在林林身旁的地板上，轻轻回答：“嗯。”

她的身旁是一个箱子，里面装了必备品，和妈妈的遗物。

陶苍林想问为什么，还没开口就觉得可笑，事到如今，哪里还需要问为什么？

他只能低下头，像一株植物一样沉默着。

应白坐到身体有些僵硬，打算要站起身来，她伶仃的手腕却被一只滚烫的手握住了。

然后他轻轻捏了捏她的手腕。

无处可逃的心酸从心脏尖端蔓延上来，她几乎难以控制地蓄满了泪。

林林总是嘴硬，不会哄人，也不会说软话，平时惹她生气了，顶多只会这样轻轻揉揉她的手腕，算是撒娇。

可这样的时候，这点力道，足以将她击碎。

应白憋住快涌出的眼泪，硬着心，一根一根地掰开他的手指。

陶苍林没有办法了，他真的再没有办法了。

他站了起来，声音嘶哑得像咳血道："不是利用我吗？既然开始了，为何不利用到底！"

他的眼眶掩不住地发红，他用怒气掩饰着声音里的悲凉，他有多可悲，有多可笑，直到现在他甚至都无法放弃那点奢望，甚至想这样挽留住她。

应白垂着眼，半晌才抬起头，凄凉地笑了，笑得让他心头酸痛。

"林林，让我走吧，继续待在这儿，我活不下去的，我甚至活不到明天早上。"

她说得坦然又真诚，再没有任何伪装了。

陶苍林知道她没有说谎，他握住应白手腕的指尖在轻轻颤抖，良久，才终于放了手。

"好，我放你走。"他的话里满是木然的绝望。

"谢谢。"应白低低地笑了下，要错身而过。

"你喜欢过我吗？哪怕一点点。"他最后问道。

"没有。"她说道。

我爱你，她在心里回答。

第九章

YINGBAI

逆境

知道真相后的应白没有在帖子里上传其他的照片，也没有继续在学院掀起波澜，还主动向校方承认了错误，校方也以记过的方式处分了应白，并且安抚了陶苍林。

再后来，应白独自回了B市，住在培训班的宿舍里，靠母亲户头里留下的一点微薄的钱过活。

她最难的时候，大概是刚考上戏剧进修学院的头两年。

开始两年，学校是不准学生去外面接戏的，所以她只能做些杂活，当平面模特，只要是能赚钱的活，她都做过。

不过这会儿总比她刚离家出走去B市的那半年宽裕，那时候才是真难。

培训的钱她早就交过了，生活费能靠妈妈的存款负担，但要去外地考试的报名费、路费和七七八八的开销才是大头。

培训班老师帮忙给她介绍了些平面模特的活，尽管只能在训练之余挤出一点时间去拍，但好歹也算些进项，没活的时候，端盘子、打杂她也做过，只图能按小时给钱，打短工。

应白庆幸自己考的是表演系，不需要器材和耗材的支出。

另一件值得庆幸的事儿，是表演系招生时全部要素颜。

动了点小心思的考生全被拿着卸妆水一个个擦过去的学长学姐收拾得服服帖帖，应白却素着一张脸，穿着旧衣服，安静地站在队伍里。

她没钱添置化妆品和新衣服，就算有钱，也肯定先拿来吃饭。她每顿只吃白菜、豆腐和豆芽这样最便宜的菜，表演类的考试体力消耗大，她已经有些撑不住了。

应白直接放弃了去S市，只去了B市，因为S市生活费太高，所以，她只有这一次机会。

好在，她考上了，专业考试第一名。

应白走后，应天耀和陶慧都去找过她，找过好多次，可应白一次都没有见，宁愿躲在外面不回来。他们担心应白不回宿舍，自己躲在外面更危险，也就不再过来，改成给她寄钱，只在她不注意的时候悄悄地去教室后门看看她。

开始的时候，打过去的钱全被退回了，可退一次他们就再寄一次，后来钱就被收下了，两人也就稍稍放下心来。

直到几年后，在应天耀一家人马上要搬出老房子的前一天，门缝里不知什么时候塞进来一张存折，密码和以前应天耀给应白存生活费的卡的密码是一样的，里面是这么些年他们给应白寄的所有钱和百分之十五的利息。

而应白始终没再出现过。

那之前，尽管应白躲着不见他们，可至少通过学校老师，应家还是能知道她的消息。

后来应白签了公司，等到快毕业时就搬出了宿舍，斩断了一切以前的联系方式。

两个长辈偷偷去了进修学院的毕业典礼，想找机会看看她，可应白根本没有来，连两证都是请人代领的。

渐渐地，她成了只能在电视上见到的大明星。

陶苍林改为应姓，是在高数比赛成绩下来后。他顺利保送QH进修学院，进入被誉为天才培养皿的理科实验班。

但出乎意料的是，在第一学期刚结束，要从大类招生正式分到具体的细分研究方向时，应苍林选择了法学院。

这样的做法史无前例，毕竟实验班的同学要么进入基础学科专注于理论，要么出国深造PhD（博士），要么选择理工应用学科，毕业后前途和钱途都不可限量。

QH进修学院的法学院虽然也排在全国前列，但在未来的职业发展上和前面几个专业是完全不同的方向，何况这样的专业跨越，无论对知识储备还是个人的能力来说，都是极大的挑战。

但实验班转专业是按此前的成绩排名的，排在前面的人先选，后面人的只能被调剂。应苍林在理科实验班里成绩排名第一，不存在任何违背志愿被调剂的可能。

更何况，他还选修了法学院一年级所有的必修课程，修足了应有的学分。

这样的成绩，即便在QH进修学院也足够亮眼。

院里为此头疼不已，一波波老师轮流找他做思想工作，不想放弃这么一个可能成为科学家的绝好苗子，可应苍林始终没有松过口。

最后，两个院史无前例地联合开了一场面试，来决定他的去留。

“应同学，你知道如果你选择转院，那你从前的积累几乎全部被放弃了，你明白这对你整个职业规划和未来人生发展，意味着什么吗？”

负责学生工作的副院长在面试中极其严肃地问他。

“我明白。”他同样回答得认真。

“这样的决定，你和你的父母充分沟通了吗？他们认可吗？”院长换了方式。

“我已经具有完全的民事行为能力，这个决定是在我的权利范围内的。至于我的父母，在假期的时候我就和他们深谈过了，也获得了他们的支持。”他一字一句、清晰地阐述着自己的思想，沉稳得不像个年轻的男生。

旁边法学院的洪老师听到这话，眼睛里露出些兴味，头一次开口问道：“我想问一下，你为什么会想转到法学院？要知道，法学院出来的，可当不了院士，也赚不了什么大钱。”

旁边法学院的其他老师汗都要下来了。

应苍林却认真地看向洪老师，问道：“如果这个答案让您满意，您能接受我做学生吗？”

洪老师愣了下，然后笑起来，回答道：“你可以说好听的话，也可以说实话，我可能接受你，也可能不接受你。”

应苍林抿了下唇，他今天戴了眼镜，可即便在镜片的掩饰下，在场的人也能清晰地感受到他的决心和认真。

“因为我要救一个人。”

洪老师挑眉：“实话？”

“实话。”

“那可不妙，所谓法律，就是要平等地对待所有人，若只是带着为了救一个人的私心，可是学不好法律的。”洪老师这么说，眼中的兴趣却越来越浓。

“法律是为了所有人，可所谓的所有人，归根到底也是由个体组成的。

“学习法律的人，一路上自然会有数不清的书本、规则和前辈去教他们何为法律的庄严，去学习如何尊重法律，遵守规则。

“但我在开始这条路以前，就明白了现实生活不是书本，每一个印在纸上的没有感情的客观案例和数字，背后都是一个个活生生的人。而在这些数字之外，还有更多连影子都不会被发现的存在，他们没有发出过一点声音，就安静地消失了。

“如果我能成为您的学生，我不会让私情影响公正，也不会因此丧失理智的判断，但那个活生生的人，会像我始终握在手里易碎的鸡蛋，提醒我，前面的墙有多硬①。”

男生眼神清澈、面色平淡而坚定地说完了他想说的话。

就这样，他进入法学院，一路走到今天，直到与她重逢。

南州的拍摄日程终于结束了，在秋天结束以前，摄制组回到了B市。

应苍林一直担心拍完那场戏后，应白的情绪会垮，不过正相反，她的状态一天天好了起来。

她吃饭不再和上刑一样，也不用打营养液了。

应苍林每天按两算着应白身上的肉，不许它再减少。为了当好万恶的监督者，他每天逼着应白上秤，被应白以“体重是女性应有的秘密”的理由回击了。

作为律师，不能知法犯法，于是应大律师发挥聪明才智走迂回路线，每天都见缝插针地抱一把应白，靠手感来分辨这人是轻了还是重了。

“眼神如同在盘算猪何时才能出栏。”应白精准又毒辣地形容。

应苍林气得笑了，反口损了回去：“行啊，你要是自愿比作猪崽，那我就愿意成为养猪的农民。”

应白开始还反抗，后来就随他了，毕竟她是贪恋应苍林的温暖的。

大概是冬天快到了，她又瘦了许多，所以总是觉得冷，四肢、耳朵、指尖都透着凉，尤其是生过冻疮的耳朵，常常都会复发，现在又开始痒痒的了。

而林林总是那么暖和，像藏了暖炉在身上，只需稍稍靠近，她都能感受到体温隐隐的辐射。

①最后一段话，译用了村上春树出席以色列耶路撒冷文学奖颁奖典礼的发言。当时他是否出席这件事儿，受到了国内外各方面的压力，最后村上春树在颁奖礼上发表了这番十分著名的演讲。

她如同被火光吸引的飞蛾，总是不自觉地往那儿撞。

应苍林大概也察觉到了这一点，在家里总是穿上看着暖和又柔软的毛衣，很舒服的样子，吸引着应白往他那儿靠。

所以每晚睡着时，两人开始还总是隔着些距离，后来，却往往不知是谁主动，被窝的两个小鼓包就会变成一个大鼓包。

冬天这么冷，要吃胖一点囤积脂肪，要攒很多很多的蜂蜜，要收集好多好多的落叶，要堆一个温暖的窝，两只小熊在树洞里抵着对方圆圆的肚子，进入冬眠的梦。

由于应苍林当甩手掌柜去了南州，老大气得不轻，连发十三道金令催促其回来。

可惜将在外，君命有所不受。

应苍林的态度倒好得很，无论主任打电话来那段时间如何将他骂得狗血淋头，他都好声好气地哄，跟哄小孩一样。

最后回程的时候，应苍林还带了两个在剧组挖掘的客户回来，原来的客户也没丢，能在线上办的业务全办好了，继续保持季度业绩第一。

接着，他再客客气气地往办公室里一站，姿态恭顺地等挨骂，人送外号"俏红娘"的主任也就发不出大火，只口头严肃教训了一番，应苍林点头应是，绝不顶嘴。

等主任说得口干舌燥了，灌了壶茶就开始套话。

"你和我老实交代，你去南州到底干吗去了？"主任横眉冷对，宛如怒目金刚。

"去找我老婆了。"应苍林脸都不红，一个磕巴都不带打地回答。

主任被噎了一下，仔细看了下他的脸色，判断他说的是否是真的，然后眯起小眼睛，用透着兴味的语气问道："是在你家的那位仙女？领证了吗？"

"领不领都是我老婆，跑不掉的。"应苍林回答得轻描淡写，却在玩笑里透着认真。

“啧。”主任不以为然地嗤了声，“咱们法律人要严谨，没有法律承认就擅自虚构、谎称婚姻关系，人家可以告你造谣诽谤的。”

“那为了不让您多年疼爱、悉心栽培的我锒铛入狱，今天晚上您必须给我放假了。”应苍林顺杆爬的能耐简直一流，这小伙子真不要脸。

“俏红娘”怒拍惊堂木，对应苍林这种厚颜无耻、令人发指的就坡下驴行为进行强烈谴责：“你这次又要整什么幺蛾子！”

这是感叹句，不是问句，可应苍林立刻揪住了，正经八百地开始请假：“今天是她的杀青宴，肯定会被人灌醉，我得去接她。那么晚，又喝醉了，哪能让她自己走呢？为了女性的安全和权益，我也得去。主任，您不会不支持吧？”

应白的杀青宴和女性安全权益有什么相关？他纯属胡说八道。

主任的雷达却响了起来：“怎么，还是个明星呢？你小子有本事啊，这都能追上？”

“没本事，靠的是娃娃亲。下次再带大小姐来见您。”他一边扯淡，一边准备撤退走人。

“啧啧啧，护得挺严。”主任连啧三声感叹，“用三倍加班时长补回来，年末前给我签几个娱乐圈的大客户回来。”

“知道了，周老爷。”他往外走，挥着手说道。

主任姓周，号“俏红娘”，字“扒皮”。

应苍林到杀青宴的时候，应白喝得只会傻乐了。

他一点没客气，直接拉开应白旁边的座位坐下了。周围的人悄悄瞄了一眼，然后就你好我好大家好地推杯换盏起来。

想也知道，应苍林跟去了南州，和剧组一起扎根山窝窝待了那么久，大家都看到了他们的恩爱。所以就算再迟钝，众人也该琢磨出味来了，何况这是一群人精扎堆的地方。

所以应苍林不做那无用功，大大方方地占了离她最近的地方。

应白的反应像被放了反向八倍速，直到应苍林的体温真真切切地烘着她，她才慢吞吞地眨着眼睛看他。

她喝了酒倒老实，不躲不避，就这么毫无顾忌地侧头望着应苍林，眼睛里慢慢飞出来甜丝丝的星星，比他早上做的酒酿蛋花还要甜。

应苍林看着傻呆呆的应白，发现她的脸颊都红了。她最近被自己喂回了些肉，脸蛋红嘟嘟得格外可爱，他只觉得手心痒痒，恨不得捏一把这“小猪崽”，然后扛回家。

周围的人渐渐有要起哄的意思，应苍林还戴着金丝眼镜，反着光的镜片下清冷的眼神扫过去，大家瞬间安分了不少。

大家对这种非圈内的知识分子还是有点莫名的敬畏的。

可惜下一秒，这份气势就被醉鬼破坏了，她一头靠上应苍林的肩，长长的发铺了他满身。她闭着眼睛轻轻蹭着，和滚过泥坑回来后乱蹭的小猪一模一样。

她喝酒后发热，酒气混着身上无花果的香味，合在一起变得越发浓郁，还若有似无地拂在他的面上，让人心猿意马。

应苍林刚想接了她，搂住她起身走，可这人醉了就不讲理，自己主动撩拨，又一下坐正了，眼巴巴地说：“我还要喝。”

他怎么可能再让她喝?

不久之后，应白抱着一排小朋友喜欢喝的酸奶，插着吸管一瓶瓶挨个喝过去。

应苍林打算把人哄好就带走，可偏偏这时候，旁边桌的人来敬酒了。

正好是那个饰演女配角的演员——姚千千，应苍林还记得当时应白挺顾忌这角色的，为此不惜主动来找自己使招。

不过，在实际拍摄过程中，两个人相处得还行，这女孩作为新人业务能力不错，也不多事儿，应白不是小心眼的人，所以两人虽然算不上密友，倒也算和谐的同事。

应白灌了一肚子奶，也稍微清醒了些，除了抱着一排空了的酸奶瓶，看起来倒也不像醉得厉害。

姚千千自己也喝了不少，平时就挺活泼一人，现在更是放得开。她笑嘻嘻地过来敬酒，一口一个师姐，要和师姐碰杯，压根忘了她俩不是一个学校毕业的。

要处理一个醉鬼就够麻烦了，现在成双，应苍林面无表情地横在两人之间，顺手拿起了应白桌上的酒杯，打算替她喝了这杯酒。

姚千千看到后乐了，人越多越热闹，她毫不在意，豪气冲天地举起酒杯，又改唤一口一个哥哥来。

“应哥哥，你真是个大帅哥，你别当律师了，让师姐带你进圈吧，肯定迷死一群小姑娘！”

她倒也不是有什么想法，只是人来疯，酒精冲上大脑，想到什么说什么。

应苍林感觉好笑，不过他也不至于和醉了的小姑娘计较，端了酒杯打算碰杯干了了事。

但酒杯刚沾唇，就被夺了过去，还洒了些酒在他西服的前襟上。

他转头一看，酒杯被应白夺了过去，她已经一口喝掉了。

他的酒量和应白不是一个量级，所以倒得也毫不客气，一大杯就这么被应白灌下去了，火辣辣的白酒进了嗓子，应白的眼睛都挤成了小笼包。

可这“小笼包”不消停，脸都皱成二十四褶了，还要放狠话。

“林林不进圈！嗝——而且，也不和你喝酒的。”她说话连舌头都捋不直了，醉嗝一个接一个。

应苍林呆了一下，然后就又觉得好气又觉得好笑地扶住晃悠悠的醉酒“小笼包”。

周围的人开始起哄，有人连口哨都吹上了，在座的不愧都是文娱工作者，虽然酒都喝了不少，但吹的口哨还坚持按着给世界杯加油的节拍走的。

在众人面前暴露了小名的应大律师丝毫不慌，也根本没打算控住场面，直接对一群狂欢的醉鬼客气地说了句："我的人，我就先带走了，不给大家添麻烦，各位慢慢玩。"

然后他毫不客气地横抱起应白，转身就走，留下身后女性工作人员的尖叫声。其中姚千千的声音最大，还有男性的起哄声，好不热闹。

应苍林一路抱着应白，到了车边换了单手去开门，应白钩住了他的肩，全然将自己交付给他，软软地依偎着他，身体随着呼吸轻轻起伏。

他心软了一下，将应白小心地放进副驾驶座里，调整了椅背，指尖划过她落下来的额发，帮她轻轻撩到耳后。

"跟我回家吧。"他声音低而温柔，像羽毛落下。

可应白醉中不消停，手一下握住他俯身时垂下来的领带，直愣愣地抓在手里，说起了醉话。

"不要回家。"她说得有些委屈。

应苍林不和醉鬼计较，顺着她的意思问道："那你要去哪里？"

应白偏头想了想，很努力地转动快成糨糊的脑袋，然后双手捧住红红的脸，说道："好热，要去兜风，还要吃手抓饼。"

三句话句句天马行空，应苍林被逗得有些想笑，却还是耐下性子继续问，毕竟应白这样子的时候可不多见。

"要吃哪里的手抓饼？我带你去吃。"他耐心地问，像和小朋友对话。

应白却瞪了他一眼，埋怨道："这都不知道？当然是西门的手抓饼，好近的，从宿舍走五分钟就到了。"

应苍林这才知道，这人醉糊涂后以为自己还在学校，他被逗得心痒得厉害，慢慢凑了上去，想吻一吻她。

她眸子水亮，脸颊薄红。

呼吸比唇更先触上，彼此间的距离只剩一厘米。

“嗝。”

偏偏这时应白打了个酒嗝。

应苍林终于撑不住地抚额笑了起来，笑得身体都在颤，应白一下子用两手死死捂住了嘴，眼睛瞪得圆圆的，无措地看着他。

他好一会儿才缓过来，再也忍不住地伸手捏了捏她的脸，趁她醉酒欺负人。

应白的脸被捏得变形，但其实并没有多疼，她只是觉得这样到底过分，于是改用谴责的眼神瞪着他。

应苍林翘了下唇角，又捏了下她的脸，用恐吓的语气吓她：“坐好咯，不然不带你兜风，也不带你吃手抓饼了。”

应白立刻坐得老老实实。

等应苍林将车开到学校时，应白已经睡了一路，丝毫没有醒的迹象。

于是，戏剧进修学院的学生们就看到了西装笔挺，打着领带，还戴着金丝眼镜的男人礼貌地打听传说中在学生里很受欢迎、从宿舍走五分钟就能到的手抓饼摊位在哪边。

等应白再次醒的时候，车里都是手抓饼的味道。

她睡了挺久，酒意已经消了些，迷迷糊糊地记起来自己似乎说过要吃这个，然后呆呆地伸出了手。

应苍林从怀里拿出手抓饼，羊毛西装和衬衫上已经全是那味道，但手抓饼还是温热的。

应白接过，小小地咬了一口，然后有点可怜地说：“不脆了。”

一个爆栗敲在她的额头上，应苍林感觉好气又好笑说了句：“小没良心的！”

然后他就牵着应白，带她重新去买脆脆的、刚出炉的手抓饼。

酒精放松了应白的神经，她顺从本心地握住应苍林温暖的手，两个人并肩走在她曾生活了几年的校园里。

和两人一起去QH进修学院时不同，应白并没有很兴奋地介绍学校里的各处地方，而是乖乖地一手拿着手抓饼，一手由他牵着，不时还吃上一口软了的饼。

应苍林像牵小孩一样牵着她，回头看见她还在吃，觉得有些好笑，问："不是说不脆了？怎么还吃？就这么喜欢吃这个啊？"

应白却闷着头继续吃，嚼完才说："这个便宜。"

应苍林笑不出来了。

树叶沙沙地响，叶片在夜风中摆荡，路灯透过树影投下摇曳的光，照得他的眸子愈加深邃。应苍林转身，低下头看着她，轻声问道："你那时候爱吃这个，就是因为便宜？"

应白脑子还有点沉，转不过弯来，耍不了心眼，问什么就老实回答什么："我们食堂的肉菜都太贵了，阿姨的手还抖，所以我只敢吃素菜。这个饼里面有里脊和火腿肠，加个蛋也只要六块钱，我实在想吃肉了，就可以来买，很划算的。"

她掰着指头比了个六，脸上笑得没心没肺。

应苍林神色复杂，小摊上能有什么好肉？不过是不值钱的碎肉压成的肉片和掺了许多淀粉的火腿肠，可这对当时的应白来说，已经是加餐了。

在离开家以前，应白甚至从来没自己洗过一件衣服，如果她不吃什么东西，唯一的原因只会是她不爱吃。

"那么苦，还是不肯回来吗？"

他知道这是无用的问话，可他忍不住还是想问。如今光鲜亮丽、美丽绝伦的应白，在几年前竟然是那个整天穿着旧衣、拼命奔波在各种兼职的路上、连肉都不敢吃的小姑娘。

应白闭了嘴，慢慢低下头，只是望着鞋尖，轻轻磨蹭着地，半天才低声说了句：“我不敢。

“我太坏了，我的血都是坏的，我不想弄脏你们家。刚离开的时候，有一次我真的想一了百了了，可我怕我的血流出来太脏了，我不想看到。”她抿着嘴，皱着眉头认真地说。

酒精让人放松警惕，变得诚实。应白没有恐惧，也没有躲避，用诚实到天真的口吻，说着这些可怕的心里话。

她没有注意到对面的人呼吸都短暂地停止了，只在酒精的晕眩感中慢慢眨着眼。

应苍林想骂，却又不知骂什么。他曾经说过，不许应白再对自己说这种话，可他现在什么都说不出来，只有内里被穿了个洞，冬风从那里呼啸而过，连血肉都变得模糊。

等他终于能发出声音，他才像是怕吓着她似的轻声地对她说：“没人能选择自己的出身，那我的身份亦是如此，你也会觉得我不堪吗？”

应白摇摇头，一双眼睛看着他，无比认真地回答：“你不一样，你是因为爱出生的，你是最干净的。我不仅血是脏的，心也很坏。

“那个时候，我还要陷害你，明明我自己才是……”

她还没说完就被应苍林抱了个满怀。应苍林把她紧紧裹在自己怀里，再也不让她把那些糟践自己的话说出口。

“我来爱你，如果有爱就是干净的，那我来爱你。”

他握住应白后脑的手是那么温暖，说出的话是那么坚定。

应白没有挣扎，她握住应苍林西装的手渐渐收紧，把自己更深地埋进他的怀里。

“林林，我好想你。

“我一直都好想你。”

她终于开口，带着浓重的鼻音。

“但是我不能去找你，因为我还没有赎罪。”

应白抬起头来，红着眼睛看他，路灯在她的眸子里撒下细碎的光，她颤着声音说："等等我好吗？再等等我，等我有资格来找你。"

有温暖的指尖抹去她还没落下的泪，一起落下的，还有一句话。

"你不用来找我，因为我哪里都不会去。"

电影在国内正式上映之前，为了赶上当季电影节的奖项报送，剧组紧急调度了大量后期，加班加点地制作成片，总算赶在了颁奖季之前将影片送到各大影展。

最后在多方的协调之下，投资方决定让电影在国内外同步上映，希望票房和口碑相互作用，催生出最好的效果。于是，导演和主要演职人员忙碌的宣传期开始了。

他们的第一站选在了国内的F国际电影展。这个电影展十分年轻，它2006年脱胎于大学生电影节，但由于选片题材犀利大胆，风格独特，渐渐名声大噪。这个电影展有一个特色，历年来，它的评委会主席都是业内大导演，大导演们致力于挖掘参赛的新锐导演，双方结成广泛的合作关系，为电影行业共同努力，因此，越来越多的大导演也乐于参与或选送自己的作品进F影展。

林导对F影展而言绝对是最重磅的嘉宾，因此电影展也专门划出了时间，作为这部电影的记者发布会。

应白自从杀青就一直在休息，算上电影拍摄时间，她已有半年没有参加过公开活动。

这次再出来，她整个人实在是艳光四射，一袭烟灰色的丝绸长裙柔和地贴着身体，走动间都有风藏在里面，把一步一履都变成幻梦。

小唐满眼放光地守在旁边，大夸特夸，眼里的红心都快冒出来了，并下定决心以后绝不吃晚饭，坚决和小腹上的赘肉斗争到底。

应白却点了下她的额头，笑着说："傻瓜，这样有什么好？抱起来都硌人，健康才重要。"

小唐捂着被戳了的额头，突然呆呆地说："小白姐，你最近变得……"

"我怎么了？"应白扫了她一眼。

"变得好温柔啊。"小唐傻乎乎地笑起来，"看来谈恋爱就是不一样，整个人都散发着爱情的芬芳。"

应白轻轻抿嘴笑了，微微垂下眼，侧颈优美的弧度使她看起来像垂首的天鹅。她难得没有反驳。

小唐刚准备再问点什么，副总李云生进来了。他是带领应白出道的人，哪怕后来升了高管不再亲自带艺人，应白的事儿也一直归他管。看出他面色严肃，小唐很有眼力地关门退下了。

李云生进来之后犹豫了片刻，缓缓开口："想好了，真打算这么做？"

应白看向镜子里的他，平淡又坚定地回答："想好了。"

李云生皱着眉头，哑着嗓子说道："从你决定不续约开始，我就猜到了。"

应白轻轻笑了，"你不是一直都知道吗？"

"我是知道，只不过没想到过了那么多年，你还没忘。我还记得第一次见你的时候，你在颁奖上穿着礼仪小姐的旗袍，四十块钱的涤纶料子都挡不住人的漂亮，明明生成这副骗人的皮相，眼神却又狠又冷，当时我就知道你是个好苗子。

"你和我说，你要成名，多苦多累都行，赚不到钱也不要紧，你要全国所有人都认识你，你要站到最高的地方去。

"怎么？现在就觉得满足了？那个男人就这么好？"他说得讽刺。

应白仔细整理完头发，起身打算出门。她从镜子前转身，堂堂正正地看着一路带她走到今天的恩人，开口道："云生哥，以前我一直没说过，之后怕没机会了，所以现在说。

"谢谢你，包容我，信任我，支持我的野心，你是最好的工作伙伴，也是我永远的朋友。

“现在，我请求你最后再包容一次我的任性吧。”

她的眸子清得像水，一望见底，李云生已经很久没有见过这样的她了，也很久没有再听过她请求任何事儿了，她第一次请求是要成名，第二次便是如今。

李云生良久才说道：“去吧，我在后面看着你。”

应白笑了起来，他才发现，原来她真心地笑时这么美，比以前任何时候都美。

应白离开后，李云生站到窗边。外面的树上停了只燕子，早已冷了的天气，它却还留在这寒凉的北方。似乎被他的注视惊到，燕子哗啦啦地飞走了。

“飞吧。”他望着空中淡淡远去的影子，自言自语。

剧组里的人站在走廊里候场，等待马上要召开的记者发布会。大家衣着光鲜，西装上连个褶子都没有，女士更是美得不似人间凡人。

他们欢快地交谈着，热烈地分享对电影的意见和预期，唯独应白一个人静静地站在角落，大概是有些冷，她裸露的肩膀有一点战栗。

李舒注意到了，正打算过来问问，却被林导拦住了：“让她自己待会儿吧。”

时间到了，厚重的门拉开，无数的闪光飞了进来，明灭闪烁如银河忽现，所有人沐浴在银片的瀑布里，光与暗的交替只在一瞬间。

应白深吸了一口气，带上笑容迎向光明。

预定的进程有条不紊地进行着，由于是首映，所以剧组准备了许多独家花絮，包括拍摄期间的趣事儿、山里的环境侧写、道具组的细节安排、后期制作的快放等，大家随着不同内容的播放，不时笑出声或发出感叹，气氛渐渐热了起来。

之后，电影展准备的特殊环节来了。今年是电影展成立十周年，为了迎合这一主题，组委会特别为电影的主要人员准备了惊喜。

他们找出了剧组主要成员十年前的影像记录，现场播放让当事人观看。

最先放的是林导的，内容是他十年前进军国际影坛并在电影节获奖的片段，还包括了典礼后导演去附近海滩跳水庆祝的画面。

画面中，导演穿着西装扑通跳进水里时，现场笑成一片。

接着是其他几位前辈，然后到了李舒的片段，他当时正出演第一部新人作品，脸嫩得能掐出水。作品里他演的是一位校园学长，一袭白衣，青春气息快要透出屏幕，只要他一笑，在场的女记者就发出难以压制的叹息声。

到了应白的片段，她自己也有些好奇，那时候她应该还是学生，能有什么影像留下来？

荧幕短暂地黑了，很快又亮了起来，上面是一张干净又带一点稚气的脸。

这是报考戏剧进修学院时的应白。

每年的艺术类考试都会有不少的记者守在各大艺术类的进修学院门口采访考生，一是报道今年的考生情况，二是这里面有不少人可能是未来的明星，甚至考生中已经有少年成名的学生，都是可供发挥的亮点。

应白穿着旧衣服，素着脸，站在一群打扮精致的女生中间，接受记者的采访，即便没有任何的修饰，她依然发着光。

年轻而白皙的皮肤，浓密的黑发扎在脑后，眉如远山黛，尤其那双眼睛，像江南烟雨中的山影里透出来的太阳，蒙着层水雾，却又亮得永远让人过目不忘。

“这位同学，除了B市的戏剧进修学院，你还报考了哪里呢？”记者提问道。

“我只报考了这里。”

“哇，那看来你是特别喜欢这所学校吧，那你对自己有信心吗？”

“我只有这一次机会，所以我一定会成功。”应白的话说得狂妄，口气却淡淡，平静得不像个这般年岁的姑娘。

“祝你成功，也希望广大考生都超常发挥！”

镜头拉远，开始扫过密密麻麻的考生和家长，偶尔扫到长得特别显眼的，镜头又会拉近些聚焦。

等大厅再次亮起来的时候，大家纷纷在感慨大明星的青葱岁月，没想到看起来贵不可攀的应白，当时情况是这样的。

可等大家回过头来，才发现应白眼眶里盛满了泪，她整个人用力地克制着，不让眼泪流出来。

这可是难得的一幕，应白出道以来，除了演戏，从没在任何场合红过眼，所以闪光灯立刻亮成一片，起伏绵延。

他们在狂欢着捕捉高高在上的女神走下神坛的瞬间，却不知道她为什么会这样。

只有应白自己知道。

在那段影片的最后，她在茫茫人群里看到了一个熟悉的身影。

那么熟悉，只要一眼，她就能认出来。

那个时候，她已经出走，和家里完全断绝关系，做了许多错事儿，说了很多狠话，甚至她走的那一夜，还说了那样绝情的话，狠狠刺了他最后一刀。

可他还是来了，千里迢迢来了B市，没有试图找她，只是默默地在她考试的那天，跟在她身后，守完她全程。

应白并不是真正的铁石心肠，那天，她看见旁边的考生有家长嘘寒问暖，被妈妈唠叨着检查各种东西，她也有过一点点，只是一点点的羡慕。

直到十年后的今天，应白才知道，那时候她并不是孤身一人。

她从来都有人爱。

之后应白一直在平复情绪，等所有人的影片播完，就进入了下一环节，主创们发表感言。

不知道为什么，应白被导演排在了最后一个，等轮到她时，她拿起话筒，轻轻呼吸了下，刚要说话就似乎愣住了。

应白看着台下众多记者里刚刚坐下的那个人，他昨晚明明说今天开庭不能来的。

那双藏在镜片后的眼睛，好像从来没变过。

无论是她惹林林生气，逗林林开心，还是跟林林撒娇，甚至是狠狠伤害他时，都有爱和温柔包裹着她。

应白的眼睛忍不住发红，唇角却翘了起来，她听见自己一路杂乱无声的心跳终于平和下来。

她像有了很多很多的安全感。

第十章

YINGBAI

破晓

再次开口时，应白看向对着她的无数黑压压的镜头说道："影片中我所饰演的角色，有部分经历像极了我的母亲。

"也就是说，我是施害者的后代。"

这一刻变得那么静，连呼吸声都停滞了。

然后闪光灯疯狂响起，把挑高的大厅都镀上一层光，让人晕眩。

站在最中间的女神，每一寸都沐浴在飞快闪烁的光影里，像是生出了一身白银做的鳞片，波光粼粼，她的身体被光一片片地打亮，又落入短暂的阴影里，如同岸上的美人鱼。

可美人鱼上岸的每一步都像走在刀尖上。

在短暂的沉默和疯狂的曝光后，问题如流水一般涌来，镜头贪婪地对准她，恨不得肢解她的每一个表情。

"你的意思是，你的母亲是因为被你的父亲侵犯了才生下的你吗？"

"你是什么时候知道这件事儿的呢？是否从小就知晓，如果知晓，为什么选择现在公开呢？"

"电影情节是否参考了你母亲的经历呢？"

“你为什么要承认这件事儿呢？是否考虑过社会影响呢？”

大鱼来了，大鱼来了，绝对不能漏掉，绝对要抢到一块肉！每个人都在心里呼喊。

应白在一片闪光里不自觉地闭上眼，那些不断闪烁的光刺得她眼睛疼，当她再次睁开眼时，看到的是黑压压的镜头，上面的玻璃反射的光深邃又肤浅。

她微微侧眼，目光只望向了一个人。

“这种罪名的刑期一般情况下是三年以上十年以下，追诉期是按刑罚力度定的，也就是说你母亲的案子可能已经远远超过追诉期限了，你知道吗？”

“我知道。”

“你母亲当年没有报案，也就没有任何立案记录，很难适用因逃避侦查或应立案却未立案而延长追诉期的例外条款，所以就算你翻出来，他可能一样不会坐牢，你知道吗？”

“我知道。”

“这件事情公开，你会受到前所未有的非议，人们不会因为你是无辜的就不说刻薄话，搜索栏里打出你的名字，第一个关联的词，可能就会是‘侵犯’，你知道吗？”

“我知道。”

“即便这样还要做吗？”

“还要做。”

他长久地沉默，然后温柔地叹息了一声，说道：“去吧。”

“一切都会很残酷，我不能全部替你抵挡，但我会一直站在你旁边。”

这是昨夜，她和应苍林躺在被窝里，手牵着手，脚抵着脚，在黑暗里发生的对话。

应白眨了眨眼，收回了目光。她只是举起话筒，全场就都安静了，所有人的注意力都聚焦到极点，连空气都被专注的目光凝固。

“我在遗传学上的精子提供者，是著名建筑设计师——宋达。

“我的母亲在大学四年级时，进入建筑设计院实习，被酒醉的宋达侵犯。她并不是一个特别勇敢的女人，所以她选择了逃跑，却发现自己意外怀孕了。

“她吃过紧急避孕药，也在发现怀孕后试图采取过措施，但都没有成功，所以最后生下了我。

“我知道事情真相的时候已经超过追诉期了，所以我选择了成为一名演员，一直到今天，公布这件事儿。

“我对今天所有的发言全权负责，绝无虚假，愿意与宋达进行任何形式的对质，也愿意对外开放所有的对质过程。

“我保存着我母亲当年的日记，日记里记录了事情经过。并且我还小心保存着我母亲被侵犯时穿的衣物，上面有宋达的精斑和我母亲的血迹。

“即便没有这些，我身体里现在流动的血液，就是活着的证据，证明他的卑劣和罪恶，即便不能以法律惩罚他，我也愿意用我一生的名誉、前途甚至生命换取他应该受到的惩罚。

“最后，我知道对这件事儿的议论不可避免，任何针对我本人的言论都无所谓，但我希望避免任何对我母亲以及家人的羞辱和刺探。大家现在应该知道我是多么疯狂的人了，也该相信我将会对所有这样的言论和行为进行法律责任的追究，无论是谁，无论说的是什么。

“我说完了。”

应白放下话筒，在一片安静中起身离场，只留下仍然震惊的众人，和慢半拍响起的绵延不断的快门声。

她离去的背影，成为当天所有报纸和门户网站的头版头条。

如同一滴水落入烧得冒烟的热油，沸反盈天，把所有平静都打碎，每个人的手机页面都跳个不停，一个个“爆”占据了视线，所有的App（应用程序）争先恐后地推送着消息，“应白 侵犯”迅速成为第一热词。

而这些都被屏蔽在应白的世界之外。

她回了化妆间，换下华美的礼裙，摘了耳环，拆了复杂的编发，散下一头青丝，脱下鞋跟尖利又美丽的高跟鞋，卸好妆，穿上早上随手抓过来的牛仔裤、毛衣和帆布鞋。

应白打开门，在走廊尽头有人在等她。

多年前的夜晚，她在寂静的走廊里，割舍了自己的爱情，割舍了家人，义无反顾地走上一个人的道路。

这么多年来，无论挨饿受冻，无论要干什么烦琐劳累的兼职，无论是冬天往冰窟窿里跳，还是在三米高的地方吊威亚一吊就是一天，无论是十字韧带撕裂，还是眼睛差一毫米就被划瞎，她都没有一刻停止过，没有一刻退缩过。

她从那时起就决定，要成名，要做所有人都认识的女明星，要高高在上，要恃靓行凶，要做一抹绝色，要站到最高的地方，一举一动都惹人关注。

然后她要用这至高的名誉做一个笼子，把逍遥法外、毫发无损的恶魔关进去。

凭什么只有无辜的人受到伤害？凭什么罪犯要得到褒奖？凭什么善良的人要毕生都无法安然入睡？凭什么恶魔始终高枕无忧？

哪怕用自己为质，她也要把宋达虚伪的面具扯下，让世人都见见他在血肉下藏着的蠕动的蛆虫。

所以她要走，她要断绝关系，她要避免一切令自己贪恋的温暖，不能动摇，不能犹豫，不能后退。

那把一直悬在她和家人头上的刀，如今也该落到真正有罪的人头上了。

而自那时起，这条漫长而孤独的复仇之路，她已经走了十年。

现在，她终于不用再做一个光鲜亮丽、高高在上的女演员，能这样素着脸，穿着最普通的衣服，奔向她久别的爱人。

应白跑了起来，她等不及了，早就等不及了，然后终于如愿地撞进一个温暖的怀抱里。

而她的爱人早已张开双臂，等了她好久。

“我好累，再也走不动了。”她在应苍林怀里抬起头，笑着说道。

“那以后我抱着你走。”他在应白额上落下一吻。

“欢迎回家。”

非议像潮水一样涌来。

舆论有时候就像自然灾害，会无差别地伤害身处在旋涡中的所有人。

第一个被献祭的，就是应白。

罪恶每天都在发生，看不见的阴暗角落里超越人性想象的事情太多了。

糟污里的泥巴有什么值得看的？能够吸引目光的，往往是光明和纯洁被发现远没有想象中那般美好。

应白身上的每一寸都在被人指点。

她出道以来的所有影像资料都被挖掘出来，每一个表情都被探究是否有深意；她为数不多的访谈资料被公众号翻来覆去地截图、分析，探究她的表演、作品和人生是否受到这个阴影的影响，她的性格里面是否遗传了疯狂和阴暗面……

一切就像苍蝇围着新鲜的血肉打转，嗡嗡作响。

可这也正是她要的。

舆论越是像刀子一样肢解她，罪恶也就越难被掩饰过去。

宋达，著名建筑设计师，毕业于A大建筑系，后出国深造，进入M

国著名的建筑设计事务所工作，回国后独立创立了个人建筑事务所。

简而言之，这个人名利双收。

禽兽总是披着人皮，这层皮还可能异常光鲜。它们模仿着人的行为言谈，文质彬彬地在社交场上来去自如，捕捉那些落单的人，啃食掉血肉后，得意扬扬地剔着牙，回味着那种滋味。

可它们也格外害怕光，一旦真面目暴露，就会像被电筒照到的阴暗里的蟑螂一样逃窜，然后被人一脚踩上去，留下恶心的残尸。

无数人在社交媒体上发起声援，要求重新调查这件事儿，要求立案，要求提起公诉，要求对施害者进行刑罚，要求改变社会风气，要求出台具体措施来预防职场性骚扰和性侵犯。

无数人拥到宋达的个人社交账号下痛骂，事务所的官方微博被人评论，电话也永远有人在打，他生平的所有细节都被赤裸裸地摊在网络上，被无数次地讨论着。

他以往的作品也受到质疑，是否有借鉴？是否在施工中存在质量问题？他的事务所在以往的招标中中标是否有暗箱操作？

不过好消息就是，警察对宋达进行了传唤，也要求应白配合进行调查。

应白提供了自己的血样以及小心保存了多年的证据。

但现实并不能像童话一般，尽管DNA能够证明他们遗传学上的关系，但那条裙子上的痕迹因为时隔太久已经无法鉴定。

一般衣物上的精斑鉴定时效在一周到几个月，这样久的精斑已经失效。而且即便能鉴定，由于证据在这么多年里并非由警方保存，出于正当程序的要求，法庭也不太可能采取为可信证据。

日记只是单方面的叙述，无法作为主要证据，并且受害人当时没有留下任何报案记录。

一切都不利于应白这方的主张，这一点应苍林也早就和她分析过了。

但随着这一轮轮的证据披露，尤其是亲子鉴定结果的出具，舆论已经完全偏向了应白这边，这一事件被掀到最高潮。

宋达最开始保持了沉默，而在事情发酵到无法控制，甚至他的家门被匿名人士泼粪后，他终于以事务所的名义发了一封声明，软绵绵地否认了一切指控，将应白代称为戏子，斥责戏子炒作，并表示会追究法律责任。

狡辩比沉默更能激发群体的愤怒，如果说之前大家还是在看好戏，这样无耻又懦弱的行为则最大限度地激怒了大众。此前宋达还能小心地躲在家里，这之后甚至有人天天到他的小洋楼楼下痛骂。

可以说，即便宋达无法被判刑，他也已经社会性死亡。

转机出现在意想不到的地方。

或许是因为应白的勇敢，或许是因为后期舆论开始反省此前对受害者的苛责从而真正开始炮击宋达，终于有更多曾经受到侵害的人站了出来。

最开始受害者是匿名，分享了自己被宋达性骚扰的经历，由于害怕被报复，只能默默忍了过去。

后来开始有人实名举报，尽管对外公开信息时匿名了，但其力度不可同日而语。

最关键的，是一名女生的再次报案。

她在当时就报过案，警方对相关证据进行保存和记档，但由于她开始一直不敢说到底是谁做的，后来又突然改口，声称自己是和男朋友吵架了赌气才报警的，所以这件事最终不了了之。

这次重新报案，她提供了当时宋达私下联系她的录音、短信和通话记录，证明宋达以各种方式威胁她的人身安全，使她被迫翻供，息事宁人。

这样一来，宋达不仅被抓到了性侵的切实证据，还有威胁、勒索的嫌疑。

在网上的一番大讨论后，宋达终于被提起公诉。进入诉讼阶段，一旦被判有罪，面对他的将是数罪并罚的牢狱生活。

应白赌赢了。

她一直知道，依靠自己的这些证据是很难让宋达定罪的，但她也同样相信，恶魔脱下了人皮，就不可能轻易再穿上去。

她赌的就是这点真相大白的可能。

这样的人，只要尝过一次甜头就不会再忍得住，而她要做的，就是以自己为刀，撕破阴暗的口子，让里面的罪恶无处掩藏，让大众声讨邪恶的声音成为主流，让受害者不再那么害怕地独自咽下所有的苦难。

赢了，她就能终结这个恶魔，将他打入地狱。

哪怕输了，至少他也将在社会中名誉扫地，再也不敢对那些女孩出手。

那她也就不算输。

所以，她的名字后面会沾上什么脏东西，又有什么要紧的呢？

更何况，她有林林，她的爱人，一直站在离她最近的地方。

事件刚曝光时，应苍林就以应白律师的身份发出详细的说明，对案件详情在隐去隐私信息后，以专业而客观的口吻进行了复述。

当然，即便如此，相关人的隐私还是不可避免地被挖掘了出来，应苍林和应白公司的网络舆情部密切联系，对任何过线的言论第一时间以律师身份联系网站删除，并对部分传播广泛的恶劣言论直接发律师函到个人，严格控制传播范围。

应白对针对自己的言论并不在意，她只要求限制对母亲和家人的言论，而应苍林看着那些攻击应白的发言，完全掩饰不住气愤，即刻就要以强硬手段处理。

应白拦住了他。

“不要试图完全压抑舆论的另一面，只要是愿意讨论这件事儿的声音，我都乐见其成，越多越好。更何况，已经限制对家人的讨论了，我一个公众人物，平时靠影响力赚钱，现在还不让人说上两句，没那个道理。”

她轻描淡写，似乎也真的毫不在意。

应苍林心情复杂地看着他的姑娘，这些年，她究竟是怎么在这刀子一样的名利场摸爬滚打过来的？

但这样的忍耐，有了一个意料之外的小小回馈，应白的个人隐私被过分曝光和非议，当这种情绪发酵到极点，终于触底反弹引发了大众的逆反心理。

前期那些对应白的过度揣测，那些苛责的话，还有搜索栏里应白名字后面不堪入目的联想，被整理成了合集。最开始是粉丝转发澄清、申援，之后是女性大V（网络上有一定影响的博主）发声，到最后，无数曾经沉默的声音响了起来。

“你没有错！”

“你是我们的宝贝！”

“我们的人生，不是你们的玩具！”

“需要受到惩罚的是罪恶，而不是勇敢！”

“我不是在为某个明星发声，我是在为我的母亲，我的姐妹，我的女友，我的女儿，还有我自己的未来发声！”

那些微弱的、沉默的、无用的、被污名化的声音，终于再也压抑不住了，无数的小溪汇成了宽广奔腾的河流，浩浩荡荡奔向新的未来。

那天，应白在应苍林的陪同下，避开所有人，去了遥远的老家，在偏僻而荒凉的墓园里的一块墓碑前，放下一束百合。

百合的花语是纯洁，代表着沉默而永不磨灭的爱。

白敏心的一生是可悲的，她早早失去了父母的爱，爱她的奶奶也中途走了，她连知心的朋友也没有几个，她爱的人不爱她，亲情、友情、爱情，她都缺了一块。

可至少，这世界上还有一个与她最亲的人爱她，奋不顾身地爱她，这份爱永不磨灭，永远纯洁。

“妈妈。”

时隔十年，应白终于又说出这两个字。

“我做得好吗？

“我做得好吧？我没有让你失望吧？

“能不能像小时候那样，再摸摸我的头，夸夸我，说我做得真的很好？

“就算是在梦里也可以。”

积攒了十年的眼泪，终于肆无忌惮地落了下来，应白摸着冰冷的墓碑，声声哭泣。

电影里的敏感话题准确地击中了大众的情绪点，无数人抱着复杂的心情进入影院，等着看施害者生下的大明星如何顶着压力表演这段对她而言是绝顶痛苦的戏份。

但实际上电影处理得相当艺术化，镜头被藏在了隐处，透过狭窄而方的框，刺探着隔断背后的隐秘。

陈之宁被困在那张被窗外的光照得亮堂的桌上，观众只看见男人的背影，强势又嚣张地践踏着她的灵魂和自由。

阳光将阴影拉得很长，从间隙里透出的破碎的白皙暴露在阳光里，一半耀眼，一半阴暗。

一切都那么真实。

那些被猎奇心理捕捉进电影院的人，在黑暗的屏幕前，被画面震撼了。

这片段没有欲拒还迎，没有半推半就，没有事后无关人士提起时语带暧昧的私密。

相反，它是在将一个活生生的人全部的尊严，毫不留情地剥下来践踏。

更不用说，整部片的基调十分厚重，那些犯罪情节一点点重现，导演扎实的功力，让每一个关键点都踩在观众的情绪节奏上。

观众藏在幕布前的黑暗里，似乎窥伺到了真实的罪恶，这感觉真实到让人坐立难安，他们的情绪随着电影而起伏流转。

他们从昏暗的狭室里再次站在阳光下时，甚至短暂地无法适应，残留的晕眩像是鱼腥的凉气粘在身上，半天都搓不尽，甩不掉。

这就是《孽心》。

影评软件关于《孽心》的第一条高赞："被侵犯的是谁我不知道，非要说的话，大概是我的大脑吧。"

这部影片在颁奖季的前哨中一路凯歌，在以各类杂志和报纸为代表的影评人的文章中也收获颇丰。

但出乎意料的是，在正式的重大奖项的公布上，处在风口浪尖的女主角饰演者应白，没有获得任何提名。

瞬间焦点被转移到了这上面，多少人想从里面挖些内幕，应白是不是想要以此博奖却竹篮打水一场空，还是弄巧成拙反而招来封杀？

公司直接发了声明，是应白决定不报送任何奖项，专注处理个人事务，希望大家能关注事件本身，不要让这件事儿被泛娱乐化。

声明一出，立刻有影评人大叹可惜，应白在电影中的演技可称凤凰涅槃，如果说以前她还带有一些努力的匠气，那么这部作品中可谓是浑然天成。

有这样的话题度加持，这件事儿发酵到最后已经成为一场社会层面的讨论，主演和主角在电影与现实人生中遭遇的镜面映照，本身就充满了戏剧化的传奇。

可以说，如果报送，应白不仅极有可能在国内斩获奖项，甚至还能在国际上艺术含金量最高的国际影展里冲击影后，即便只是提名，那也能获得国内同类女演员中最年轻提名者的殊荣。

可她硬生生放弃了这条路，她走了那么久，不停歇地攀爬了十年，马上就要登上最巅峰时，放弃了。

她不想以后的人提起这件事儿时，会语带暧昧地用一句“戏子博出位”的评价，将她十年的独行，将她母亲泣血的人生，将受害者的勇敢，将那些渐渐汇聚起来、成为奔腾河流的发声，都当成做戏。

她做了十多年的戏，只为了这一刻的真实。

所以她不要这荣誉，王冠也全踩碎，她要所有人不能给加害者一点借口，要扼杀无用的宽容和旁观者的冷漠，要再点一把火，让它烧得更旺些，把所有残渣烧尽，连灰都不要留。

这时候，大家才理解，当时她说的“即便不能以法律惩罚他，我也愿意用我一生的名誉、前途甚至生命换取他应该受到的惩罚”到底是什么意思。

她在电影里表演得越好，越有可能获得前所未有的荣誉，那么人们就越会为她的放弃感到可惜，影评人和记者们拼命地叹息着，而这正是她要的。

大众总是健忘的，无论是怎样的丑恶，无论多么令人发指，无论刚听到时多么痛心疾首，只需要三天，这件事儿就平息了一半。

而只要一个月过去，惰性就会生成反感，话题的戏剧性就被消化殆尽，像口香糖一样吞不下去，只想吐掉。

而一年过去，就会连反感都没了踪迹，轻飘飘的，像从来没来过。

所以应白最开始选择了与电影同步公布真相，电影上映期能最大化激化和发酵对这件事儿的讨论。

可光这样还不够，她还需要提供更多新鲜的、多汁的话题，让她们的苦难不变成嚼到没味的口香糖。

所以她还要放弃最高荣誉的加冕，要斩钉截铁，用自己的前途再最后托一把，让这些声音直飞上青天。

在网络上吵得最喧嚣的时候，声音分成了好几派，吵来吵去，有人为光明发声，有人为阴暗辩护，有人大声疾呼，有人悄悄撇嘴。

但应白都不去听了，她和林林一起，在看望完母亲后，时隔十年，回了他们一起生活过的老房子。

院子里的花还在开着，但小楼已经半空了。

这个曾经像立在烟雨里的地方，也和大部分沿海城市一样，推平了矮房，建起了高楼，小楼里的住户也陆陆续续搬进了窗明几净的公寓，还住在这里的，只剩年纪大不爱动弹的老人，和偶尔光顾的野猫。

应白一点没有个样子，就这么蹲着逗猫。她手法还不错，挠完猫下巴就挠肚子，把那只肥橘猫挠得舒服得直打呼噜。

应苍林停完车回来，看到的就是应白面无表情地招猫逗狗，不一会儿吸引了仨肥猫围在她的旁边，谄媚地用猫爪踩她的鞋子。

太阳洒在她的发顶，晕开一道光圈，应白一脸认真严肃地逗着猫，连他来了都没注意。

刚刚重逢时的应白冷艳不可方物，浑身都竖着成年人的防备和疏离。

可她现在就像被晒得暖洋洋还被挠着下巴的猫，那些曾经一直悬在心脏上的锋利冰柱，正暴露在阳光下逐渐被晒化。

她耗费了太长的时间和心力去策划一场复仇，甚至在夜里都不能安睡，要咽下所有的不甘蛰伏着，等待着，就这么过了十年。

如今，她终于自由了。

但自由对她来说实在有些陌生，应白似乎不知道该做些什么，她就像被重启了的机器，还没有被输入指令，只能一片空白地待机，按着本能去生活。

她想逗猫，就逗猫了，她想发呆，就在发呆，整个人的智商和行为同时退化到与学龄前儿童无异。

直到她被一只手一下拉了起来。

应苍林的脸上挂着明显的嫌弃，他拍了拍她被猫挠了半天的裤脚，嘟囔道：“脏死了。”

应白这才后知后觉地想起，这人似乎有点洁癖。

然后她就把刚摸过猫的手往他的衬衫上蹭。

应苍林手疾眼快地抓住了这人要作乱的爪子，还特意抓的手腕，但应白就这么看着他，眨了下眼睛，眼神跟后面那只在看热闹的大橘猫一模一样。

林林也就只能眼一闭，牙一咬，手一松，任她去了。

应白跟摸猫时一样，面无表情地蹭了个够，连指头都擦得干干净净的。抬头看到林林眉梢眼角的无奈时，她得嘴角轻轻抿了起来。

“终于笑了。”他伸手捏住应白的一边脸，肉都被捏得鼓了起来，让她从仙女变成了滑稽的小猪。

在应白打人之前，林林笑着牵起他的仙女，一起回家。

他们一家多年前就搬到新房子去了，却同时保持了默契，没有将老房子出售。

这次事情公布之前，为了避免对长辈的打扰，应苍林给父母安排了一次为期数月的欧洲之行，让他们全程避开了舆论的爆发，因此，现在家里就只有她和应苍林两个人。

应苍林也好久没回来过了，他找出备用钥匙开了门，这里定期有阿姨打扫，所以倒也算干净整洁。

应白在门外发了一会儿呆，这是她长大的地方，储物间的门背后被她贴了旺旺仙贝的贴纸；楼梯扶手上有细细长长的刻痕，是她拿钥匙划的；拐角的墙面上有许多铅笔印子，她从小一个人在家，那都是她拿着直尺比着，自己反手画的身高线。

她知道这地方每一个家具的位置，知道客厅的挂钟慢了三分钟，知道夏天时躺在客厅凉席上发一天呆，光会如何慢慢把影子拉长，知道冬天的时候一个人在家不开暖气，用油汀加热水袋也能很暖和。

这里的一切都刻在她脑子里，可这里却不是她的家。

她在门口犹豫着，却被应苍林一把拽了进来。他没给她伤春悲秋的机会。

“今天先对付一晚上，放了东西洗漱休息下，我带你出去吃饭去。”他随手卸了领带，丢在沙发上。

为了避开人群，他们是昨晚开夜车过来的，上午去了墓园，满身风尘，是该洗漱休息下了。

应白披着他的衣服，先上了二楼洗澡，应苍林在楼下装模作样地磨蹭了一会儿，生生把自己弄出一副很忙的样子，其实他已经把那点可怜的行李从客厅拉到餐厅，从餐厅搬回客厅，愣是没打开。

时隔那么多年，他好像又变回了那个青涩的男生，满脑子胡思乱想，像是春天的柳芽肆意生长，也像有只兔子在身体里撒野一样。

只是喜欢的人在楼上，就足以让他心存幻想。

应苍林花了很久的时间装正经，最后却只花了三秒就决定投降。

反正应白又不是不知道他什么样。

他再一次走上那一踩上去就咯吱咯吱叫的老楼梯，就像很久以前的每一次，一步步都踏在心脏上。

扑通、扑通。

他曾经死去多年的爱情，重新在生长。

应白走之后，他曾经很多次独自回来过，一个人躺在床板上，正好能从那望见窗外的月亮。月亮又亮又凉，他就在那月光里想，应白现在在什么地方。

应苍林踏上最后一层阶梯，他房间的门开了一点，透出一线午后的烈阳，就像他第一次遇见应白的那天一样，阳光灿烂。

他像中了蛊一样，轻轻推开了门，应白沐浴在光里，耀眼得不似真人。

她望了过来，轻轻笑着，眼里似乎有点隐秘的闪光。

手里握着他落在外套口袋里的钱包，里面有他们唯一的一张合照，那张在操场上他护着她防止她从栏杆上掉下来的滑稽姿势的照片。

高中毕业的那天，应苍林找到了当时的拍摄者王然，将照片洗印了出来，后来照片就一直静静地躺在他的钱包里，随他参加过新生报到、司法考试、毕业典礼，和无数次大大小小的法庭辩护。

照片的后面，用疏朗的字写着一句——

如果是你，我将心甘情愿地无数次踏入那同一条河流。

在多年前的一个偶然的午后，少女随手撕下自己的习题册，捏成团，戏弄一样丢给了窗下稚嫩而冷淡的男生，纸团里写着哲学作业：“请解释，为什么人不能两次踏入同一条河流？”

只轻轻一下，如同春水被燕子点过，从此起了波澜。

对某些人来说，在平静里过一生并不是什么坏事儿，因为动心可能只需要一瞬间，却可持续一生，永不熄灭。

“即便像我这样的人，也有爱你的资格吗？”她轻轻地问，声音里有不易察觉的颤抖。

“那你爱我吗？”应苍林站在同一个走廊里，问出与多年前那个问题相似的话。

应白转过身，站在逆光里，身上镀上一层柔软的璀璨，说出多年前默默嚼碎在心里的回答。

“我爱你。”她落下眼泪。

而这眼泪，终于和苦痛无关。

他们初相识，吵过许多架，也互相辜负过，只吐露半份真心，也曾咫尺天涯。

他们重逢后，接过许多吻，愤怒的、辛酸的、心动的、甜蜜的，却没有一个像现在这样。

仿佛交换灵魂。

温热的呼吸混在一起，发酵成隐约的醉意。

他们的第一次相遇，也是在这样一个午后，太阳耀眼。

那时的阳光也同样洒在这刻，已经快到冬天，无人居住的老屋里刚刚开了暖气，温度还没有完全回升，窗户上蒙起一层薄薄的雾。

应苍林朝她靠去，脚下却被翘起的地板绊了下。脸上的泪还没有干，应白却忍不住笑了起来，和雨后盛放的山花一样明媚又娇艳。

这笑声让应苍林有些恼羞成怒。

“笑什么？”他假装恶狠狠地说道。

现在四下无人，小楼里只有他们俩，最多还有几只猫，可她却无端生了许多无用的羞耻心。

就像新生一样，她剥掉了所有的仇恨、倔强、孤独和自尊心，将一颗真心摊在阳光下。

可应苍林一直注视着她，所有的神经都连接在了一起，他靠近，吻住她遮掩脸颊的手指。

“看着我。”他说道。

应白没有回话，只是耳尖悄悄红了。

她像个初浴爱河的小姑娘，连天光都让她羞涩。

她也确实是个初浴爱河的小姑娘，终于能爱她想爱的人。

“看着我。”她的爱人说道。

她紧闭的睫毛轻轻颤着，在掩饰着加速的心跳，可应苍林的目光有温度，她连在闭眼的黑暗中都能感觉到，她躲避不能，所以睁开了眼。

她落入等待已久的温柔的网里，他吻住她。

在灿烂的天光里，她和他的心终于再无间距，不再有心机，不再掺杂仇恨，不再藏着嫉妒，不再隐有不安。

年少时，她带着恶意，蓄意靠近了一个男生。

如今，那个曾经被她恶意对待的男生，温暖了她。

一不小心，温暖了好多年。

应白过了一段懒日子。

她的懒散是骨子里带的，身边护体的荆棘被斩断以后，本来的性子就显了出来。

与以前不同，那时的她虽也恣意妄为，可一举一动都带着欲擒故纵的深意，眉梢眼角的风情都算计过分量，七分假意加上三分真心，只是人心不似秤砣坚硬，最后她把自己也全部赔了进去。

她如今失了防备，没了算计，喜欢就笑得眼里有星星，不高兴就嘴上挂油瓶，越发活色生香，不像个大明星，倒像个小姑娘。

应白本来就没有多聪明，现在她把所有的处心积虑都花光了，大脑进入了短暂的空白期。她不再有所顾忌，全心依赖着应苍林，差点连基础反射都要靠他操控。

说实话，这也是应苍林好不容易又帮她养回来的脾气，他也是现在才见识到，不当女明星的应白有多过分——

过分迷人。

她素着脸，头发散成海藻一样的波浪，穿着他的衬衫走来走去，露出锁骨和一点曲线，白得耀眼。

偏偏她似乎不自知，或者是她即便自知也不在意，在他面前肆意地笑闹，一颦一笑都出自本心。

其实这段时间应苍林很忙，忙着和应白的公司联合监测和引导舆论，忙着发律师函，忙着联系自己此前搜集了多年的相关受害者，忙着为她们代理个人隐私和权益保护事宜，忙着运用自己积攒的人脉打听事件进展，还得忙着还之前翘班欠下的债。

可他简直被冲昏头脑，满脑子只想着心上人。应白也差不多。

等到两人的头脑终于稍稍冷静下来，已经是一段时间以后了。

应白找到了新乐趣——照顾应苍林。

她从来没照顾过人，原来自己在外时忙着生存，凑合着对付，活下去就行，后来出道了有名了，就更是有助理帮忙，她的时间全部用来往上爬。

可现在，应白第一次学着照顾人。

她有些兴奋。

首先，她网购了一堆有用没用的厨具，什么好用的刀、分区的砧板、过滤的喷头、磁吸的上墙收纳、小面包机、打蛋器、三明治机、空气炸锅、传统土瓦罐，把原本极简风的厨房塞得满满当当。

然而她对大部分东西的热情在选购和包裹到达时就已经达到最高峰，实际使用时则进入半衰期，后来那些东西基本都放着落灰。

她第二个瞄准的是打扫，什么衣领净、各类材质分类的洗涤剂，针对大理石、玻璃和封胶的各类清洁剂，冰箱除味剂，静电拖把，再次把储物间也塞得满满当当。

东西越堆越多，她干脆迷上收纳，把各种布的、塑料的、亚克力的，悬挂的、塞床底的、能压缩的收纳箱包和袋子，全买了回来。

后来她收纳收得连自己都找不着东西了。

应苍林一直纵容着她去折腾。

因为塞太满导致蛋黄都挤了出来的没切边的三明治，用空气炸锅也能炸煳的鸡翅，放太多糖有些发腻的酒酿丸子，他都面不改色地吃下去了。

不再按色系排的西装、洗的时候被忘在口袋的纸团毁了的毛衣、一高一短被凑成一对的羊毛袜、打开抽屉时鼓鼓囊囊像香菇的袜子，都被他在应白睡着的时候一件件归整好。

应苍林想上床时被突出一角的床底收纳袋绊了一脚，发现了收纳得更乱的储藏间、说好要整齐放在收纳盒里可是没过几天就丢在梳妆台的耳环……他挑了周末的时间统一按大小、用途再整理。

他喜欢应白心血来潮的勤劳，也喜欢她意料之中的半途而废。

不因为别的，只因为沾了烟火气的应白，如此迷人又可爱。

她不再是遥遥挂在天上的星星，也不再是咬着牙在寒风中扎根的凌霄花，而是只能被他看见，只悄悄在他掌心结出的无花果，不华丽，不耀眼，却迷人又可爱。

应白有多可爱呢？

明明自己积极揽下每天给回家的他挂西装的活，却接过就忘光了，丢在床上就去看漫画。

被他发现后，她理直气壮地狡辩："我是让它休息一会儿，它上了一天班好累了，要躺会儿再挂起来。"

他本来还装作严肃要吓她，却被应白可爱到难以抑制要立刻吻她。

他们就躲在这小小的一间屋里，外面议论沸腾，外面恶意重重，外面光明无限，外面充满未知，可他们就只躲在这小小的一间屋里。

他们为了"让好累的西装躺一会儿"这样的无聊小事儿发笑，接吻，分享每一个相拥的夜。

他们还有很多事儿要做，还有很多问题等待解决——宋达的案子要继续跟进，应白的未来还不明朗，沸腾的物议是否能带来真的进步，流言会不会成为暗箭，父母迟早要从国外回来见面。

可现在，他们只躲在家里，重温初遇的那年暑假。两个人坐在客厅的凉席上，吃着西瓜看曾经一起看过的电视剧，不清晰的画质带着颗粒感，从时光里穿越而来。

"人生不如意的时候，是上帝给的长假，这个时候应该好好享受假期。突然有一天假期结束，时来运转，人生才是真正开始了。"

他们的人生，正要真正开始。

番外1

YINGBAI

背后

应白在《孽心》的公映记者会上惊天一言的第二百一十三天，宋达一审被判有罪。

应白是在手机上看到跳出的信息的，随即而来的是铺天盖地的朋友的安慰、同事的报告和记者的采访请求。

过去这么多年中的无数次，她都在夜里咬着牙，咽下眼泪，想象着那个恶魔终于得到报应时的情景。

她应该是快乐的，应该被成功的巨大快感淹没，应该反复琢磨着审判庭上的宋达衰败的皮囊和一夜白了的头发，应该终于释怀。

可奇怪的是，她并没有什么特别的感觉。

她所有的感情都耗在那次惊天动地的坦白中，那种感觉矛盾而怪异，她的灵魂在尖叫，身体在颤抖，甚至连视线都镀上一层模糊的光晕。

可她不能崩溃，她把所有超载的情绪全部封存在身体里，不是依靠理智而是依靠身体的本能，继续说着那些准备了很久的话。

时至今日，应白也能记得那种在巨大情绪冲击下，仍然要依靠快速飙升的肾上腺素维持冷静的感觉。

然后她的情绪一波一波地被消耗在不断起伏的舆论中。

连应白都感到意外，自己并不是没有感情的怪物。

尽管她已经准备了十年，尽管应苍林事前已经和她推论好了一切，尽管她认为自己足够坚强，但她还是会被伤害。

在任何平台的搜索框里，打出应白两个字后，跳出来的不再是她的作品、她这么多年的努力和她获得的各种奖项，而是各种无下限的联想词，毫无依据的传言也被安在了她的身上。

她出席颁奖典礼的照片被截在论坛里被人评头论足，以前被誉为美艳的礼服被重新打上许多标签。

“穿这么少，真不愧是……你们懂的吧？”

“啧啧啧，虽然这么说不太好，但是那种人生出来的女儿，基因里都带着缺陷的吧？”

连电影里她被侵犯的戏份都被盗摄，在各种软件里以不见光的方式流传着，甚至有人因为她的戏拍得写实，但实际上并没有裸露多少而骂她假清高。

所有这些负面的舆论，一波波地涌来，淹没站在风暴中心的应白。

尽管心有准备，尽管她都明白，她也还是会受伤。

她一边劝着同事，安抚着应苍林，一脸无关痛痒地说着不要试图完全压抑舆论的另一面，自己是靠关注吃饭的明星，被议论再正常不过，一边在夜晚无端醒来，在黑暗里发呆好久才能睡着。

应白瞒得过所有人，同事、合作方、媒体、粉丝，可她瞒不过应苍林，这她自己也知道。

或许是因为没有人比应苍林靠她更近，或许是因为没有人会这样满眼都是她，了解她每个动作背后的情绪。

应苍林没有说什么，他不想让自己也成为应白需要处理的情绪之一。

即便在这样的情况下，应白也装作不在意的样子，这是她多年来竖起的屏障，一直保护着她破碎不堪的心安全走到今天。

只是不知什么时候，林林似乎无声地站在了这道屏障后。他不会问应白伤心吗，不会问她累吗，也不会安慰她、说些好听的话，他只是向警方提供了这么多年来他搜集的宋达在各项任职经历中所有可能存在的犯罪行为，从受贿、行贿到虚假招标，从性贿赂到性骚扰。

不是从最近才开始，而是从几年前就开始的调查，他掌握了即便是警方都难以一时收集全的线索。尽管由于身份限制，无法调取和收集到决定性证据，但他提供的线索足以帮警方打开局面。

连那位重新报案的最关键的受害者，也是应苍林避开了所有人先找到的。

贫穷、清秀、不自信、小地方来的女孩，成为宋达这么多年下手的目标，方芳也不意外。她当时还在读大学，靠着贫困生助学金才交的学费，她没有力量与行业翘楚宋达较量。她被挤掉了助学金名额，实习学分也没有拿到，连毕业都成了问题，找工作也屡屡碰壁。

所以方芳屈服了，翻了供，毕业后找了和专业无关的工作，以微薄的薪水糊口，一点点还着助学贷款。

应苍林两年前找到了她，可女孩态度激烈地否认了被侵犯的事儿，几近崩溃地将他赶走。应苍林没有再勉强，只是悄悄以师兄的名义找理由替她还掉了贷款，然后给她介绍了一份不错的工作。

这两年，他每隔一段时间都是会去看看女孩，尽管随着生活的好转，她的情绪稳定很多，可每次还是拒绝了应苍林。

直到应白的当众坦白后。

应苍林再次找到了她，他没有强迫她，只是很平静地同她谈了许久。

“我不是想来强迫你报警，也没打算用钱来解决你的犹豫，这件事儿很难，稍稍一点差错就可能让一个人的人生颠覆。

“我只能告诉你，前路会很艰难，也许会比你过去还要痛苦，但我会尽我最大的努力让你的信息不受到任何曝光，也会尽最大努力让宋达得到惩罚，一定。”他坦诚地说着，眼神清澈又坦荡。

“你……你是好人，你和他们不一样。”长久的沉默后，方芳看着自己紧握在膝上的手，颤抖着说出这么一句话。

应苍林愣了下，然后笑着说：“或许吧，不过我没有那么伟大，我的善良和勇气，也是从别人那里借来的。”

方芳低着头，感觉到血冲上脑袋的晕眩，一向怯懦的她，不知道是从哪里来的冲动，突然问道：“你是为了那个女明星吗？”

她抿抿嘴，还是说出后面那句话：“你不介意她……”

应苍林似乎有些意外，他看着在发抖的女孩，好久才说道：“我以前就开始爱她了，为了保护她，也为了能站在她身边，我才走到今天的。”

“她是我见过最勇敢的女孩子，像是闪着光一样。当然她也有缺点，脾气倔得只会自己吃苦头，这点让我很头痛，但是……”

他低低笑了下，道：“连这点我也喜欢。”

应苍林自己都不知道，自己说这话时，眼神有多温柔，像泡在热热的温泉里，让人骨头都暖和起来。

方芳低下了头，没有再说话，拽着膝盖上裙子的手不断收紧，然后终于松开。

那次见面后，舆论开始有了些转换。

拿着好奇当作借口，犯着平庸的恶的“多数人”，成了一条黑暗得像死水一样的暗河。

当恶意到达顶峰，反对的意见就会像暗河下面越来越多的石头一样堆积起来，河流变得奔涌，哗哗地打在突起的石头上，一层层浪花飞溅，将急流激荡得变了模样。

浊流终会变清。

应苍林在某天夜里收到一条短信：“我希望，自己也能变得勇敢，像她一样。”

他在黑暗的卧室里，看着散发着淡光的手机，回复了两个字：“谢谢。”

然后他钻进被子里，从背后抱紧了睡得一身温软的应白，埋在她的颈后，深深地闻着，最后在她的耳后落下一吻。

应白并不知道这一切。她只知道，当那些糟污袭来的时候，应苍林陪着她。当声音终于压倒性反转的时候，应苍林依然陪着她。而当宣判结果出来时，她发现自己似乎没有想象中那么激动。

每个惊醒的夜晚，她都会发现应苍林都在她触手可及的地方，他甚至没有清醒，却会下意识地将她抱进怀里，用体温烘着她直到她入睡。

他记得应白在拍戏时落下的每一点伤病，会每晚检查天气预报，如果要下雨，他就会提前给她按摩伤过的膝盖。

她的颈椎不太好，应苍林会强迫她戴上可笑的矫正器，应白反抗，他就会一边强戴，一边笑着拍照取笑她像卡了脖子的海豹。

他比应白更清楚她的生理期，会备好甜甜的红糖水，在她痛经的时候躺在她的背后，用温热的手掌替她按摩着小肚子，直到她迷迷糊糊地睡着。

所有的这些琐碎代替苦痛的回忆一点点填进应白的记忆里。应苍林用爱为她塑了一层钝感，那些刀剑，终于再也刺伤不了她了。

宣判后第三天，他们撇开一切，撇下所有人，一起去了欧洲。

应白飞去过欧洲无数次。她总是坐深夜的班机，从上一个工作匆匆赶来，用口罩和帽子遮掩住疲惫，再光鲜亮丽地出现在欧洲的时装周、电影节和各种活动上。

她在红毯上摇曳多姿，用闪光灯供氧，两天没睡也要精神奕奕得像个战士。事前她要出造型图，有海滩则去海滩，有花树则就花树，再不济，团队摄像师自带丝绸、羽毛和镜子造景，连酒店走廊都能成为拍摄的地方。

她做什么都要快。

赶场要快，换造型要快，出图要快，行程塞得满满当当，如果赶不上第一时间出图出稿，她就得等着在营销号发的别的明星的精修图里，插上一张自己模糊又怪异的媒体抓拍照。

回国也一样，后续的工作排着等人。她从红毯上刚下来，在车上盖上黑布换好衣服，妆都没卸就往机场跑，用墨镜掩盖眼睛里的红血丝，经纪人的微信一路上还在响个不停。

这就是应白的日常生活。

所以，这么多年下来，对于欧洲，应白最熟悉的地方还是各个国家的首都机场。

应苍林比她熟练得多，这么些年他经常做经济方面的案子，来这边出差是常事儿，尽管也没什么时间闲逛，但至少不像应白那样只在几个点打转。

走的那一天，应白睡到了中午十一点多才起，早饭都是林林给她端到床上吃的。

她最近迷恋上了吃汤泡饭，前一天做好的饭，第二天早上起来放进菜汤里一起煮，吃下去特别舒服。

应苍林觉得有些好笑，但应白已经吃腻了那些生冷的连酱都不放的蔬菜沙拉，或者冰箱里的奇亚籽酸奶。

她现在就喜欢吃汤泡饭，热乎乎地落进胃里，蒸腾出许多的满足，何况，这些都是林林做的菜。

她在床上赖到快一点，被林林连被子带人一起抱到浴室。她还不肯睁开眼，是林林哄着她张嘴刷完的牙。

他们晃晃悠悠地到了机场搭晚上的飞机。暖黄的斜阳从候机厅巨大的玻璃窗外落下，使她棕色的头发染上一层碎金。

这头发也是她自己要染的。

以前她的头发都是专门的造型师打理，用什么产品，多久洗一次，烫多大的卷，留多少长度，都归他们说了算，而如果进了剧组，那就是剪一寸也得导演同意，怕不连戏。

美人多变，可真正的大美人，从来都是雪肤、黑发、明眸、红唇。应白自出道以来，除了少数造型，几乎没有染过头发，更不用说自己染了。

她现在终于能自己做主，于是兴致勃勃地网购了染发泡沫，但快递拖拖拉拉地昨天才到，而且自己怎么也弄不好，差点把泡沫弄进眼睛里，最后还是老老实实地让林林给她染的。

她睡到日上三竿，吃过汤泡饭，染了新发色，和爱人奔赴新大陆。

应白在飞机上睡了个天昏地暗，口水都流到了应苍林的风衣上，丝毫不知空姐正凑过来想要和偶像搭话。应苍林只能挂着礼貌的微笑，将睡得磨牙的应白往自己的怀里按，遮住了她流着口水的唇角。

而应白此刻正在梦里吃着汤泡饭。

飞机降落在Y国的时候，外面正是阳光灿烂。晚夏的Y国还十分热，火辣辣的太阳光从天际涌了出来，将远处的草坪都镀了层红光。

应白戴了顶大大的草帽，站在阳光底下，皮肤被照耀，整个人白得发光，却无端地让人觉得她有些冷。她穿了吊带裙，薄绒的开衫搭在手上，露出大片的肌肤和细致的锁骨，让人挪不开眼睛。

但周围没人有机会多看，因为很快一位穿着棉麻衬衫的男子就牵起她走了。

他们在阳光下牵手走着，应苍林感觉她微微动了动，刚刚回首看她，便被她踮着脚吻住。

“Buon giorno（很好的一天）。”她轻轻笑着说，眼睛里闪着初曦的光芒，像早晨月桂树上刚结的露水。

他回吻她。

太阳升起来了，巨大的一轮红日笼罩着清晨的水汽，将两人的身影框在圆日里，显得亲密又热烈，仿佛在偷窥天光。

他们没有找任何人，而是自己租了车，将敞篷摇了上去，一路开到海岸。

热辣的太阳蒸干所有的阴暗，而Y国最不缺的就是阳光。

他们沿着山路一路向上，热到爆炸，那就散了头发，让海岸线吹来的带着咸味的风将海藻一样的头发吹得飞扬，颜色灿烂的丝巾飞在风里，留下一丝丝香又迅速飘散。

悬崖被千百年的浪打得崎岖坎坷，露出灰白色的断面，远处涌来的浪一波波地吻着海岸线，汹涌地来，又温柔地流逝。

车辆行进在陡峭的山壁上，一边是嶙峋的瘦石，一边是与天际相接的大海，太阳在头顶，远处在闪光。

他们停在半途，圆滚滚的金属小面包车摇开了窗，里面有人在卖水果。车里摆了极漂亮的血橙、红桃、黑李和柠檬，他们挑了桃和橙，一口吃下去，汁水都溢在手腕。

他们住在城中高处的酒店，古堡改造的住处有极大的露台，夜晚时他们悠闲地躺在吊椅里，无聊地争论着哪一颗是最亮的星星，远处满城的灯火，点缀在朦胧的夜色中。

应白总爱逗应苍林，时不时啄吻一下，柔软的嘴唇触上他的梨涡，填满那一点点空，然后又飞快离开。她在他的怀里笑起来，睫毛颤着，嘴角都是甜。

他又爱又恨，想捉住怀里的蝴蝶，又想再多看看她翩跹的翅膀。

这天难得早起，舍弃了更方便的 FlixBus（廉价巴士），两人搭上慢悠悠的红火车，头倚着头睡了一路，最终在中午之前到达了L国的首都L市。

他们漫步在这座被游客遗忘的东欧小城的老城区，红顶的房子外灰白的砖墙发了一点点黄，柔和了色彩的对比。他们踩在狭窄街道的砖石上，路边藤椅上喝着咖啡的老人热闹地说着话，两人走过时惊起趴着的金毛大狗，大狗尾巴拍着地面，耳朵竖起来。

应白牵着林林的手到处跑，像个疯癫的小姑娘。街边长椅上趴了个头戴高帽的F国士兵的铜像，她丢下应苍林的手过去，顺着姿势摆出要吻士兵侧脸的模样，维持了一会儿，却久久不闻今天一直挂着相机为她拍照的林林按下快门的声音。

她抬头一看，就知道这人连铜疙瘩的醋也要吃的。

应白在阳光下笑得眯起眼睛，她这般模样不算最美丽，却是最可爱。

“你不让我亲他，那你要赔我一个吻啊。”她笑着说道，声音比梨子还清甜。

她就这么闭上眼，微微抿起唇，等待黑暗中落下一个吻。

应苍林这下才高兴了，他走近坐在长椅上、扎着两根麻花辫的姑娘，温柔地帮她把从发束里跳出的一抹发丝撩到耳后，然后和阳光一起，吻她的面容。

他们漫无目的地走在这座老城里，走到太阳渐渐斜了，两个人的颧骨上也被晒出一点红。

夜风起，将她肩上的丝巾吹得高高飞起，落在远处。

“快去帮我找回来，我好喜欢的。”应白瞪着圆圆的眼睛，让林林去捡。

而等他终于捉住调皮的丝巾回来时，不过是一眨眼的工夫，应白又不见了。

满眼都是陌生的人群，远处的叫卖声，近处的交谈声，树上的鸟鸣，高处隐约传来的钟声，应苍林明知她不会走远，却还是背心出了汗。

最后，他在不远处的蓝色建筑前发现了那袭红裙。

应苍林跑过去的时候，连气都没喘匀就要骂人，可应白脸上莫名的神色让他忘了说话。

混着彩霞的夕阳将天际染成淡紫线，点点晕染上红，遥远的光将她的面容镀上一层温柔。

“应苍林。”

不远处的大钟撞击出悠远的声音，惊得广场上的鸽子飞起一片。

钟继续敲着，一下下撞进耳膜，应苍林看着她的嘴唇动着，成一个小小的圆，又拉起嘴角，红润的舌尖轻轻点过贝齿，声音被钟声掩盖。

可他什么都听不见了，只有自己激烈的心跳声，在这片天空下轰鸣着。

“再说一遍。”应律师第一次如此明显地慌张，他快步走向应白，抓住她的手臂问道，连声音都颤抖。

“再说一遍！”

应白只是静静地翘着唇，带着一点甜蜜，看着他。

等待是折磨，也是礼物。在下一声钟响起之前，应白终于悄悄踮起脚，在他耳边小声重复了一遍，呼吸磨在他的耳垂上，痒成一团，撩动人心。

“我要嫁给你。”

下个瞬间，他的眼睛里迸发出光芒，连她看过的最亮的星星都无法稍稍匹敌。

应苍林的掩不住笑，却要强压下，古怪得仿佛要咽下一个咳嗽。

“你总是这样，让我爱上，又自顾自地逃开，什么都不说，又犟着一个人报仇，什么都把我落在后面，现在连求婚都要抢先。

“不算，重来。”

下一秒，在蓝色教堂的前面，在绚烂的晚霞下，应苍林郑重地单膝跪下。

“应白，我们在错误的时间，因为错误的理由相遇，给过彼此很多痛苦，也有许多不堪。

“但你，是我人生中永远正确的选择。”

他拿出藏了许久的深蓝色盒子："这是我第一次赢了案子时用酬劳买的，那时候我只买得起碎钻。

"我不太懂钻石的净度、克数，它或许比不上你梳妆台里随意拿出来的一颗宝石。

"但它和我一样，是永远只属于你的光。"

应白没有说话。她低着头看着单膝跪着的应苍林，碎发随着晚来的南风轻轻飘着，拂过脸颊，扫过睫毛，她的眼眸黑圆，却逐渐闪亮。

一滴泪落在空中，整个L市的晚霞折射其中，璀璨无比。

"别再让我逃了，我哪里都不想去。"她哽咽着伸出手，心甘情愿等待婚姻的牢笼。

那颗小小的、微末的碎钻套上了她的无名指，随之两人十指交缠，不留一点空隙。

"现在，你可以亲吻你的新娘了。"

她带着泪，笑着说道，却自己都等不及，还不待应苍林站起，就先一步吻上了他。

这次也如以前每次一样，林林接住了她，将她搂进怀里抱了起来，烙下带着誓言的吻。

应白自小早熟，后来尝遍人间冷暖，站过高峰，落过谷底，什么都有过，唯独没有真正像少女一样活过。

但此刻她将自己托付给了这辈子唯一的爱人，青春是他，离别是他，相思是他，苦是他，甜也是他。

应白演过好多偶像剧，可这是她第一次在镜头之外，像一个真正少女一样，轻轻跷起了脚。

教堂里响起祝祷的钟声，不知是谁放飞的红气球往天际飞去，晚霞灿烂，太阳正要落下，新的生活却将要开始。

天气晴朗，正适合相爱。

后来，应白从原来的公司独立出来，拉扯了一帮子和她一样不靠谱的熟人，弄了个和她一样不着调的工作室，在娱乐圈里过起了半隐居的日子。

从决定退出本季电影节的奖项报送开始，她已有大半年的时间没有更新过官方消息了，又逢合约变动，广告商务约也与合约一起到期终结。

许多她的粉丝虽然不敢直接说，但心里都悄悄打起鼓，拿不准应白是不是会就此退圈。以前粉丝还能跑去公司官方微博下面发牢骚，现在合约结束连能骂的对象都没了。

要说应白的演员道路没受影响，那是不可能的。

这是一个追求完人的时代，极度发达的互联网让任何瑕疵都被摆在显微镜前面，舆论向来如刀，更何况她单枪匹马。

即便撇开这些，好演员也要把自己藏在角色后面，爱惜羽毛，连综艺访谈都不能多上，因为“自我”太鲜明，角色便模糊。

应白以前是做到了的，可她的身上现在打上了太多身不由己的烙印，阴暗附庸其上，正义以其之名成了一个符号，她本身被赋予了许多超越她本人的含义。

这对一个需要一人千面的演员来说，多多少少是致命的。

应苍林看似不经意地问起应白今后的打算时，应白正在和袜子较劲，致力于在一堆洗好的袜子里配对，再将它们卷成“胖香菇”。

她愣了一下，然后继续卷着手里的袜子：“我也不知道。”

她抬起头来，问道：“你觉得呢？”

应苍林坐了过去，接过她手里鼓鼓的袜子，又拆了开来，把颜色相似但实则不同的两只重新配对。他手里干着活，嘴上说道：

“你们这行我不懂，你能不能走下去，能走多远，我说的话都不管用。但这次跟下来我觉得挺累的，做律师的，最习惯争个是非曲直，却也不像这个圈，每一步都踏在刀子上。”

他说话的时候，手还在叠着袜子。

“你这是心疼我吗？”应白听完，下意识地挂了笑，习惯性地用玩笑带了过去。

“心疼啊。”林林却回答得坦然。

她还笑着，却渐渐低了头，等再抬头时，只闷闷地靠上他的肩。

“那怎么办？”她声音都闷下来。

他觉得好笑。看着突然软下来的应白，他抬手作势要拿袜子拍她头，被应白一个迅速闪过，所有的温情、心酸瞬间蒸发。她警惕地望着黑乎乎的袜子，坚决抵制它落到自己头上。

“你想怎么做就怎么做。”他笑着看应白。

“你要还想做演员，那就想拍什么就拍什么，你要不想做，那就休息，我养你。”

应苍林的眼睛里是认真的温柔，像洒进沙子里的星星碎屑，可爱又坚定。

还没等应白感动，他又悠悠地补了一句：“或者你养我，反正你那么有钱。”

富婆应白现场表演了一个“一秒反手枕头敲人”。

就这样，应白直接从一代当红花旦混成了娱乐圈单位打卡人员。

她有喜欢的本子就演，不喜欢的给大钱也不看，综艺节目也不上，广告找上门来才接，动不动就给自己放半年假。

后来，她得过很多荣誉，也演了很多想演的戏，有过很多很多的争议，也赢得过很多很多的掌声。

她将自己此后每年收入的一半拿了出来，成立了一家基金会，致力于为所有陷入困境的女性提供经济支持和心理健康重建。

后来，他又赢了很多案子，升了合伙人，再到后来，成立了自己的律师事务所，成长为业内胜率最高的律师之一。

同时他也是“敏心基金会”的终身法律顾问，免费的那种。

他们大部分时候都过得幸福又快乐，但彼此间却多少有些秘密。

应苍林在事发后曾经接到过来自老家的一通时间很长的电话，他的母亲在电话那头忧虑地说，她亏欠应白，也心疼应白，让她怎么补偿都是应该的，可这补偿里，不该包括她儿子的一生。

年少时的荒唐偏激，这么多年的情仇，他们之间隔了太多恩怨，足以让良配也变怨偶。

应苍林却只说，妈妈，这不是补偿，我只是爱她，与其他都无关。

他没有将这次的通话内容泄露一丝一毫给应白，只是私下打着一个个长长的电话，也借着工作的名义飞回了家里，安抚母亲的情绪，排解她的顾虑。

当应白终于与阔别十年的家人相见时，迎接她的，只有父母多少含着小心与思念的拥抱。

应白也有一个秘密。

说是秘密也不恰当，毕竟她自己也是到很晚才知道，没瞒几天就被应苍林察觉了。

从欧洲回来的两个月后，就在应白的工作室刚刚重组完成的时候，这个小秘密让应白的复出又推迟了一年。

翌年，应白诞下一个小男孩，取名应念。

应念的左脸颊上有一个小小的梨涡，应白这个坏妈妈老是爱悄悄戳那儿，偏偏爸爸也不管管，好在她的力度够轻。

“辛苦生的，玩玩就玩玩吧。”没良心的新手爸爸这样说道。

应小朋友的幸福生活，还有很长。

而他爸妈的幸福生活，也很长很长。

番外2

YINGBAI

她的锚

这么多年过去，应白和应苍林的心眼似乎调了个个儿。

尽管应白自从在剧组受伤以后就寄宿到他家了，可在她真正释怀之前，或许是因为一些执念，她有意无意地保持着一种“临时寄居”的状态。

那段时间，她只把最基础的换洗衣物带了过来。有时候需要出席一些场合没有合适的衣服穿，她宁愿让小唐煞费周章地带过来，也从不在他这儿多摆东西。

从外地回来时，她甚至不愿意把箱子里的东西清理出来，而是就让它们停留在“出差”的状态，然后过两天再原封不动地带走。

明明习惯用电动牙刷，可当应苍林打算给她添置时，她又别别扭扭地拒绝了，宁愿继续用着塑料牙刷。

应苍林有时候觉得，应白在他家活得就像来耍流氓的流浪猫，蹭了吃食，蹭了猫砂，蹭了暖气和空调，然后就头也不回地从阳台逃走。

应苍林不是察觉不到她那些小心思，只是他怕吓着了这只好不容易才跳进他家里的“流浪猫”，于是也装聋作哑地随她去了。

但应苍林并非毫无行动。

他先是以换季为名，把自己衣帽间的部分衣物收了起来，状若无意地空了一块地方出来。他做得谨慎而有耐心，每次都只是让应白的衣服恰好多挂上一两件，而当她想要把多余的衣服带回自己家时，这些衣服就会“恰好”被送去干洗了。

而这些多出来的衣服，部分是靠着应大律师违背自己法律人的操守，一次次从应白原封不动的箱子悄悄拿出来的。

同时，应律深谙“要胜利，就是要把朋友变得多多的”真理，和应白的助理小唐建立了深厚的革命友谊。有不少东西都是靠小唐做内应，应苍林才能从应白家“偷拿”过来，可以说是十分辛苦小唐了。

好在应苍林做生意童叟无欺，还按件计费，那段时间小唐靠他赚得盆满钵满，越看这个准姐夫越顺眼。

小唐很讲义气地私底下在某社交软件上养了不少小号，决定等姐夫曝光挣得名分那天为自家姐夫造势，力争帮他拿到全娱乐圈小花姐夫排行榜的头把交椅，打造好“人帅、钱多、专业强还是圈外人”的完美“人设”，叫其他花粉嫉妒得咬碎牙。

偶尔，应白也会对应苍林家里突然冒出来的自己的东西感到奇怪，她明明记得自己没有带过来的。

但这时候应苍林总会一脸风平浪静、理所当然地表示，是她忘性大又不管事儿，明明是她带过来的，还到处乱扔，自己实在看不下去才帮着收拾的。

应白以前还会精打细算，但自从进了这行，生活琐事儿上确实不太管，因此也将信将疑。

应苍林为了进一步“甩锅”……不对，是进一步巩固成果，还会打电话联系小唐打个配合战。

浑然不知的应白被一唱一和的两人骗得一愣一愣的，挂了电话再回头时，应苍林已经摆好姿态，露个落寞的背影，一边给她叠着衣服，一边用沉默表示自己干家务还被误解的委屈。

一套组合拳下来，应白被吃得死死的，只能挠挠脑袋去哄人，为此割地赔款无数，损失惨重。

后来得知其中细节的小唐，又往自己的“姐夫吹捧的小论文”备忘录里加了一条，她这个姐夫，文能提笔写诉状，武能洗手做羹汤，业余时间还偶尔原地变身实力派演员，真是精英律师、家庭煮夫、日常影帝，上辈子肯定是属八爪鱼的。

娘家这边打好关系，应苍林也不忘叫婆家也出出力。在律师事务所老大“俏红娘”老周的大力支持和暗箱操作下，应律师“幸运”地抽中了年会特别奖品——情侣电动牙刷一套。

“你们年会特别奖是这个？”应白看看撕开的礼物包装纸上贴的红色“特别奖”标签，再看看里面那套粉黑两色的牙刷套装，有些奇怪地问。

不是说他们律师事务所效益很好吗？接了不少经济案件，抽成都是一大笔，更不用说胜诉的奖励了，今年还获得了律师协会颁的全国优秀律师事务所的荣誉，正是春风得意之时。

这奖品虽然不能说差，但离好彩头似乎也远了一点。

别的不说，应白以前公司的年会都是直接发现金红包加实物抽奖，红包不低于五位数，抽奖也都是从贵价保养品套装到奢侈品手包，连车都抽过一辆，当然，车是公司里有品牌代言的艺人争取来的，给的是友情价。

如今应律师的律师事务所特别奖竟然是一套电动牙刷，甚至还不是旗舰版，应白觉得自己需要对退圈问题认真再思考一下。

应苍林轻咳了一声，他自然不好意思说，这个特别奖，它特别就特别在“领导亲自指定，不列入公司采购清单”这一点上。

不过应苍林都答应了给“俏红娘”事后报销，他居然还是抠门得只肯买个入门款，这也叫百密一疏的应苍林意想不到地被他坑了一把。

事到如今，应苍林也只能硬着头皮发挥特长瞎编：“特别奖不是特等奖，一、二、三等奖都不错，这个特别奖其实就是安慰奖，足足设了十七八个，所以奖品也就应个景。”

好在应白对财务和人事这块不熟，在应苍林把瞎话讲得和法条一样的情况下，她高高兴兴地接受了这个安慰奖。

“挺好的，我从来没在年会上中过东西，这还是第一次收到奖品呢。”她的眼睛笑得轻轻眯了一点，看得应苍林的心里无端塌了一块。

他的声音不自觉地变得更温柔了些，像一团棉花一样裹着她，他顺着她的话问道：“你手气这么差？你们公司应该挺大方的吧？”

“是挺大方的，但是我们做艺人的平时得意惯了，也被伺候惯了，到了年末就该出出血，给员工们一点乐子，所以云哥定了个不成文的规矩，艺人不参加公司年会抽奖，只负责出奖品和红包。”

应白说得自然，回头时却发现旁边的人似乎沉默了，眼睛盯着个地板，仿佛要瞧出花来。

她愣了一下就反应过来了，是她喊的那声“云哥”又叫他不高兴了。

恍惚间，应白似乎透过这么多年的岁月，再次看到那个会因为前桌多和她讲了一句话，就拽着她的手腕不吭声的“小狗”。

自从重逢后，应苍林在她面前从来都是游刃有余、步步为营，可不知为什么，她似乎越来越能在无数个细小的瞬间，拥抱曾经的那个穿着白衣的男生。

“过来。”

她并没有出言解释，因为十年前的林林无须她多言，仅仅是一点靠近，就足以让他的一颗心雀跃不已。

而如今的林林也一样。

应苍林变得出息了些，他抵抗了，下颌微微收紧，从应白这里，只能看到他如今修得整齐的发尾和侧身流畅的肩背线条。

而当他手腕上的手表秒钟转过第五下时，他回了头，狠狠地抱住眼前这个笑得意味深长的人。

“我说了不许乱认哥哥弟弟，他们可不属于你三代以内的旁系血亲，法律不承认的。”

应白将头搭在他的肩上，在他看不见的地方笑得灿烂，手却抬起来轻轻打了他一下。她嗔道：“我看不是法律不承认，是你不承认吧。”

应苍林难得沉默了一下，就在应白打算再逗逗他时，却被他更深、更用力地抱住了。

“不管，反正就是不许。”

他埋在应白脖颈间，闷闷地说道，放弃了自己最擅长的言辞功夫，只笨嘴笨舌地这样撂下一句。

回应他的，是应白温柔地抚上他的头发，以及一声轻轻的“好”。

晚上，当应白在洗漱间看见已经被迫不及待拆开、组装、并排放在一起的电动牙刷时，她拿起那只粉红色的看了看，然后轻轻笑了一下。

那笑容，像是蜂鸟第一次扇动翅膀，月亮第一次亲吻潮汐，贝壳第一次眠在沙粒。

她那么温柔、坚韧又勇敢，仿佛从没受过伤。

她并不是傻子。

那些莫名其妙多出来的衣服，恰到好处的干洗时间，每次偷偷出现在各处的东西，临时手写的“特别奖”几个字——包装甚至还是随手抓来的A4纸，最里面那页还打印着今天的会议流程。

正如林林明白她的放不下，她也明白林林的舍不得。

她不想戳穿林林这并不高明的手段，或许是因为不知如何开口的羞怯，也可能是这么多年的空白让她有些无措。

可更多的，是因为她听到了体内传来愈合的声音。

他的温柔、笨拙、倔强和小心思，让她的心在这么多年后落了地。

她有了锚，从此不再无依。

番外3

YINGBAI

应白的秘密

应白有一个秘密。

这一点，应苍林早就有所察觉，因为她实在不是一个好的守秘者，甚至可以说破绽百出。

最早一次抓着现行，还是在他帮应白搬家的时候——他蓄谋已久才得来的搬家。

彼时应白已经做出了最重要的选择，放下了一切心结，毫无顾虑地奔向他。

应苍林简直被这种巨大的喜悦冲昏了头脑，沉浸在蒙了纱的浪漫世界里。

要说他还有什么不满意的，除了还在进行庭前司法证据固定的官司，就是应白居然还是只放了几个行李箱在他家了。

她现在都全须全尾归他、满心满眼是他了，他居然还没获得除了提供“拎包入住”的食宿机会以外的其余全部正式权限，应大律师觉得自己这学位简直该退给老师了。

于是，应大律师向应白提交了抗议，严正声明和捍卫了自己的权益，比如，让应白正式搬过来。

没想到应白听了一愣，然后笑着打了他一下，斥道："我现在一周七天在你这儿能待六天半，我还要怎么才算搬过来？"

没想到应律师一张嘴巧舌如簧，瞬间就抓住了"你就放了两个行李箱在这儿也叫搬过来"的关键证据，硬生生把局面扳成胜诉。

应白懒得和律师磨嘴皮子，只好说自己现在不需要多少东西，这两个行李箱就足够了。

但应苍林拒不买账，他又不是没见识过她女明星的派头，何况她第一次来他家时问他要卸妆乳和那件都不能水洗的衣服，自己还记得呢。

应白和他说不清楚，干脆缴械投降，干脆利落地答应了他搬家的要求。

后来，应苍林才知道，应白真没撒谎。

自从她苦心等待十年的真相被公布后，她似乎也就不再热衷于做一个女明星，连带着物欲都变得极低。

搬家收拾的时候，她那能和奢侈品旗舰店相媲美的衣帽间里，却没多少东西是要被打包走的。应白把不少衣服和包送给了小唐和跟了她很久的工作人员，剩下的就原地不动，只让小唐过去定期打理一下。

那些细得足够钉墙挂画的高跟鞋，她更是一双都没带，全留下来了。

至于满屋的艺术品和装饰品，她也只懒懒散散地挑了几件，其他的全部托管给提前联系的专业人员。

锅碗瓢盆她更是没那东西，偌大一个冰箱非常干净，里面就留了一些冷冻蔬菜和无糖酸奶以及麦片，如今早已被应苍林惯坏了胃口的应白更是看都不想看一眼。

她吃了十年的菜叶，如今终于能吃点浓油赤酱、香辣烫舌的东西了。

就连保养品，应白也就拿了一小包最基础的水乳，其余的全部就地分给女员工。

这么一通收拾下来，她要带走的东西还填不满一个应苍林带来的最大尺寸的行李箱。

“这些都不要了？”应苍林掩饰着尴尬，理直气壮地问着。

应白摇摇头，简单回答：“至少目前不用了，等以后需要了再拿吧。”

“你确定不需要这些吗？”应苍林再次和她确认。

这次，应白指着满屋的东西解释起来，“这些衣服、鞋子和包，大部分是因工作需求购置的，公司和造型团队直接对接，基本都不是我挑的，好多衣服都是做活动前妆发时我才第一次见。

“那些鞋子就更不用说了，上镜头不穿高跟鞋太吃亏，我这些年穿得脚趾都快变形了，不想穿了。

“保养品也麻烦得很，平时还得去医美，按着给我写的单子照顺序一层层上脸，你知道的，我背题都头疼，还要把这些护肤品的功效和方法全背下来，我不想以后每次睡前都要再耽误半个小时了。

“至于装饰，以前我这儿就是家徒四壁风，就回来睡个觉，连沙发都没有。一年前要接受一个一线杂志采访，得在家里录，公司就按着我的‘人设’请人布置了，我后来也懒得改就一直这么摆着了。”

应苍林越听，越觉得眼前这人过去十年尽管做着当红女星，可真正往底子里瞧，全是“凑合”二字。

她割舍了一切的喜好和依恋，只为专心致志地走一条荆棘之路。

他仿佛再次尝到了那个夏天应白在小楼院子里不知从哪里偷来的桑葚，那种会藏在舌根的酸涩，经过这么多年的发酵，潜进了身体，在这种不经意的时刻狠狠刺激了一把他的心脏。

过往应白放肆又落寞的笑容，和如今她站在锦绣堆里却毫不留恋的轻松，在此刻重叠在了一起，让他忍不住想更加宠爱她。

可这样多的心思，等到说出口的时候，还是只有一句话。

“那就都不要了，以后都随你心意。”

正因为应白的东西这样少，所以当她试图悄悄地把一件东西偷带到新家时，立刻就被应苍林察觉了。

可是应白想要隐藏的意图这么明显，她甚至拙劣地把它藏进了自己的旧羽绒服里。

这件羽绒服是她在进修学院上学时发的，长、宽松、毫无款式可言，但每个从进修学院走出的学生都带着它走过了无数在剧组风风雨雨漂泊的日子，以致连它本身都成了青春的见证者。

应白也一样，她穿着这件羽绒服在各大影视基地里征战多年，贯穿南北，横跨东西，自然舍不得丢的，这点应苍林毫不意外。

但他意外发现的是应白偷偷摸摸地想趁他不注意往里塞了个小破铁盒子，还不惜往羽绒服上堆了些内衣，好让应苍林因为尴尬而避开。

这样的欲盖弥彰，反倒让应苍林更在意了。

只是他刚刚说过，以后都要随她心意，如今应白遮掩得如此明显，所以应苍林思考再三，还是默默地把这茬揭了过去。

因为东西太少，就一个大箱子，连应苍林的车后备厢都没填满，还签了保密协议叫来的搬家团队显得十分尴尬。应苍林在应白乐不可支的笑声下，淡定地付了人家车马费，然后自己亲自把那个大箱子扛回停车场。

到家卸货时，应白还有昏招。她在路上悄悄点了外卖，特意掐好时间赶着趟儿到的。门铃响了以后，今天早上连脸都没洗、头发也三天没洗的应白突然就多了偶像包袱，非要应苍林替她去开门。

应苍林眼睛都不用转就知道她打什么主意，心里暗叹口气，开门去接她的炸串外卖。

等下楼拿了炸串再回来时，应白果然已经端坐在沙发上等着吃了。她胡吃海喝之后往床上一倒就睡，半点也不提刚才信誓旦旦要自己收拾的行李了，留下应苍林替她去收拾满地狼藉。

至于那个小铁皮盒子，应苍林不知道她藏去了哪里，也没打算再问。

直到那天，应苍林照例打开自己的抽屉打算挑副袖扣出来。

可袖口的扣眼儿上次被一时兴起的应白拿针线加工缝密过，她虽然是好心，但无奈手里的技术跟不上脑中的幻想，留的扣眼儿实在太小了些，应苍林怎么系都系不上，反而把袖扣给弄了下来，卡进抽屉和袖扣盒的缝隙里。

应苍林无奈地笑了一下，伸手去够缝隙里的袖扣，结果反倒先摸到了个什么方的东西。

他一个使劲儿就把它抽出来了，到手才发现，就是应白那个小破铁皮盒子。

因为和抽屉剐蹭，上面早已老旧的小锁头直接给蹭报废了，头朝下哗啦全开了，里面的东西掉了一地。

应苍林有些慌又觉得好笑。

慌是怕应白知道，觉得好笑是因为他大概猜到了应白把东西藏在这里的原因。

无非是觉得这个地方他天天看到，但又不会把嵌在里面的袖扣套盒拿起来，符合“最危险的地方就是最安全的地方”的条件，所以她就自作聪明地把东西藏在这儿了。

他看向手里的破盒子，有些头疼该如何把它复原不让应白看出来，但努力了半天也觉得实在抢救不了，只能认命地打算收拾好了再给应白认错。

可是他蹲下要捡起那些东西时，忽然愣住了。

里面有盒用了一半的药膏，管子上的铁皮都已经有些生锈，褶皱的地方还破了，被人笨手笨脚地拿胶带补了起来，上面喷印的生产日期都已经模糊，他仔细辨别，才发现这是多年前……

他买的冻疮膏。

还有一个有点脏了的毛线套，他能认出织的是个暖水袋的形状，本来就缺针的地方又开了线，简直是雪上加霜，从线的颜色可以看出，后来又有人拿相近的颜色补了又补，才勉强维持住现在的模样。

是他那时候给应白织的第一件，也是唯一一件东西，他悄悄从妈妈那儿偷了《编织花样入门指南》，在每一个应白在外地的深夜，他都会抽出半个小时边看高数讲解边织毛线套。

旁边是一个普通的黑色头绳，看上去灰扑扑的，没有一点装饰，应苍林拿在手里很久才想起来，这是自己在应白午睡后笨手笨脚给她扎头发时用的发圈。

他又拿起旁边一个不起眼的东西，那是一小块橡皮。

是应白与家里决裂前夕、那个短暂的假期里，她向他要的一件纪念品。

他回忆了一下，自己拿给应白的时候，那块橡皮几乎可以算是新的，现在却只剩下一小块，龟缩在套橡皮的纸壳里，一不留神就滑出来掉进手掌里。

橡皮落下的时候，正好在他的掌心翻转过来，他这才发现，上面似乎写着什么字。

他将橡皮凑近了看，是一个“林”字，前面似乎还有些笔画的划痕。他看出来这原本写的是他的名字，只是随着橡皮的使用被磨掉了。

这字应苍林认得出的，他曾痛苦地辅导这个字的主人做了一个暑假的作业，也曾在后来的无数个晚上反复看她留下的那些痕迹，直到刻进心里。

指尖划过那浅浅的痕迹，应白是以什么样的心情写下这些字的呢？是恨不得全忘了，还是也辗转反侧地煎熬着？

直到他瞥见橡皮纸壳的内里似乎也写了什么，才将那壳子捻了下，侧眼望进去，发现了一行小字。

“我会忘记你的。”

他突然明白了应白写下这些话的用意，她把心中那个名字写在了橡皮上，当橡皮用完，也就是她下定决心彻底忘记的时候了。

可是她到底停在了那个“林”字上。

应苍林辨认不出此刻心中的悲喜，他仿佛又听见了那时应白对他说的话。

她说会好好保管的，她保证。

他在恍惚间发现了里边还有最后一件东西，是老款的摩托罗拉手机，还是翻盖的，他摁了摁，居然还能开机。

应苍林打开了信箱，里面果然还留着应白和自己十年前的短信，大概是因为太多条了，为了不让系统自动删除，应白把其他人的短信都删了，只留下了和他的记录。

他之所以知道得这么清楚，是因为他也这么干过，那个老手机如今也还静静地躺在他办公室的抽屉里，这么多年无论他去哪里都没有离身过，支撑着他走过了无数孤寂的岁月。

最难熬的时候，应苍林甚至会打开手机里最后一条和应白的短信，把它摁在怀里睡去。

看着眼前小小的旧手机，应苍林摁着键一下一下翻着，看着当时的自己如何从冷漠一点点被融化，最后明明想接近她想得不得了，还要在短信里装出一副不在意的好笑模样。

他简直想笑，笑自己的年轻幼稚，也笑自己当时的自负，如果知道这是最后一条信息，他当时一定会不顾一切地留住她。

等看完这些信息，他准备退出，但这么多年没用过这种旧手机，操作多少有些生疏了，他不知道摁到哪里，无意间打开了草稿箱。

里面静静躺着数条信息。

“生日快乐，还有，对不起。”

“生日快乐，最近好吗？”

“生日快乐，我悄悄去了你的学校，还看见你和你的同学了，你长高了很多，还好你没有看见我。”

“生日快乐，我接了第一部戏，你会看到吗？”

“生日快乐，你的新工作怎么样，会不会很辛苦？”

“生日快乐，最近太累了，今天拍戏到现在，差点没赶上，幸好来得及。”

“生日快乐，不知道你现在是不是有了喜欢的人，如果有的话，我会为你开心的。”

“生日快乐，前两天拍戏受伤了，要躺一个月，好痛啊，痛得医生为我缝合的时候我忍不住大叫，丢脸，幸好你没看到。”

“生日快乐，最近得了一个新的奖，我想我离目标应该越来越近了。可是真的好累啊，好久都没梦见你了，今晚你能在梦里抱抱我吗？一下就好。”

“生日快乐，我好想你。”

未发出的短信，创建时间是这些年以来每年他生日那天的凌晨十二点零一分。

他们认识后应苍林的第一个生日，应白送给他的礼物，是答应以后他的每一年生日，她都会是第一个送上祝福的人。

应苍林此刻只觉得痛，为他们分离的这十年，为应白独自熬过的那些日日夜夜。

孤独伴随他们二人太久，似乎都生了根扎进骨髓，即便已经团聚，都还是会牵扯得人生疼。

可他又觉得满足。这么多年了，已经这么多年了，他不是没有过怨，不是没有过痛，不是没有自我怀疑过，应白离开所留下的巨大空洞，在他身体里与他相伴已有十年，即便到了如今，心里偶尔还会有风从空洞里滑过的呼啸声。

而此刻，他被迟来却汹涌的爱意包围，终于确信，自己是被应白深爱着的，正如他爱着应白。

他从来没有被应白放弃过，正如他从未放弃过应白。

时间似乎在这里被斩断了线程，应苍林不知道自己在那些微小却珍贵的爱意前站了多久，直到家门处传来的响动将他从半空中拽回地面。

应白絮絮叨叨地进了门，抱怨着小区门口的那家面包店刚出炉的可颂，居然正好卖到她前面一个顾客就售罄了，害她白等半天。

这些碎碎念才倒完一半，应白就被抱了个满怀。她刚要挣扎出来继续说，却发现埋在自己肩上这个人似乎有些不寻常。

他用力抱住她，仿佛久别重逢，温热的呼吸喷在她的耳后有些乱了，甚至，她感觉到应苍林在微微颤抖。

“怎么了？”

应白有些无措地发问，现在的林林在她面前总是一副游刃有余的成熟模样，这副样子倒叫她有些不习惯了。

可她没有等来回答，他只是依旧这么埋在她的肩颈上，手里越发抱得紧了。

直到好久以后，应苍林才低声说道：“我想你了。”

这是对她最后一条未发出的草稿的回复。

应白忽然觉得眼睛热了下，她积攒下的泪水，似乎在多年后汹涌而来，让她最近总变得软弱而多情。

她眨了眨眼，将那股酸热压下去，伸出手狠狠揉了揉他毛茸茸的大脑袋，再开口时，已是平常那种盛气凌人的语调。

“少撒娇，我饿了，快去做饭。”

应苍林在她故意做出来的怪腔怪调里轻轻笑了下，也学着她的样子，伸手揉乱了她的发，撂下两个字：“等着。”

他穿上围裙，进厨房熟练地做起饭来。

应白站在厨房的玻璃门前，看着他的身影。她并不知道应苍林发现了她藏了那么多年的秘密，却在他一句简单的话面前，忽然觉得过去的十年在此刻都化成了尘埃。

他们的好日子，还有一辈子那么长。

番外4

YINGBAI

最佳姐夫

从欧洲回来，应白的无名指上就多了枚戒指。

明眼人一看就知道是怎么回事儿，而应白既然大大方方戴上手了，自然也就没有要隐藏的意思。

小唐看到的时候，热泪盈眶当场尖叫，恨不得替应白发个朋友圈。

这是怎样的福报啊？她嗑的“CP”（遐想情侣）真的结婚了！

当然，她的高兴一半是因为沉浸式、近距离观摩“CP”发糖的体验感，一半是因为应苍林早在合纵连横、攻心大计制订之初，就给她设定了KPI（关键业绩指标）激励标准，只要助攻得好，奖金红包绝不拖欠，如今都要修成正果，那自然是按最高标准发放。

但小唐心里更多的是满满的感动和对应白的祝福。小唐不是跟随应白时间最久的助理，却是陪她走过之前最艰难日子的助理。

而且两个人性格相投，应白面冷心热，虽然没对小唐画过什么激励人心的大饼，但之前与公司约满的时候，却也把她一起带了出来，后来虽休息了大半年，但工资奖金一直都是按原定标准的百分之十五发的，等于给小唐也放了半年多的带薪休假。

就算不提这些，小唐也是真心为应白高兴，作为下属，作为朋友，作为女性。

不过应苍林和应白一直很低调，这次也一样，并没有大肆宣扬，连个朋友圈都没发。应白的最后一条朋友圈还停留在电影的宣传上，后来她合约期满、搬家、同爱人共游欧洲，都没有在外界留过只言片语。

但在小唐看来，主动低调的应该只有应白，应律师怕是被动低调的。

因为即便是她这个外人，都能感觉到应大律师秀恩爱的心思，只是应白如今的身份，加上之前的风波，才让应苍林勉强摁住了自己。

所谓堵不如疏，对外无法炫耀，应苍就把这股劲儿用在了对内上。

应白不肯和他穿情侣装，毕竟又不是学生了，这怎么让她好意思？于是应苍林就默默换了部与应白同款不同色的手机。

应白连自己的账都管不过来，懒得接管他的工资卡，他就自顾自地开了个家庭账户，每个月喜滋滋地往里面打钱。

应白更不好意思换什么情侣头像，她微信里多少圈内人？里头连记者都有，那群人的鼻子比狗都灵，要是换了情侣头像，那算是送上门去给人报道。

应苍林倒也能屈能伸，微信不行，那换QQ的总行了，他还顺带把QQ秀换成了情侣装，算是圆一把梦，为此还特意充了钻。

默默观察着这一切的小唐，眯起她的小豆子眼睛，发现事情并不简单。

原来和应大律师接触的时候，小唐只觉得这是个又高又帅又聪明的孤傲帅哥，后来当了应苍林的线人，他的“人设”就成了钱多话少的酷哥。

现在呢？应律师在她心中已经彻底成了“恋爱脑”上头的晚期患者，可以直接放弃抢救送关怀病房那种，连带着把她小白姐的形象都带得傻了三分。

但说句公道话，小唐只见了应律师的傻，没瞧见他的苦。

应白这个职业，最不缺的就是空穴来风、捕风捉影。

原来不过是早上接到的一通电话，就让当时还名不正言不顺的应苍林差点气出个好歹来，如今好容易转正，他却依然三天两头就给自己整点闲气受。

就说先头那电影，男女主间曲折动人的复杂感情在收获众人眼泪的同时，也吸引了不少希望戏外能求个圆满结局的“CP”粉。

虽然两边也有粉丝纷纷表态“友好合，一心为戏，虽不拖走，点到即可”，但被虐得死去活来的“CP”粉们，有时候难免上头。

而他们上头的结果，就是应苍林黑着脸憋着气去刷碗。

这样的日子，直到应白被拍到才终于结束。

应白大半年来一直深居简出，从没在公共场合露面，这次是和之前公司的经纪人李云生见面。应苍林还惦记着之前叫“云哥”那事儿，冷着脸以法务顾问的名义一起去了。

结果偏偏就是这次被拍了，跟拍的狗仔队恰好升级了装备，大炮长得拆下来都能当板凳坐了，隔着那么远拉焦距，居然也能把应白的无名指拍下来。

当天的头版头条大字报就出来了，标题极尽煽动之能事儿，连带着三人会面的场面都被拍了下来。

论坛首页不断跳红的帖子讨论的全是这件事儿，而争论最大的居然是到底谁和谁是一对。

也不怪大家猜测，老粉丝都知道，李云生和应白相识甚早，他虽比应白大了几岁，但是至今还是单身，人也长得顺眼，因此暗暗希望两人能有下文的粉丝不在少数。

支持他们的人则抱着希望等一个真实结果的心态，还有很多人在首页激动而克制地告诫大家“不信谣，不传谣，愿一切求而不得都能有圆满结局”。

应苍林虽然就在偷拍现场，这一年以来他以应白法律顾问的身份对外打交道不少，可他从未在公众前出镜，很多人没把这个名字和视频里模糊的人脸对上号。大家倒是也想支持一下这位陌生帅哥，无奈连他是谁都不知道，因此还是讨论前两位的人居多。

一时间，大家都在凑热闹等真相，可热闹是他们的，应苍林什么也没有。

小唐噼里啪啦地敲着键盘，誓要为自己的最佳姐夫挣一个头把交椅。

“圈内人特来爆料，大家都嗑错了啦！

“老板，不对，前老板大人和Y姓女明星是纯纯的商务友谊，前老板大人至今单身只是因沉迷赚钱不能自拔，楼主曾亲眼看见两个人对坐三个小时全程交谈不超过十句话，除了打招呼和说再见，其余的全是在谈钱，呸，谈工作。

“至于和L姓男星，我明白大家喜欢一些师兄妹传绯闻，但是两个人也确实是纯纯的同事友谊，两人关系确实不错，不过太坦荡了些，一点都没有让人遐想的余地，你们要是跟过剧组就明白了，我和我家小狗都比他俩来电。

“最后，虽然我无法透露姐夫的真实信息，但我必须要说我们姐夫是世界上最好的姐夫，人帅钱多前程好，连个子都高，和Y姓女星还是青梅竹马、破镜重圆，最重要的是我们姐夫的思想从来不开小差，苦守多年才等到心上人，当代男版王宝钏啊同志们，就冲这点难道不值得您小手轻轻敲下一个支持吗？”小唐兴奋地一气呵成敲到这里，要按下发送键前，终于冷静了下，觉得写得太明显了些，又隐去了一些应苍林的信息，才发了出去。

但不管怎么修改，她写得也实在太好解码了些，不一会儿就被粉丝猜了个十成十，甚至有人直接回复她：“你这代号取得……不如直接报应白身份证号算了。”

舆论来得比想象中更猛烈，那些此前被老粉丝刻意低调处理了的蛛丝马迹全被扒了出来，开始还只是在粉丝内部发酵，后来隐隐就有要扩散到热搜的趋势。小唐这下慌了，知道自己闯祸了连忙哭着去认错。

但应白并没有怪她，只是委托李云生先代为处理舆论，好在这一套李云生已经操作得十分熟练，舆论很快就回到了可控范围。

面对哭得抽搭的小唐，应白拿着纸颇为嫌弃地给她擦了鼻涕，然后简单地发了这么久以来的第一条微博。

“谢谢大家的关心，我已有牵挂，从此安心。”

于是应苍林误打误撞地靠小唐的神助攻，终于等来了等待已久的名分。他面上还是那副波澜不惊的模样，然后默默用手机给小唐转了微信里全部的余额，转账说明赫然几个大字——“红娘红包”。

丝毫没心情看手机的小唐，直到出门前还悄悄抓着应白到一边极小声地问：“小白姐，我是不是给你添大麻烦了？你刚经过这么大的争议，我还给你添乱，我……我接下来一年工资都不要了，对不起。”

然后，小唐看见有些失笑的应白侧首看了一眼走在前面要去开车的应苍林，脸上露出了小唐认识她以来她露出过的最温柔的笑容。

“不用道歉，能看见他和我的名字并列一起，是我很久以前就做过的一个梦，谢谢你帮我实现了。”

小唐还没有谈过恋爱，可在那个晚上，她忽然觉得自己明白了什么叫花好月圆、天生一对。

送小唐回家后，两人回来的路上正好下起了雪，等到了小区，不知是谁起的头，他们把车停在了地上，磕磕绊绊、慢慢悠悠地走回家。

小雪温柔，飞絮如棉，还未走到小路的尽头，两人的肩上已落满了雪，远远望去，倒像是满头的银发一般。

今夜星子好，白首一双人。

从此两人再不分离。